ABWURFZONE

SEVER SQUAD

BUCH 1

A.R. KNIGHT

DER KOMMANDANT

Er nannte sie beim falschen Namen. Zweimal. Also holte Aurora aus und ließ ihre Hand krachend gegen das Gesicht des Dummkopfs prallen. Die Haut wellte sich wie bei einem Erdbeben von der Stelle aus, wo ihre Handfläche seine Wange traf. Seine Augen weiteten sich und sein Mund verzog sich zu einer zackigen Linie, als ob alle Nerven in seinem Kopf nicht begreifen konnten, was gerade passiert war. Dann sackte er zu Boden. Schlug auf wie eine Bombe. Eine, die ohrenbetäubende Stille in der Messe verbreitete.

»Mein Name ist Aurora. Merk dir das«, sagte sie, obwohl der Mann mit seinem glasigen Blick sich definitiv nicht daran erinnern würde.

Aurora warf die gleiche Drohung durch die Halle. Ein Haufen Neulinge. Frische Rekruten für DefenseCorp. Sie starrten sie an, als wäre sie ein Gnarler, lauter Tentakel und Zähne. Sie hatten Angst. Und das zu Recht.

Aurora musterte sie, die Ellbogen auf den Stahltischen. Tabletts voll mit Nährsuppe. Die Rookies waren in allen Schattierungen, allen Typen. Sogar ein paar Außerirdische waren dabei. Ein Trio schlanker Casparianer, deren dünne Membranen sie fast durchsichtig erscheinen ließen.

DefenseCorp musste seinen Horizont erweitern. Marketing für Spezies betreiben, die sich nicht wie Karnickel vermehren, wie Menschen. Sie davon überzeugen, dass sauer verdientes Geld und eine große Kanone es wert waren, sein Leben zu riskieren. Keine schlechte Botschaft.

Bei ihr hatte es funktioniert.

»Seht ihr, was mit diesem Typen hier passiert ist?«, verkündete Aurora in die Stille. »Er hat seinen Vorgesetzten nicht respektiert. Er hat mich nicht respektiert. Und wenn ihr mich nicht respektiert, respektiert ihr nicht, für wen ihr arbeitet. Und wenn ihr DefenseCorp nicht respektiert, passiert das hier.« Sie zeigte auf den Körper am Boden.

Noch ein Grund, warum sie gerne für DefenseCorp arbeitete? Dieser Typ, der hier gerade den Boden dekorierte. Keine von diesen standardmäßigen Regierungsvorschriften. Nur gutes altes Überleben des Stärkeren. Fettere Gehaltsschecks obendrein.

Aurora setzte ihren Weg fort. Ließ die Halle und das Essen, das sie nicht wollte, hinter sich. So spaßig es auch war, den Neulingen etwas Angst einzujagen, sie war nur auf dem Weg durch die Messe zu einem wichtigeren Ort gewesen: der Brücke.

Der Odin-Klasse-Kreuzer *Nautilus*. Das Zuhause von fast 200.000 Menschen. Aus dem Kern eines Asteroiden gefertigt, ausgehöhlt, verfeinert und auf Reisen zu den gefährlichsten, profitabelsten Teilen der Galaxie geschickt, die DefenseCorp finden konnte. Überall, wo das Chaos seine Samen pflanzte, tauchte DefenseCorp auf, bereit zu töten und aufzuräumen, für den richtigen Preis. Das Unternehmen, das die Galaxie bezahlte, um die Drecksarbeit zu erledigen und hinterher aufzuräumen.

Aurora warf einen Blick auf ihr Handgelenk, während sie ging - eine einfache Bewegung, da es an ihrem linken Handgelenk festgeschraubt war. Eingebettet, wenn man es so nennen wollte. So konnten sie nicht verloren gehen. So konnten die Batterien, falls nötig, durch ihre eigene Körperwärme aufgeladen werden. Aurora ließ es im Energiesparmodus laufen, egal wie lange sie unterwegs war. Bis sie starb, jedenfalls.

Das Armband blinkte orange. So wie es das in den letzten zehn Minuten getan hatte. Die Zeit, die Aurora gebraucht hatte, um von ihrem Quartier durch die Messe zu gehen, den Dummkopf auszuknocken und nun hierher zu kommen.

Die Brücke der *Nautilus* war größer als die meisten Stadien. Ein riesiger Raum für eine riesige Anzahl von Offizieren. Scanner, Computer, große Kuppeln, in denen Leute saßen, die 3D-Modelle von allem lieferten, was vor sich ging. Im Moment befand sich die *Nautilus* jedoch im Transit. Das bedeutete, dass die Aussicht an der Vorderseite des Schiffes komplett schwarz war, funkelnde Sterne, die von den blau-weißen Innenlichtern ausgewaschen wurden. Rechts glühte ein rosafarbener Nebel. Hübsch, wenn man Zeit für so etwas hatte.

»Hat ja lange genug gedauert«, sagte Kommandant Deepak. Der Mann stand aufrecht. Stramm in einem Hautanzug, den er nie auszog. Den alle DefenseCorp-Kommandanten als Teil ihres Ranges tragen mussten. Beim Anblick begann Auroras Standarduniform zu jucken.

Ein Hautanzug bot die üblichen Annehmlichkeiten. Er regulierte Deepaks Körpertemperatur, tötete Gifte ab, die in seinen Blutkreislauf gelangten, und sah zufällig wie eine schicke karmesinrote Uniform aus. Der Kragen reichte bis zum unteren Teil von Deepaks Kinn, einem dunklen, das nicht einen Mikrometer Haar aufwies.

»Ich hab versucht zu rennen, aber jemand stand mir im Weg.« Aurora zuckte nicht einmal mit den Schultern. Deepak wusste, dass jedes Hindernis beseitigt worden war.

»Schon gut«, sagte Deepak. »Ich habe dich gerufen, weil wir vor zwanzig Minuten ein verdecktes SOS empfangen haben. VIP-Kunde, also streng vertraulich. Dein Trupp wird von unserem Hauptauftrag abgezogen, um sich darum zu kümmern, und wir sind fast am Absprungpunkt. Ist dein Trupp bereit?«

»Ich habe die Nachricht gelesen«, sagte Aurora. »Sever wird pünktlich zum Start bereit sein.«

»Und du?«, erwiderte Deepak. »Kennst du die Einzelheiten?«

»Es ist ein Standardauftrag für Sever, oder?«, sagte Aurora. »Reingehen, die Hölle losbrechen und dann wieder raus?«

»Mit dem Kunden, ja«, lächelte Deepak. »Eine Warnung allerdings - ihr werdet keine Extraktion bekommen. Wir können unseren Hauptvertrag nicht verzögern.«

Keine Extraktion? Das klang nicht richtig. Gelegentlich machte Sever einen Absprung und Lauf. Aber das bedeutete nur, dass die Extraktion verzögert wurde. Sever würde durchhalten, nach Erfüllung der Mission im Verborgenen warten, und irgendwann würde ein Shuttle oder so auftauchen und sie zurück nach Hause bringen. Deepak sprach aber nicht davon. Das konnte sie an seiner Stimme hören, die einen endgültigen Ton hatte.

»Was meinen Sie damit?« Aurora fügte fast *Sir* hinzu, aber das hier war nicht das Militär. Man musste seine kommandierenden Offiziere nicht mit Titeln anreden. Sie waren nicht einmal wirklich Offiziere. Nur Chefs.

»Das bedeutet, ihr müsst selbst einen Weg vom Planeten finden«, sagte Deepak. »Dieser Vertrag ist streng geheim. Wir können keine Beweise hinterlassen, dass DefenseCorp involviert war.«

»Wird das nicht ziemlich offensichtlich sein? Mein Trupp arbeitet nicht im Verborgenen.«

»Du bist die Beste, Aurora. Deshalb bekommst du diesen Auftrag. Du und Sever, ihr werdet das schon hinkriegen. Kauft ein Shuttle oder klaut eins. Ihr werdet entschädigt.«

Und wenn sie es nicht schafften?

Aurora stellte die Frage nicht, weil sie die Antwort kannte.

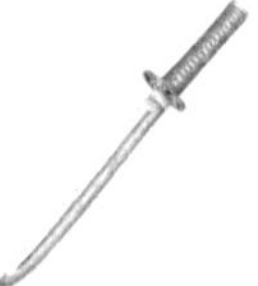

2

DER SPRENGMEISTER

Das Problem mit Simulationen war, dass sich die Bomben nicht echt anfühlten. Sai lehnte sich auf der Pritsche zurück. Er starrte auf die Wand seiner Kabine, eine schwarze Glasplatte, die gleichzeitig als Computerbildschirm diente, und auf die Daten, die darauf erschienen. Die chemische Mischung, die Sai entwickelt hatte, erreichte nicht ganz die Temperatur, die nötig war, um harten Stahl zu durchschneiden. Und wenn die Detonation das nicht schaffte, war die ganze Idee wertlos. Er hob die Faust, bereit auf den Schreibtisch zu schlagen, und hielt inne. Komm schon. Dinge zu schlagen hat noch nie ein Problem gelöst.

Na ja, zumindest keine Computerprobleme.

Seine Kabine bestand zur Hälfte aus einer Pritsche, zu einem Viertel aus einem Schrank und zu einem Viertel aus einem Bildschirm. Sein Bett berührte direkt das Leuchten. Sai ließ sich auf die Matratze fallen. Harte, kratzige Decken. Ein Kissen. Wenn das nicht funktionierte, gab es einen kleinen Gasanschluss an der Seitenwand. Die Leute hatten Schwierigkeiten, auf einem Schiff dieser Größe zu schlafen, mit all dem Lärm. Ein paar tiefe Atemzüge des guten Zeugs und Sai würde bis zum Wecken durchschlafen, wenn der Alarm seines Zimmers, der mit seinem Bett verbunden war, ihn zur richtigen Zeit wachrüttelte. Das Gas half auch meist gegen die Albträume, ein Plus, wenn man bedenkt, wie oft sich Severs alte Missionen in seinen Träumen abspielten. Die meisten davon brauchte er nicht noch einmal zu sehen. Niemals.

Sai hätte sofort einen Zug genommen, aber sein Handgelenkcomputer begann zu blinken. Ein grünes Licht. Keine eingehende Nachricht also, sondern ein Befehl. Zumindest aufregender als Schlaf.

Sai rollte sich zusammen und drehte sich auf seiner Pritsche, ließ seine Beine über die Seite gleiten und öffnete seinen Schrank mit einem Handabdruck an der Tür. Die dünne, karminrot lackierte Tür glitt auf und enthüllte die Standardausrüstung der DefenseCorp-Rüstung. Geriffelte, plattierte Metallteile bildeten den Kern des Anzugs. Unhandlich, aber die Platten schützten Sai vor so ziemlich allem. Eingebaute Wärmeableitung, um die heiße Energie eines Lasers um seinen Körper herum und dann nach hinten zu verteilen. Effektiv genug, dass nur noch konzentrierte Strahlen oder Messer aus nächster Nähe Sai wirklich verletzen konnten. Dinge, die zwischen diese Platten gelangen konnten.

Die Rüstung kompensierte ihr Gewicht mit Verstärkern, die in die Füße, Beine, den Rücken und die Arme eingebaut waren. Jede Bewegung, die Sai machte, würde einen zusätzlichen Schub durch die Getriebe des Anzugs erhalten, was Sai zu einer Art Supersoldat machte, wenn auch zu einem, der schnell nutzlos werden konnte, wenn seine Technik ausfiel. Außerdem stanken die verdammten

Dinger wirklich, wenn man mehr als ein paar Stunden darin verbracht hatte.

Aber dieses blinkende grüne Licht ließ ihm keine Wahl. Jedes Mal, wenn er das sah, bedeutete es: Los geht's, und zwar schnell.

Sai streckte die Arme aus und steckte je eine Hand in die Handschuhe des Anzugs. Die Rüstung spürte die Geste und sprang aus dem Schrank auf ihn zu. Die ersten drei Male, als Sai das gemacht hatte, war er rückwärts auf die Pritsche gefallen, und die Rüstung war auf ihn gestürzt. Nicht gerade würdevoll und definitiv unbequem. Schließlich hatte er herausgefunden, wie er seine Beine abstützen und die verschiedenen Teile der Rüstung befestigen musste, um nicht das Gleichgewicht zu verlieren. Genauso wie er gelernt hatte, eine Waffe abzufeuern. Genauso wie er aufgehört hatte, Angst zu haben.

Wiederholung macht das Ungewöhnliche gewöhnlich.

Die Metallplatten liefen über seine Arme und Beine. Der Anzug passte sich seinem Oberkörper an, und bevor Sai die Chance hatte, Luft zu holen, glitt der Helm über seinen Kopf. Das Visier senkte sich vor seine Augen und leuchtete auf. Die Rüstung klinkte sich in sein Handgelenkgerät ein, und genauso schnell wurde sein ganzer Körper eins mit der teuersten Kampfausrüstung der Galaxie.

Eine Überlagerung erschien auf dem Visier vor seinen Augen. Schnelle Anzeigen der Systemfunktionen. Der Zustand des Anzugs, sein Sauerstoffgehalt, Temperatur, Blutdruck.

Noch etwas anderes tauchte auf. Wonach Sai immer zuerst Ausschau hielt. Fünf von fünf. Sein Squad meldete sich komplett und war einsatzbereit. Das bedeutete, es war kein Fehler gewesen. Sever Squad hatte einen Befehl erhalten.

Es ging los.

Bevor er sein Quartier verließ, drehte sich Sai um, eine wuchtige Aufgabe in der Rüstung, und eine Bewegung, die ihn beinahe auf sein eigenes Bett fallen ließ. Er beugte sich vor und wischte mit einer Geste die Bombendaten weg. Dann starrte er kurz auf das, was den Bildschirm füllte. Ein Video. Eine Direktübertragung zu seiner Frau, seinem Sohn und seiner Tochter. Offensichtlich nicht live – diese Art von Daten brauchte lange, um diese Lichtjahre zu überbrücken – aber Sai ließ es bis zum letzten Stück laufen, bis neues Material eintraf. Es würde zum Anfang zurückspulen, wenn Sai nichts Neues zu sehen hatte.

Die drei aßen diesmal in der Küche. Ein richtiges Frühstück, nicht der Vitaminbrei, den DefenseCorp ihnen hier vorsetzte. Um einen runden weißen Steintisch herum – Maria hatte ihn von Sais letztem DefenseCorp-Bonus gekauft – in einem Haus ohne Glasfenster. Offener Dschungel, der den gelben Stern des Planeten von draußen hereinscheinen ließ. Friedlich, ruhig. Normal. Sai hatte es nie gesehen, und doch lebte er dort jede Minute, die er in diesem Raum verbrachte.

Das Video flackerte, setzte sich zum Anfang zurück. Dann wischte Sai auch das weg.

3

HAMMERZEIT

Es wurde nie langweilig; den Gang entlang zu stampfen und zu sehen, wie alle Rookies und Leute, die es nicht besser wussten, aus dem Weg sprangen. Jeder Schritt ließ Gregor sich wie ein Koloss fühlen, wie eine Abrissbirne. Die Vorteile der Macht waren nie offensichtlicher.

Gregor beäugte die Tafeln zu beiden Seiten, während er sich bewegte; statisches Metall, wenn niemand vorbeikam, aber sobald es Bewegung gab, schalteten sich die Tafeln ein. Traf man sie mit den Augen, zeigten sie die aktuellen Befehle. Die schnellste Route zum Ziel. Alles andere, was man sich vorstellen konnte. Deshalb lungerten die Leute in den Gängen herum, wenn ihnen langweilig war. Man konnte sehen, was es sonst noch zu tun gab. Wo man sein musste.

Was bedeutete, dass Gregor Ziele hatte. Während er in seinem grün-grauen Anzug voranschritt, imitierte er, jeden zu erschießen, an dem er vorbeikam. Gelegentlich holte er aus, ohne jedoch ganz zu treffen. Jeder schrie, duckte sich oder sprang zur Seite.

»Gregor, reiß dich zusammen«, kam Auroras Stimme über die Kommunikationsanlage seiner Rüstung. »Ich versuche, meinen Anzug anzuziehen, und mein Funk explodiert vor Beschwerden. Ich habe keine Zeit für diesen Mist.«

»Muss meinen Ruf wahren«, erwiderte Gregor.

Der Weg durch die *Nautilus* von Severs Quartier zu ihrer zugewiesenen Andockbucht war kurz. Fünf Minuten oder weniger Übergangszeit. Absichtlich. Als Gregor ankam und die Schiebetüren in der Bucht ihn durch ein rotes Auge am oberen Torrand scannten, hielt er einen Moment inne, überrascht, dass er der Erste war. In der Bucht stand ihr Absetzer. Gregor sah, dass die Einstiegsrampe bereits heruntergelassen war und erkannte, dass er sich geirrt hatte. Dort im Cockpit, entspannt und geradeaus ins Nichts starrend, saß Eponi in ihrem rosenroten Anzug. Klar, dass sie hier sein würde.

Eponi lebte praktisch in diesem Ding.

Was, wie Gregor erkannte, er wahrscheinlich auch tun würde, wenn er könnte. Sie würden ihm allerdings nicht etwas wie den Shuttle anvertrauen. Zu viele Waffen. Es wäre zu einfach, vor lauter Spielereien das Fliegen zu vergessen. Die meisten DefenseCorp-Missionen waren das, was Deepak, ihr Boss, als »zielreiche Umgebungen« bezeichnete. Bei all der Ballerei würde Gregor nicht einmal jemanden in seinem Nacken bemerken.

Ohne darüber nachzudenken, griff er hinter seinen Rücken. Fühlte den kalten Metallgriff seiner Leidenschaft. Der Hammer war über einen Meter lang. Mehr als fähig, mit seinem runden Kopf Stahltüren einzuschlagen. Außerdem war er mit einer bewegungsaktivierte Batterie ausgestattet, die nach ein paar Schwüngen genug Wumms hinzufügen konnte, um einen in die Stratosphäre zu befördern.

Jemand rempelte ihn an und quetschte sich vorbei.

»Hast du's mal mit Höflichkeit versucht?«, sagte Gregor. Der neue Kerl trug seinen ozean-blauen Anzug. Klein, quirlig. Die Art von Ding, die nicht mal eine Fliege erschrecken würde.

»Hast du mal gelernt, dich zu bewegen?«, erwiderte der Junge.

Rovo, so hieß der Rookie. Gregor hatte schon vergessen, wen der Kleine ersetzte. Körper kamen und gingen. Wenn man ein paar Missionen überlebte, dann würde Gregor sich vielleicht genug darum scheren, einen kennenzulernen. Vielleicht.

»Nur für Leute, die es verdienen«, antwortete Gregor.

»Steigt in diesen Shuttle, oder ihr werdet Schlimmeres verdienen«, kam Auroras Stimme von hinten.

Gregor drehte sich um und sah, dass sie nicht wirklich in seine Richtung schaute. Sie hatte die Augen wie immer auf die Infos in ihrem Visier gerichtet. Überwachte den Fortschritt des Trupps. Ihr schwarz-weiß gefleckter Anzug glitzerte. All ihre Rüstungen begannen sauber und glänzend und endeten dreckig und von Brandflecken übersät. Gregor wusste, welchen Zustand er bevorzugte.

Den Jungen und Aurora dort stehen zu sehen, die ihn nicht einmal beachteten, ließ Gregor zucken. Es war nicht so, dass Gregor seine Kommandantin gleich hier erdrosseln wollte. Es war nicht so, dass er Rovo zerquetschen wollte. Aber gleichzeitig waren Gregors Knochen bereit. Sobald er sich richtig aufgeputscht hatte, musste er loslegen, sonst wäre alles verschwendet.

»Springen wir bald ab?«, fragte Gregor.

Aurora blickte zu ihm auf. »Wie ich schon sagte. Du steigst in diesen Shuttle, und wir gehen.«

Gregor zuckte mit den Schultern. Na gut. Er drehte sich um und kletterte die Rampe hinauf, die in den engen Innenraum führte. Harte graue Sitze, Absturznetze und Gurte. Überall Etiketten mit Notfallverfahren, obwohl jeder wusste, dass man bei einem Notfall in so einem Shuttle wahrscheinlich tot war. Zumindest hatte jeder Sitz einen Hebel daneben, der, wenn man ihn nach unten zog, die Verbindungen des Netzes durchtrennte, sodass sie im Handumdrehen rauskommen konnten. Einen letzten glorreichen Sprung in den Himmel machen, wenn dieser Shuttle abstürzen sollte.

Gregor hatte ihn nur dreimal gezogen. Zweimal war es sogar notwendig gewesen.

Er nahm Platz, schnallte sich an. Starrte auf die Countdown-Uhr. Drei Minuten. Hundertachtzig Sekunden, um mit den Zähnen zu knirschen und zu warten.

4

STEUERKNÜPPEL-JOCKEY

Sie betätigte die Schaltbremse hart und lenkte den Splash-Kart nach rechts um den großen Sandsteinfelsen in der Mitte der Strecke herum. Der Stein war neu, ein Hindernis, das die Besitzer wohl nach dem unfallfreien Rennen im letzten Jahr platziert hatten.

Es hätte Eponi fast überrascht. Und nach der Feuerwolke in ihrem Rückspiegel zu urteilen, hatte es jemand anderes nicht geschafft.

Sie hatte immer noch zwei Fahrer vor sich, deren Splash-Karts über das Wasser schnitten, während jeder Wind und Wellen zu seinem Vorteil nutzte, ihre Mikrodüsen hielten sie knapp über der Brandung.

Keine Chance für Eponi, aufzuholen.

Nicht, wenn sie sich an die Regeln hielt.

Eine schwimmende Plattform, voll mit Zuschauern, tauchte auf. Eine Kuppel darüber zeigte Videoübertragungen des Rennens von Luftdrohnen, was die Seiten der Plattform für den direkten Blick frei hielt. Die meisten würden jubeln, trinken, feiern - das Rennen war nur Nebensache.

Die Strecke, auf beiden Seiten von leuchtenden Bojen begrenzt, teilte sich um die Plattform. Zumindest der sichtbare Teil. Eponi schaltete ihre Mikrodüsen aus, und ihr Kart tauchte ins Wasser. Das Glascockpit hielt sie trocken, als sie unter die Oberfläche tauchte. Eponi leitete die Energie zu ihrem Heckpropeller um, um dem Wasserwiderstand entgegenzuwirken, beschleunigte und schoss mit der Unterströmung unter der schwimmenden Plattform hindurch. Bevor sie diese passierte, aktivierte Eponi die Mikrodüsen wieder. Sie schoss an die Oberfläche und flog auf der anderen Seite in die Luft. Die beiden Fahrer, die vor ihr gewesen waren, lagen nun knapp hinter ihr.

Eponi konnte den Jubel nicht hören, aber sie war sicher, dass sie ihn verdient hatte. Was die anderen beiden Karts betraf, so war ihnen die Rennstrecke ausgegangen. Die orangefarbenen Bojen, die das Ziel markierten, waren genau-

»Eponi?«

Die Vision verschwamm. Dann verblasste das Video ihres Helms und enthüllte die durchsichtige Windschutzscheibe des Abwurfshuttles und dahinter den statischen Außenrumpf der *Nautilus*. Kein Rennen. Kein Jubel.

Nur Erinnerungen.

»An was denkst du?«, fragte Rovo. Der kleine Kerl kletterte ins Cockpit neben sie. Ein Zweisitzer. Normalerweise würde Aurora vorne sitzen und Eponi hier, aber in einem unbekannten Sektor? Da brauchte man jemanden, der reden konnte, egal wer in Kontakt kam, auch wenn er ein Neuling war.

»An bessere Tage«, antwortete Eponi.

»Wirklich? Da kanntest du mich noch nicht.« Rovos Stimme war tiefer, als man es für einen Mann seiner Größe erwarten würde. Kratzig. Vielleicht hatte er zu viel Zeit in verrauchten Räumen verbracht, vielleicht hatte er dort gelernt, all diese Sprachen zu sprechen.

»Glaub mir, das Leben war ganz in Ordnung, bevor du aufgetaucht bist«, sagte Eponi.

Aber Rovo hatte Recht. Keine Zeit für Erinnerungen. Nicht mit dem Rest des Trupps an Bord. Oder fast - Eponi sah, wie Sai in die Bucht stolperte. Der Mann kam immer zu spät. Wie sie, grübelte er über andere Dinge nach. Anders als sie behielt Sai seine Erinnerungen in seinem Zimmer, anstatt dort zu sein, wo er sein sollte. Amateur.

In dem Moment, als Sais Fuß die Rampe berührte, drückte Eponi den Knopf, um sie einzufahren. Sai musste die Stufen hochhasten. Vielleicht würde ihn das etwas lehren. Zumindest brachte es sie zum Lachen.

»Du könntest ihn verletzen, wenn du das machst.« Rovo klang tatsächlich besorgt. Als ob es ihm etwas ausmachen würde.

Die Sentimentalität des Neulings war niedlich, aber sie würde bald genug sterben.

»Wenn er sich beim Einsteigen ins Shuttle verletzt, ist das seine eigene Schuld«, erwiderte Eponi. »Ich bin diejenige, die die Schuld bekommt, wenn wir zu spät abheben.« Zeit für einen Themenwechsel, um den Neuling auf wichtigere Dinge zu fokussieren. »Weißt du irgendwas über unser Ziel?«

Die Ablenkung funktionierte - Rovos Augen wurden ganz unfokussiert. Dieser Blick, den er hatte, wenn er versuchte, sich an etwas zu erinnern.

»Das Gleiche wie du«, sagte er schließlich. »Nichts.«

»Eine Welt namens Dynas«, sagte Aurora, als sie das Cockpit betrat. Sie stellte sich hinter die beiden und legte ihre behandschuhten Hände auf die Rückenlehnen der Sitze. »Ein feuchter, moosiger Ort. Viele natürliche

Ressourcen. Interessante Tierwelt. Wir führen eine Such- und Rettungsaktion durch, dann die Extraktion.«

»Nur haben wir keine Extraktion«, sagte Eponi. Das Briefing hatte zumindest so viel gesagt.

»Dann müssen wir eben clever vorgehen«, sagte Aurora. »Unser Abwurfshuttle diesmal nicht ausbrennen.«

»Das funktioniert nie, und das weißt du.«

Es gab einen Grund, warum Abwurfshuttles diesen Namen trugen. Sie waren dafür konzipiert, einen Trupp abzusetzen, Deckungsfeuer zu geben und als Basis zu dienen, bis man erledigt hatte, was zu tun war. Meistens konnten sie nicht wieder hochkommen. Meistens war das auch nicht vorgesehen.

»Klingt, als würdest du an uns zweifeln«, sagte Aurora. »Für Zweifel ist kein Platz im Trupp.«

»Ich zweifle nicht«, sagte Eponi. »Ich bin nur realistisch, Commander.«

»Na, in dem Fall hör auf, realistisch zu sein, und bring uns hier raus.« Aurora drehte sich um und ging zurück zu ihrem Gurt, der auf sie wartete.

Eponi funkte die Brücke an. Sie erhielt die Freigabe und aktivierte mit einem Druck auf die mittlere Konsole die Abflugsequenz. Hinter ihnen glitten große Metalltüren auf. Gleichzeitig schloss sich vor ihr die Tür, die aus der Andockbucht zurück in die *Nautilus* führte. Dann knallte eine zweite Barriere darüber. Keine Chance auf ein Vakuum. Keine Chance, dass etwas schiefgehen konnte.

Als die Türen den Blick auf den dunklen Weltraum freigaben, konnte Eponi durch die rückwärtigen Kameras des Shuttles und an den Rändern eingerahmt das felsige Äußere der *Nautilus* sehen. Die Überreste des Asteroiden. Während der Schiffsrahmen im Inneren des Felsens saß, war das klobige Äußere belassen worden. Die Hülle bot eine gute Panzerung. Sogar eine erste optische Tarnung.

Die Triebwerke des Abwurfshuttles starteten mit einem sanften Summen, während der Akku sich entlud, um sie hochzufahren. Sie würden einen Tank mit Treibstoff – ein begrenzter Vorrat, ein weiterer Grund, warum Abwurfshuttles nicht zum Überleben gedacht waren – überhitzen und das Schiff vorwärts treiben. Unter dem Shuttle, an seiner Unterseite, erwachten vier Mikrojets zum Leben. Größer als die an den Karts und in der Lage, das Shuttle bis zu einem Meter hochzuheben.

Eponi streifte einen schwarz-grünen Handschuh über die Rüstung ihrer linken Hand und spürte das Kribbeln, als winzige Knoten im Stoff eine Verbindung mit dem Computer in ihrem Handgelenk signalisierten. Sie hob die Hand, vorsichtig darauf bedacht, ihre Finger gebeugt zu halten, bis sie Augenhöhe erreichte.

Rovo blieb still. Kluger Mann.

Als Eponi ihre Finger streckte und ihre Hand flach in der Luft hielt, blitzte der Handschuh rot auf und behielt diese Farbe bei. Bereit zum Fliegen. Eponi bewegte ihre Hand nach rechts, hielt sie dabei waagerecht, und das Shuttle begann eine langsame Drehung. Sie hielt ihre Hand ruhig, bis das Shuttle zum Weltraum zeigte, eine vollständige 180-Grad-Drehung. Dann schob sie mit ihrer rechten Hand den Gashebel nach vorne und katapultierte das Shuttle hinaus.

Sie hatte gestaunt, als DefenseCorp Eponi zum ersten Mal einen Blick auf die Technologie gewährt hatte. Virtueller Pilot. Kein Bedarf, den Steuerknüppel zu greifen, keine Panik, wenn ein Draht riss oder der Knüppel klemmte, oder wenn Eponi weggeschleudert wurde und plötzlich nicht mehr danach greifen konnte. Jetzt, solange

Eponi den Handschuh trug, würde er sich mit dem Shuttle verbinden und ihre Hand allein das Schiff steuern lassen.

Wenn sie wollte, könnte Eponi das Cockpit verlassen. Sie könnte sogar nach draußen gehen und das Shuttle immer noch fliegen. Solange sie diesen Handschuh trug, wäre das Schiff wie Knetmasse in ihren Händen.

Sie flogen aus der *Nautilus* hinaus in die schwarze Leere des Weltraums. Schwarz bis auf einen grünen Punkt, der stetig größer wurde. Sie hatten immer noch den gesamten Schwung der *Nautilus*, die mit voller Geschwindigkeit flog. Obwohl sie sich jetzt senkrecht bewegten, schrumpfte der Kreuzer schnell in der Größe. Selbst so ein gewaltiges Ding verschwand schnell, wenn sie sich mit Tausenden von Kilometern pro Stunde bewegten. Deepak war so freundlich gewesen, das große Schiff so weit wie möglich zu verlangsamen, und jetzt würde der größte Teil von Eponis Treibstoff dafür verwendet werden, das Abwurfshuttle auf eine Geschwindigkeit zu bringen, die die Atmosphäre bewältigen konnte, ohne in Milliarden Stücke zu zerspringen.

»Dynas«, sagte Rovo. »Nie von diesem Planeten gehört.«

»Wenn du noch nie davon gehört hast, dann ich erst recht nicht«, erwiderte Eponi. Nicht unbedingt wahr, aber wenn eine Welt nicht auf dem Rennzirkuit war, musste Eponi nicht wissen, dass sie existierte. Bis jetzt jedenfalls.

Vor ihr, auf Kniehöhe, veränderte sich die Mittelkonsole. Eine Karte der Region auf Dynas, wo sie hinmussten. Mögliche Landezonen erschienen in Gelb. Nicht mehr als ein paar Kilometer voneinander entfernt, was ein definiertes Ziel bedeutete. Zumindest war das Gebiet überschaubar. Sie hasste es, wenn man ihr einen ganzen Kontinent zur Auswahl gab.

»Ein geheimer VIP?«, sagte Eponi. »Was denkst du, wer dieser Typ ist? Ein reicher Investor? Ein Politiker?«

»Wenn ich einen Planeten nicht kenne, dann deshalb, weil er ein Hinterwäldler ist. Weil ihn niemand kennt«, sagte Rovo. »Was bedeutet, wenn wir dorthin fliegen, so kurzfristig, hat jemand wirklich Mist gebaut. Und, damit sich DefenseCorp darum kümmert, wirklich reich.«

5

DER DIPLOMAT

Es gab zu viele Wörter. Und wenn man alle Sprachen mitzählte, vervielfachte sich diese Zahl nur noch. Das bedeutete, dass Rovo eine Menge zu lernen hatte.

Er versuchte es auch. Sogar hier, während er neben Eponi im Cockpit saß, büffelte Rovo hinter seinem Visier die nächste Sprache: Casparianisch. Mehr eine Reihe von Tönen und Betonungen als tatsächliche Wörter. Sobald man herausgefunden hatte, wie man die Zunge *genau richtig* rollen musste, war es gar nicht so schwer zu verstehen. Es war wirklich erstaunlich, was diese Spezies mit Klängen anstellen konnte. Die Menschheit mit ihrem riesigen Durcheinander von Dialekten – auch wenn das Gemeinidiom inzwischen alle anderen Sprachen plattgewalzt hatte – könnte sich da einiges abgucken.

Aber vielleicht sollte er jetzt besser aufpassen. Eponi sagte gerade etwas. Als Rovo die Überlagerung seiner Linse wegblinzelte, sah er, dass seine Konsole blau geworden war. Eingehende Übertragung. Außerhalb des Frontfensters war

Dynas' grüner Punkt riesig geworden. Füllte jetzt den Großteil der Windschutzscheibe aus.

»Hey, kannst du das beantworten?«, fragte Eponi gerade.

»Vielleicht. Was, wenn ich's nicht tue?«, erwiderte Rovo.

»Dann tret ich dir in den Hintern. Danach wird Aurora das Gleiche tun, und Gregor gibt dir dann den Rest.«

Rovo wusste, dass Eponi sein Gesicht nicht sehen konnte, aber er verzog es trotzdem. Der Gedanke, dass Gregor sich ihn vorknöpfen würde? Nein danke. Also drückte er auf die Konsole. Starrte in das seltsame Gesicht, das ihn plötzlich anblickte.

Es war definitiv menschlich. Aber nicht nur das. Der Mann war mit grünen und schwarzen Flecken übersät, als wäre er mit Schimmel injiziert worden. Eingewickelt und eine Weile zum Verrotten liegengelassen. Dann herausgenommen, gedämpft und eingeölt. Kein besonders ansprechendes Bild.

»Wir haben Ihren Anflug registriert«, sagte der Mann mit wässriger Stimme, als hätte er eine schlimme Erkältung. »Was ist Ihr Anliegen auf Dynas?«

»Wir machen nur einen Zwischenstopp«, sagte Rovo. »Wollten uns die Sehenswürdigkeiten anschauen.«

Es gab einige Planeten mit Stadtzentren und grandiosen Naturwundern. Dort konnte man so tun, als wäre man ein Tourist. Man konnte echte, aufrichtige Zuneigung für den Planeten und das Land zeigen, ohne viel Ärger zu bekommen. Ein Ort wie Dynas? Rovo überprüfte die Scanner, kein sichtbarer Schiffsverkehr. Dynas war ein Ort, den man aus einem bestimmten Grund aufsuchte, und Sever hatte keinen guten.

»Von welchen Sehenswürdigkeiten reden Sie?«, fragte der Mann.

»Na ja, welche Sehenswürdigkeiten haben Sie denn?«, entgegnete Rovo. Er hatte im Moment nur eine Aufgabe: Die Leute am Reden halten. Sie verwirrt und aus dem Gleichgewicht bringen. Sobald Eponi das Shuttle unter etwaige Verteidigungsanlagen gebracht hatte, konnte er so viele Beleidigungen herausschleudern, wie er wollte.

Eigentlich war es gar nicht der schlechteste Job.

»Ich fordere Sie auf, umzukehren und Ihren Kurs abzubrechen.«

»Dafür haben wir nicht genug Treibstoff«, sagte Rovo. »Haben Sie einen Platz, wo wir landen können? Zum Aufladen?«

Nicht dass das Landeshuttle genug Energie bekommen könnte, um sie tatsächlich zu einer anderen Welt zu fliegen. Abgesehen von den Triebwerken lief das Shuttle mit Batterien, die nur mit der richtigen Infrastruktur aufgeladen werden konnten. Etwas, von dem Rovo nicht glaubte, dass Dynas es hatte, nach dem Aussehen zu urteilen.

Auf den Konsolen tauchten Messwerte auf, als die Sensoren des Landeshuttles aktiv wurden. Energiespitzen, Wärme. Diese Überlagerungen erschienen auf dem vorderen Sichtfenster. Und es waren nur wenige. Was auch immer für Siedlungen Dynas hatte, sie waren klein oder sehr gut getarnt.

»Ihre Probleme sind nicht unsere Probleme. Kehren Sie um, oder wir werden uns verteidigen.«

»Scheint, als würden Sie und ich nicht gut miteinander auskommen. Haben Sie einen Vorgesetzten? Jemand anderen, mit dem ich sprechen kann?«, sagte Rovo. Er schaltete seine Seite des Anrufs stumm, drückte den Transponder des Anzugs – der bereits mit der Kurzwellenfrequenz des

Trupps verbunden war. »Hey Leute, macht euch bereit. Sieht nach einem holprigen Eintritt aus.«

»Wir haben immer holprige Eintritte«, sagte Eponi.

»Lüg nicht«, sagte Rovo, nachdem er den Transponder losgelassen hatte. »Du magst sie doch.«

Eponi sagte nichts, aber Rovo hätte alles darauf verwettet, dass sie unter ihrer Rüstung lächelte.

Dynas und sein nebliges Grün füllten alles aus, was sie sehen konnten. Das Shuttle begann zu zittern, als es auf die Atmosphäre und die darin enthaltene schwere Luft traf. Rovo griff nach den Griffen und merkte dann, dass er den Anruf gar nicht beendet hatte. Auf der anderen Seite schrie der seltsam aussehende Mann sie an, sein gefleckter Mund öffnete und schloss sich, und sein Gesicht war rot. Wenn überhaupt, sah es noch ekelhafter aus als zuvor.

Rovo berührte den Bildschirm ein letztes Mal. Er dachte, es gäbe noch eine Gelegenheit für eine letzte Beleidigung.

»Ihr werdet alle sterben. Hört ihr mich? Jeder einzelne von euch.« Der Mann beendete den Anruf.

Rovo kam noch nicht einmal dazu, seinen Spruch loszuwerden. Er würde ihn wohl persönlich überbringen müssen.

NASSE LANDUNG

Aurora hörte Rovos Warnruf und antwortete aus Gewohnheit: »Macht sie fertig und lasst sie los.«

Drei Severs saßen hinten in Aufprallgeschirren und drückten jeweils einen kleinen Knopf unter ihrer rechten Hand. An der Decke des Shuttles hingen Bildschirme von Metallstangen herab. Die Displays schwenkten direkt vor die Gesichter der Severs, jeder dank Mikrokameras, die die Augenhöhe maßen, perfekt ausgerichtet. Jeder Bildschirm zeigte den Feed einer Kanone. Zwei unten – aufgeteilt auf Bug und Heck des Shuttles – und einer oben, alle geladen und schussbereit.

Auroras schnappte als erste ein und gab ihr die nach vorne gerichtete untere Kanone. Sie zeigte die Welt aus stürmischem, muffig gelb-grauem Nebel, in den sie beim Sinkflug des Shuttles immer tiefer eintauchten. Auf ihren Anzeigen erschien nichts. Wer wusste schon, ob Dynas überhaupt irgendeine Art von Verteidigung hatte, aber das Überleben gebot, so zu handeln, als wäre der Planet gespickt mit Tod.

»Ich orte eine Wärmesignatur, sieht nach Energienutzung aus«, sagte Eponi durch ihre Transponder. »Werd' direkt drauf landen. Denke, das ist so gut wie jeder andere Ort.«

»Bring uns nur nicht um«, sagte Sai.

»Tu ich das je?«

»Irgendwelche Anzeichen von Bedrohungen?«, schnauzte Aurora. Sie hatte kein Problem mit Geplänkel im Squad, solange es nicht in einem gefährlichen Moment ablenkte.

»Nein«, antwortete Eponi, aber ihre Stimme zog sich hin, selbst als sie sprach. »Warte – da kommt was von hinten. Ein Paar Darter-Klasse Skiffs.«

Skiffs? Wenn sie hier mit solch offenen Fluggeräten flogen, dann musste Dynas eine dichte Atmosphäre haben. Atembar. Skiffs bedeuteten auch, dass Dynas nicht verstand, mit wem sie es zu tun hatten. Klar, keine gepanzerte Hülle oder Windschutzscheibe zu haben, mochte für hübsche Aussichten sorgen, machte sie aber auch zu einem leichten Ziel. Man konnte offenen Raum nicht abschirmen. Aurora hätte gerne ein paar Schüsse abgefeuert und die engen Knoten gelöst, die sich zu Beginn von Missionen immer in ihren Muskeln bildeten, aber Gregor hatte die hintere Kanone und die erste Chance, Dynas' Nebel mit Feindteilen zu spicken.

Das Landungsschiff zitterte nicht, als Gregor seine Kanone abfeuerte, ein völliges Fehlen von Rückstoß, an das Aurora sich inzwischen hätte gewöhnen sollen. Keine Projektile wie in den alten Modellen, also kein Rückstoß. Nur ein Summen. Das Wimmern einer sich entladenden Batterie.

Was Kämpfe anging, ließen Laser das Ganze künstlich wirken, als würden sie ein Spiel spielen. Aurora wusste, dass dieses Gefühl mit dem ersten Opfer verschwinden würde, das zeigte, was ein direkter Lasertreffer einem Menschen antun konnte, aber Gregors Feuer brachte diese Absolution nicht.

»Sie teilen ihren Anflug auf. Leicht bewaffnet«, sagte Gregor nach seiner ersten Salve. »Ich sehe zwei Kanonen an jedem, vorne und hinten montiert. Ich hab die vordere Kanone an meinem schon neutralisiert.«

»Nur weil dein Pilot nicht weiß, wie man ausweicht«, fügte Sai hinzu. »Meiner versteht wenigstens das Konzept.«

Der breiige Nebel lichtete sich, als Eponi das Shuttle nach unten steuerte. Sattes Dunkelgrün blitzte auf, eingefangen von den Lichtern des Landungsschiffes, die Eponi eingeschaltet hatte, als die Wolken, nun über ihnen, das meiste Sternenlicht verschluckten, das es wagte, so weit vorzudringen. Wenn Aurora raten müsste, lag der Grund für Leben auf Dynas überhaupt an seiner atmosphärischen Hitzefalle, die biologischen Schlamm aus welch unglücklicher Gesteinsansammlung auch immer aufkochte, die ursprünglich kollidiert war, um Dynas zu formen.

»Haltet die Augen offen für Bodenverteidigung«, sagte Eponi.

Das Shuttle rüttelte, als Eponi endete. Etwas knallte und Rauch strömte in die Kabine. Nein, kein Rauch. Nebel von draußen.

»Was war das?«, schnauzte Aurora.

»Die Skiffs«, antwortete Sai. »Nicht die Hauptkanonen. Etwas Seltsames. Von Handfeuerwaffen. Meine Vermutung, selbststeuernde Drohnen mit Sprengstoff. Können wir uns schneller bewegen?«

»Das ist ein Landungsshuttle, Sai. Wir fallen praktisch.« Die kecke Frechheit war aus Eponis Stimme verschwunden, ein Zeichen für eine Pilotin, die sich auf ihr Fliegen konzentrierte.

Was eine ernste Situation bedeutete. Aurora unterdrückte den Drang, Eponi nach Details zu fragen – einer der schwierigsten Teile der Führung von Sever lag darin, dem Team zu vertrauen, dem Drang zu widerstehen, jede ihrer Handlungen zu hinterfragen, nach jedem Detail zu fragen und es abzusegnen.

»Das zweite Skiff fliegt über uns!«, rief Gregor.

Aurora brauchte nicht mehr zu hören. Ihr Bildschirm blitzte in der oberen linken Ecke hellgelb auf; die Scanner des Shuttles zeigten ein Ziel an. Aurora benutzte ihre Augen, zog sie zur Position des Ziels. Die Bewegung richtete die Kanone aus, und sie starrte zurück in den Nebel. Wartete. Der Kontakt zwischen Auroras Augen und dem Bildschirm hielt den Feed aktiv, die Kanone schussbereit.

Ein langer dunkler Schatten schnitt über den Bildschirm. Aurora blinzelte mit beiden Augen und die Kanone feuerte einen hellgrünen Blitz in den Äther. Aurora blinzelte wieder und wieder und wieder, schickte Schüsse auf die Gestalt, die in einer wunderschönen orange-roten Rose aufflammte.

Skiff erledigt.

»Hab mich darum gekümmert«, sagte Aurora.

Aber der Nebel strömte weiter ins Landungsshuttle. Aurora konnte das Loch nicht sehen, und sich während eines potenziellen Absturzszenarios abzuschnallen, würde Aurora auf die falsche Seite jedes DefenseCorp-Leitfadens bringen. Und des gesunden Menschenverstands – das Landungsschiff machte immer noch das, wofür es gebaut worden war: es fiel. Das Schiff würde nicht mehr lange durchhalten müssen.

»Tut mir leid, Sever, sieht so aus, als hätte dieser Schuss meine Kühlung zerstört. Die Triebwerke überhitzen. Wir gehen hier runter, weil, äh, sonst werden wir alle gekocht.« sagte Eponi. »Macht euch auf eine nasse Landung gefasst.«

Aurora richtete ihre Kanone nach unten und sah gerade noch, wie riesige Äste, Bäume und Ranken das Shuttle packten und verschlangen. Die Kanonenübertragung hielt stand, wackelte dann und wurde schwarz. Das Shuttle füllte sich mit Gebrüll, Verwüstung und Reißen, während Sever in ihren Sitzen durchgeschüttelt wurde. Sitze, die nicht brachen, weil DefenseCorp jeden Absetzstuhl mit schweren Metallen am Boden verschraubt hatte. Sie waren dafür ausgelegt, einen Aufprall auszuhalten und zu verhindern, dass ein scharfer Gegenstand durch den Boden drang und den Insassen verletzte.

Aurora hatte schon viele Abstürze erlebt, ein übliches Berufsrisiko, aber die meisten waren an Land gewesen. Einer an einem Strand, als Teil einer Rettungsaktion in einem von unzufriedenen außerirdischen Touristen überrannten Resort. Aber keiner in einen Sumpf. Als das Shuttle also auf das Wasser klatschte, nach vorne sprang und sich in einer üblen Mischung aus schleimigem Wasser und schrecklichen Gasen niederließ, hatte Aurora einen neuen Kandidaten für den schlimmsten Ort aller Zeiten. Sie schnallte sich ab, überprüfte die Energiewerte ihrer Rüstung – alles grün – und machte sich auf den Weg zu den sich öffnenden Seiten des Shuttles. Das Sumpfwasser hatte die gleiche Idee und flutete das Schiff, um Aurora mit schaumigem Dreck zu begrüßen.

»Raus hier!«, sagte Aurora die Worte, die niemand hören musste. Gregor und Sai, die ihr folgten, kletterten hastig durch die offene Tür in der linken Hülle, die dank eines nun umgestürzten Baumes, der seinen letzten Stoß durch die Seite des Absetzsshuttles gemacht hatte, noch größer geworden war.

Eponi und Rovo waren bereits evakuiert und durch das zerschmetterte Cockpitfenster geklettert. Rovo blickte zum Himmel und suchte nach weiteren Skiffs, während Eponi sich zurück ins Cockpit lehnte und auf Knöpfe drückte. Das Protokoll besagte, dass es am besten wäre, die Systeme des Absetzshuttles herunterzufahren und die Batterien bei einer harten Landung zu entleeren, um schlechte Dinge wie feindliches Plündern und zufällige Explosionen zu verhindern.

»Was ist passiert?«, rief Aurora Eponi zu, als die Pilotin sich wieder auf der Nase des Absetzshuttles niederließ. »Du hast den Treffer nicht so ernst klingen lassen?«

»Was auch immer sie auf uns abgefeuert haben?«, schoss Eponi zurück. »Es machte einfach weiter. Ich verlor ein System nach dem anderen. Ich musste uns schnell runterbringen, sonst wären wir direkt durch diese Bäume gerauscht.«

Aurora blickte über den trostlosen Sumpf, der sich so weit erstreckte, wie sie sehen konnte, was angesichts der dunklen, nebligen Bedingungen nicht allzu weit war. Ihre Angreifer, wer auch immer auf Dynas lebte, suchten keine Besucher. Sie waren bereit zu töten, um ihre Welt ruhig zu halten, aber sie hatten ihre Chance verpasst.

Sever würde ihnen keine zweite geben.

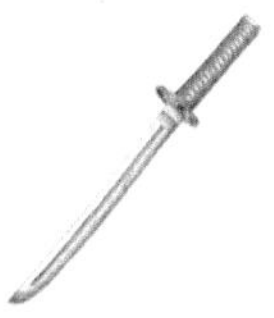

SUMPFDING

Eine Kloake. So fühlte sich dieser Planet an, und Sai war gerade mal eine Minute hier. Der Nebel sickerte in großen graugrünen Schwaden herab, ein klebriger Dunst, der seine Rüstung überzog, die Atemlöcher verstopfte und seinen fauligen Geruch in Sais Nase trieb. Die Filter würden alles Schädliche herausfiltern, aber Gerüche konnten bleiben. Sai hätte gerne den Ingenieur verprügelt, der wahrscheinlich mit selbstgefälliger, von Abschlüssen strotzender Stimme erklärt hatte, dass es nützlich sein könnte, Gerüche beizubehalten. Könnte eine Warnung sein.

Sai würde zu nichts gut sein, wenn er weiterhin so hustete.

Gregor drückte seine gepanzerte Faust gegen Sais Rücken, während die beiden an der Seite des Landungsshuttles standen. Wenn Sai nicht bald einen Schritt machen würde, sagte Gregors Gewicht, würde der große Mann Sai in den Sumpf stoßen. Dynas hatte keine erdrückende Schwerkraft, aber Sais Gewicht samt Rüstung würde hier ausreichen, um ihn in die Tiefe zu ziehen. Wo der Anzug ihn natürlich atmen lassen würde. Aber wenn es hier oben schon so hässlich war, stelle man sich vor, wie es unter dem gelbgrünen Schmodder aussehen würde?

»Ich bewege mich«, sagte Sai und hielt seine Stimme auf dem Squadkanal. »Beruhig dich.«

»Ich bin nicht aufgeregt«, erwiderte Gregor. »Wir sind hier oben verwundbar.«

Wenn die Skiffs sie durch den Nebel sehen könnten, wären sie schon tot, aber Sai stritt nicht. Stattdessen machte er den ersten Schritt nach unten. Vom Shuttle auf das, was wie ein schlammiger Felsen aussah. Sein Fuß traf auf das Material und sank direkt hindurch. Der Metallstiefel sank ein, und sein Bein folgte bis zum Knie, bevor Sai auf etwas traf, das nicht ganz fest war, aber dick genug, um sein Gewicht zu tragen.

»Vorsichtig«, sagte Sai. »Der Boden mag es, Leute zu fressen.«

Die anderen folgten, obwohl Sai bemerkte, dass sie sich daran hielten, auf dem Shuttle selbst zu laufen. Blieben auf seinen Flossen und dem schwebenden Rumpf. Er spürte ihre Blicke auf sich. Warteten darauf zu sehen, ob er verschwand. Ob er zu einer Verlustziffer wurde, einer Statistik.

Idioten, allesamt.

Er hörte Aurora mit Eponi reden und beschloss, einen zweiten Schritt zu machen, das Shuttle ganz zu verlassen und durch den Matsch zu stapfen. Dann einen dritten, obwohl der Schlamm an seinen Beinen saugte und ihn zu einem reißenden, schmatzendem Rhythmus zwang.

Seine Atemgeräte bestätigten die atembare Atmosphäre, fünfmal dicker als die der Erde. Feucht und durchnässt. So sehr, dass ihre Anzüge rosten würden, wenn sie zu lange an der Oberfläche blieben.

»Sai, was machst du da?«, Aurora klang wie eine gespannte Reißleine, kurz davor durchzudrehen. »Weißt du, wohin du gehst?«

»Standardprotokoll«, antwortete Sai. »Nach der Landung von einem abgestürzten Schiff wegkommen.«

»Wie du vielleicht bemerkt hast, ist das hier nicht Standard«, sagte Aurora, schien sich dann aber zu beherrschen. »Aber Sai hat recht. Eponi, weißt du, wohin wir gehen sollten? Wo ist die Station, zu der du unterwegs warst?«

Eponi, die auf der Nase des Shuttles stand, zeigte in die Ferne, zu Sais Linken. Soweit Sai das beurteilen konnte, ging Eponis Richtung nach dem Kompass des Anzugs nach Norden.

Ein funktionierender Kompass war ein Wunder - ob DefenseCorp bei ihnen gespart hatte oder Sever es geschafft hatte, Planeten mit magnetischer Polarität zu umgehen, die kleinen rot-weißen Pfeile erwiesen sich bei ihren Missionen meist als nutzloser als nicht. Hier, bei einer Sichtweite von vielleicht zehn Metern, würde jede Fernnavigation mit nicht-visuellen Methoden durchgeführt werden. Unabhängig davon passte die gewählte Richtung nicht zu der, in die Sai gestapft war.

Sai drehte sich, schwang seine Beine durch den Matsch. Machte einen Schritt vorwärts. Sein linkes Bein ruckte. Rutschte zurück. Etwas packte seinen Fuß. Ein stetiger Zug, kein Reißen. Zog Sai tiefer in den Schlamm.

»Etwas hat mich erwischt!«, jaulte Sai. Er drehte sich, aber das Einzige, was er sehen konnte, war dieser verdammte Nebel, der blubbernde, schleimige Schlamm.

Seine linke Hand tastete nach der Laserpistole an seiner Hüfte. Griff sie, schwang herum und hätte fast abgedrückt. DefenseCorp-Standardvorschriften besagten, nicht ohne klare Sicht auf das Ziel zu feuern - Kollateralschäden kosteten Geld und wurden von Severs Gehalt abgezogen.

Sais rechte Hand tippte an seinen Helm, drückte gegen seine Schläfe, und das Visier schaltete von Standard auf Infrarot um. Die senfgrünen Töne verblassten zu schwärzlichem Blau, abgesehen von seiner eigenen Wärme und der des Wesens, das ihn angriff. Das Ding hatte sich um seinen Fuß gewickelt, groß und wogend.

Sai mag geschrien haben.

»Gregor«, Aurora beantwortete Sais Panik mit einer Lösung. Wenn Sai eine Eigenschaft der Kommandantin auswählen müsste, die erklärte, warum Aurora die Position innehatte, wäre es diese: Wenn die straffe Leine, die ihre Kontrolle hielt, riss, wurde sie zu messerscharfem Eis, kalt und gnadenlos. »Spring rein.«

»Ja.« Gregor griff in seinem schwarz-silbernen Anzug über seinen Kopf und packte seinen Hammer. Zog ihn herunter, hielt ihn mit beiden Händen bereit.

»Warte!«, setzte Sai an, in der Hoffnung auf eine Chance, dem drohenden Unheil zu entkommen, aber man konnte eher einen Kometen aufhalten als Gregors Angriff zu stoppen.

Der monströse Mann ging in die Hocke und sprang. Alle Anzüge hatten Schubpolster in den Stiefelsohlen. Bei Bedarf konnten sie einen Mikroschub nach unten erzeugen, indem sie Energie aus den bewegungsgeladenen Batterien der Rüstung saugten. Zwei bis drei extra Meter bei einem Sprung oder mehr mit Schwung.

Der Schub gab Gregor die Höhe, um jenseits von Sai niederzukrachen, mit dem Hammer voran. Gregor trieb die Waffe durch den Schlamm, gefolgt von ihrem Besitzer. Sai konnte nicht erkennen, was geschah, weil eine Wand aus Dreck über ihn hereinbrach.

Wahnsinniges Gelächter erfüllte den Funk.

Sai schaltete zurück auf Standardsicht, wischte den Dreck weg und starrte auf seine Rüstung. Einst smaragdgrün, hatte Sai nun eine perfekte, übel riechende Tarnung. Kein Metall in Sicht.

Nicht dass Sai viel Zeit hatte, über sein bevorstehendes Reinigungsdesaster nachzudenken. Rovo und Aurora kündigten ihre Ankunft im Kampf mit gelben Laserstrahlen an, die den Schleim vor Sai versengten, und das Ding, das Gregor mit seinem Hammer weggeschlagen hatte, erhob sich aus dem Wasser.

Ein Ding, das immer weiter wuchs. Bis es mehr als dreimal so groß war wie Sai selbst. Es schien unfair, dass etwas so Hässliches so groß sein konnte. Als ob Schlamm plötzlich zum Leben erwacht wäre und den Dreck, Stöcke und Steine gleich mit ins Bewusstsein gebracht hätte. Teile brachen ab und trieben von der Kreatur weg, platschten in das Sumpfwasser um Sai herum.

»Es hat Tentakel«, sagte Rovo und platschte neben Sai ins Wasser. »Weil es die natürlich haben muss.«

Grau und gefleckt, mit Schimmelflecken überzogen, zitterten die Tentakel, als das Ding aus dem Sumpf wuchs. Sie hingen an den Seiten des Dings herab, und Sai zählte mindestens zehn, möglicherweise mehr, wobei die Enden unter der Oberfläche verschwanden. Sai suchte nach einem Mund. Nach Augen. Fand keine.

Dieses Monster war ein riesiger Klumpen, der anscheinend vorhatte, Sever Squad zu seiner nächsten Mahlzeit zu machen.

[8]

TENTAKELZEIT

Gregor lachte. Er schüttelte den Kopf beim Anblick der Kreatur und lachte dann noch mehr. Er hatte nicht erwartet, hier draußen, so weit weg von allen aktiven Kampfzonen, auf einer langen DefenseCorp-Patrouille, die Sever und der *Nautilus* als eine Art Pause gegeben wurde, diese Art von Unterhaltung zu finden. Und hier stand er nun, Auge in Auge mit etwas, das er noch nie gesehen, noch nie von gehört hatte.

Das Monster war ekelhaft. Ein lebendiges Durcheinander.

Und sehr zerschlagbar.

Sein Visier, mit einem superglitschigen Film beschichtet, wusch den Schlamm ab, der an jedem anderen Teil von ihm klebte. Gregor musste zweimal anheben, um seinen Hammer aus dem Dreck zu ziehen, in dem er nach seinem Schwung stecken geblieben war. Gut so. Er zog es vor, für seinen Spaß arbeiten zu müssen.

Seinen Streithammer in den Händen haltend, starrte Gregor den Blob an. Suchte nach einem Schwachpunkt. Fand keinen, was bedeutete, geradeaus.

»Freigabe zum Angriff?«, fragte Gregor.

»Freigegeben«, antwortete Aurora einen Moment später, ihre Stimme kam klar durch die Kommunikation ihrer Anzüge.

Sie gaben Gregor eine Pause in ihrem Laserfeuer. Severs Angriffswaffen würden ein Schlammmonster wie dieses überhitzen und es in eine kochende Masse von Mist verwandeln. Bevor das passierte, wollte Gregor seine Schläge anbringen. Er pumpte seine Fersen zweimal, aktivierte die Verstärkerpolster in seinen Stiefeln, und Gregor schoss aus dem Schlamm. Er schwang den Hammer von links nach rechts, während Gregor durch die Luft flog und das Schlammmonster traf.

Dreck und Herrlichkeit spritzten überall hin, als die Waffe ihr Ziel fand. Dann blieb der Hammerkopf stecken, und Gregor, dessen Schwung noch anhielt, flog mit der Brust voran in die Vorderseite des Monsters. Er klatschte wie eine nasse Nudel dagegen, der Aufprall riss Gregors Waffe aus seinem Griff - der Schlamm hielt den Hammer noch fest - und Gregor rollte die Vorderseite des Dings hinunter, platschte ins Wasser an dessen Basis.

Auf dem Rücken liegend konnte er seinen Hammer noch aus der Kreatur ragen sehen, als Severs hellgelbe Blitze wieder einsetzten. Er musste den Hammer zurückholen. Konnte nicht riskieren, ihn im Sumpf zu verlieren. Gregor versuchte sich aufzusetzen, als etwas mit seinem Gesicht kollidierte. Es drückte ihn zurück in den Schlamm und schnitt ihm die Sicht ab.

»Gregor, halt durch! Einer der Tentakel-«, rief Sai, derjenige, der sie in dieses Schlamassel gebracht hatte.

»Das merke ich«, unterbrach ihn Gregor. »Hol ihn von mir runter.«

Gregors Anzug registrierte die Wellen im Wasser, als

Sai sich näherte, während Gregor mit seinen Händen nach dem Tentakel griff, der sein Gesicht in den Sumpf drückte. Er versuchte, einen guten Griff zu bekommen, aber der schleimbedeckte Stamm machte es schwierig, mit einem Paar metallbedeckter Panzerhandschuhe zuzupacken. Nicht zum ersten Mal verfluchte Gregor das Anzugdesign von DefenseCore.

Er müsste einen anderen Weg finden.

Na gut.

Gregor ließ seine linke Hand zu seiner Taille fallen, schlug sie gegen die Seite seines Kampfanzugs und löste eine kleine Scheibe. Er hielt sie in die Luft, gerade über dem Wasser, und drückte zu. Eine einzelne lange Klinge entfaltete sich aus der Mitte der Scheibe, und sobald sie sich gestreckt hatte, bog sich das letzte Viertel im rechten Winkel, die Klinge zur Seite. Gregor konnte nichts davon sehen, spürte aber die erwarteten Vibrationen in seiner Hand, als das Werkzeug hochfuhr. Eine Notfallsäge.

Gregor hielt die Klinge an den Stamm. Spürte, wie sie in die schlammige, modrige Masse eindrang. Und genauso schnell spürte er, wie die Klinge sich verklebte. Zerbrach und auseinanderfiel. Nicht überraschend - die Scheiben waren dafür gedacht, durch defekte Gurte, Sicherheitsnetze und Seile zu schneiden. Nicht um sich durch ein Schlamm-monster in den Sümpfen von Dynas zu kämpfen.

Gregor spürte, mehr als dass er es sah, wie Sai mit dem Stamm zusammenstieß. Ein zitternder Aufprall, der nichts bewirkte. Zumindest nichts, das Gregor feststellen konnte.

»Dein Schwert, Sai«, brüllte Gregor.

Das war sowieso Sais ganzer Punkt. Bomben und Klingen.

»Ich wollte es sauber halten«, antwortete Sai. Natürlich wollte er das.

»Die Kreatur wird das zu schätzen wissen, nachdem sie dich getötet hat.«

Der Druck nahm zu, und der Tentakel drückte Gregor weiter unter die Wasseroberfläche. Bis er spürte, wie der Sumpfbodenschlamm an seinem Rücken saugte. In seine Rüstung kroch und sich um die Seiten seines Helms wickelte. Er würde in Momenten begraben sein.

Auf einmal ließ der Druck nach. Gregor hatte wieder seine eigene Kraft. Er drückte seine Arme, kickte mit den Beinen unter sich und drückte sie in den Matsch. Trieb sich zur Oberfläche. Die Anzüge waren nicht zum Schwimmen gemacht, aber der Sumpf war kein Ozean, das flache und dicke Wasser hier gab Gregor genug Auftrieb, um sich an die Oberfläche zu ziehen.

Das Ende des Stammes klebte noch an Gregors Maske, so dass er nichts sehen konnte, aber das kleine Head-up-Display zeigte ihm in neonblauen Buchstaben, dass er es aus dem Schlamm geschafft hatte. Dass er, wenn Gregor es wollte, seinen Helm öffnen könnte, ohne dass Sumpfwasser hereinströmte.

Einen Helm in einer aktiven Kampfzone zu öffnen, außer in Fällen kritischer Fehlfunktionen, verstieß gegen die DefenseCorp-Richtlinien. Es machte seine Versicherung ungültig - insbesondere die große Auszahlung, die kommen würde, wenn Gregor sein Ende fände. Zu viel zu verlieren, und Gregor hatte gehört, DefenseCorp würde jede Gelegenheit nutzen, um diese Auszahlung niedrig zu halten. Wie bei den meisten von Sever warteten Familie - in seinem Fall Eltern - und hofften zweifellos, eines Tages die endgültige Auszahlung von Gregors selbstmörderischer Berufswahl zu erhalten.

Gregor legte seine Hände erneut an den Stamm und schaffte es, ohne den Druck des restlichen Tentakels, die

Saugnapfstelle von seinem Helm zu reißen und die Gliedmaße in den Sumpf zu schleudern. Gregor konnte Dynas wieder sehen, und wieder einmal ließ die Welt Gregor völlig unbeeindruckt.

Der Kampf lief in etwa so, wie er es erwartet hatte. Aurora, Eponi und Rovo feuerten immer noch wie wild auf die Kreatur, die davon unbeeindruckt schien. Ihre Tentakel wirbelten umher, und Gregor sah, dass einige von ihnen länger als das Shuttle waren und wie schwingende Baumstämme durch die Luft peitschten. Das Monster zwang Sever zum Tauchen und Rollen. Die schwingenden Gliedmaßen ausweichen, nicht eingesogen, gefangen oder in den Schlamm gedrückt werden. In seiner Nähe versuchte Sai endlich, mit der Klinge zu arbeiten, aber jeder Schnitt brachte mehr Schlamm und null Kreatur zum Vorschein.

Gregor konnte dabei helfen. Er drehte sich zum Monster und sah, wie ein Tentakel begann, durch den Sumpf auf ihn zuzuschwimmen. Der Söldner ging in die Hocke und knurrte: »Komm und hol mich, du aufgeblasener Bastard.«

Die lange, schleimige Gliedmaße schoss aus dem Sumpf hervor, und Gregor sprang, packte sie, als der Tentakel unter ihm hindurchfegte. Er hob Gregor hoch, höher als die Kreatur selbst, und versuchte, ihn abzuschütteln. Genau das hatte Gregor gehofft. Als der Stamm über den Kopf des Schlammwesens flog, ließ Gregor los, fiel und wirbelte durch die Luft, bis er mit einem ekelerregenden Platsch direkt auf dem Kopf der Kreatur landete. Nicht, dass es wirklich einen Kopf gab, eher die Spitze eines Hügels.

Gregor blickte nach links, nach unten. Der Hammer steckte einen Meter unter ihm, in die Seite des Biests gerammt. Selbst wenn er ihn erreichen könnte, wie sollte

Gregor ihn schwingen, bevor er wieder im Sumpf landete? Ein Problem nach dem anderen. Gregor griff über seinen Rücken, wo neben dem Hammer ein Paar schwere Sturmgewehre hing. Am Rücken seines Kampfanzugs befestigt. Einsatzbereit.

Er schnappte sich eins, schwang es über seine Schulter, während Gregor auf dem Biest kniete. Drückte die Mündung auf die Spitze des Hügels. Zog den Abzug und hielt ihn gedrückt.

Ein DefenseCorp-Schweres-Sturmgewehr spuckte fünfzig Bolzen pro Sekunde aus. Selbst ohne den Rückstoß eines Lasers überhitzte wiederholtes Feuer die Spiegel im Lauf und ließ die Genauigkeit in den Keller sinken. Die Waffe sollte alles, worauf Gregor schoss, zu Tode erschrecken, indem sie die Luft mit tödlichem Feuer füllte. Aber das Monster war so groß wie ein Haus, und Gregor saß direkt darauf. Genauigkeit war keine Frage. Terror zweitrangig. Der Tod zählte am meisten, und auf diese Entfernung lieferte das Sturmgewehr.

Bolzen blubberten in die Kreatur hinein und kochten tiefe Löcher, in denen Gregor in den Momenten, bevor Schlamm sie füllte, etwas sehen konnte, das wie grün gefärbtes Fleisch aussah. Gut zu wissen, dass unter dem Dreck etwas Lebendiges war, dass sie nicht gegen den Sumpf selbst kämpften. Echtes Leben konnte genommen, verscheucht oder zu Asche verbrannt werden.

»Der Spaß steckt unter dem Schlamm!«, schrie Gregor.

Und dann flog er. Von einem Tentakel getroffen, segelte er durch die Luft. Gregor spürte ein Knacken in seinem Rücken, als er gegen einen Baum krachte und mit dem Gesicht voran in den Schlamm stürzte.

Bewusstlos und am Boden.

9

SCHOCKTHERAPIE

Drei Schüsse. Zählt mit. Und Aurora meinte, Eponi würde nicht genug tun, wenn Sever Streit anfing.

Nicht, dass diese drei Schüsse – sengende Blitze aus dem kleinen Gewehr, das Eponi laut DefenseCorp-Vorschriften tragen musste – das Sumpfgeschöpf zu stören schienen. Severs Pilotin beobachtete von der Nase des Landungsshuttles aus, wie das Schiff stetig seinen Kampf gegen den losen Schlamm verlor, der es hinunterzog, während Gregor, Sai, Rovo und Aurora um Tentakel herumsprangen und durch den Schleim wateten, um herauszufinden, wie sie dem Ding Schaden zufügen konnten. Die ganze Szene fühlte sich an wie ein schlechter Film, bei dem das gesamte Budget in Spezialeffekte geflossen war und nichts in die Handlung.

»Warum ist dieses Ding überhaupt hier?«, sagte Eponi in den Kanal des Trupps, zwischen einem Warnruf von Aurora an Rovo und einem Fluch von Sai, als sein Schwert erneut in der Seite der Schlammbestie stecken blieb. »Von diesem ganzen Sumpf landen wir ausgerechnet direkt auf ihm? Was sind die Chancen?«

Sie zielte mit dem Gewehr, als ein Tentakel Gregor packte und den großen Mann zur Oberseite der Bestie zog. Ein gelber Streifen an der Seite ihrer Waffe verschob sich in Richtung Grün, während das Gewehr freie Elektronen aus der Atmosphäre saugte und seine eigenen Batterien auflud, um den Tod wieder hinauszuschleudern. Die Ladetechnologie hatte in Waffen wie dieser begonnen und dann ihren Weg zu den Rennfahrzeugen gefunden, die sie liebte, was zu tagelangen Wettbewerben führte, bei denen das Management der Batterieladung genauso viel Geschick erforderte wie die Navigation durch den Kurs. Die Preisgelder dafür ... sie würde darauf zurückkommen.

»Du hast den Landeplatz ausgesucht!«, antwortete Rovo.

»Tötet es!«, spielte Aurora ihre Rolle und unterband irrelevante Gespräche. »Eponi, hilf Gregor.«

Eponi feuerte einen weiteren gelben Blitz auf die Oberseite der Bestie ab. Er verschwand mit einem Zischen im Schlamm und half Gregor in keiner Weise, als die Schlammbestie ihn gegen einen nahegelegenen Baum schleuderte. Gregor prallte gegen den Stamm, ein verrottetes Ding, das eher wie ein Vorbote des Grauens aussah als wie eine Pflanze, und zerbrach ihn, bevor er auf den knorrigen Wurzeln darunter landete. Eponi verzog das Gesicht – das sah schmerzhaft aus – und stand auf. Gregor bewegte sich nicht, abgesehen von seinem rechten Bein, das langsam in Richtung Schlamm rutschte. Anscheinend konnte sie ihm helfen, nicht in dem ekligen Sumpf zu ertrinken.

Mit aktivierten Boostern sprang Eponi von der Nase des Landungsshuttles und flog über Sais schwingende

Klinge, einen gleitenden Tentakel und Rovos Streuschüsse hinweg. Für einen Moment schien es, als könnten die Wurzeln außerhalb von Eponis Reichweite sein, aber wie immer erwiesen sich die Berechnungen des Helms als korrekt, und Eponi landete genau dort, wo das Visier es vorausgesagt hatte. Rennfahrzeuge hatten strenge Beschränkungen für ihre Autopiloten und Computerunterstützungen, sodass natürliches Geschick Vorrang hatte. Hier draußen? Je weniger DefenseCorp in die Hände seiner Soldaten legte, desto besser.

Tötete wirklich den Nervenkitzel.

»Lebst du noch, großer Junge?«, sagte Eponi, als sie Gregor erreichte und ihn – mit Hilfe der Energieverstärker in ihrem Anzug – von der Flüssigkeit wegzog. Sie schickte die Worte über den Berührungskomm, eine Nahfeldverbindung, die den Ton direkt zu Gregor senden würde, ohne den offenen Kanal des Trupps zu stören. »Der Kampf läuft noch. Sie könnten deinen Hammer da draußen gebrauchen.«

Einen Hammer, der, wie Eponi bemerkte, immer noch eine Spitzenposition in der Krone des Schlammdings einnahm. Obwohl es schien, als hätte Sever einige Fortschritte gemacht: Ein Großteil des Schlamms war weggebrannt oder weggeschnitten worden und enthüllte grasgrüne Schuppen und Fell, als hätte die Kreatur Arten vermischt und die hässlichsten Teile ausgewählt. Die guten Nachrichten des Kampfes taten nichts, um Gregor anzuspornen; der Mann blieb regungslos.

»Freigabe, ihn aufzuwecken?«, warf Eponi in den Kanal.

»Freigegeben!«, kam Auroras Antwort.

»Tut mir leid, Kumpel.« Eponi drückte auf ein winziges Paar Kerben unter Gregors Helm, an seinem Hals.

Diese Kerben führten einen schnellen Verifizierungs-scan gegen Eponis Handschuhe durch und stellten sicher, dass sie freundliche Berechtigungen hatte. Ihr Visierbildschirm teilte sich in zwei Hälften, die linke grün und die rechte rot. Eponi zwinkerte mit ihrem linken Auge, und als das Visier für einen Sekundenbruchteil komplett grün aufleuchtete, ließ sie ihren Teamkollegen los. Sie trat zurück und beobachtete, wie Gregors Anzug zu einem wimmernden, glasbrechenden Geräusch aufjaulte. Auf dem Höhepunkt des Geräuschs zuckte Gregor, seine Hände und Füße flackerten auf, gefolgt von einem schweren Seufzer. Seine Augen öffneten sich, fanden Eponis und schlossen sich dann wieder.

»Ich hasse das«, sagte Gregor auf ihrem Nahfeldkanal.

»Wie oft schon?«

»Habe nach einem Dutzend aufgehört zu zählen.«

Eponi hielt sich davon ab zu erwähnen, dass Defense-Corp-Vorschriften auf alle möglichen schädlichen Auswirkungen im Zusammenhang mit wiederholter Schocktherapie-Technologie hinwiesen. Sever hatte eine verschwommene Beziehung zu DefenseCorp, und das konnte sich genauso gut auch hierauf erstrecken. Unmögliche Missionen erforderten unmögliche Kompromisse, oder so ähnlich.

Die Schlammkreatur gab ihr erstes echtes Geräusch des Kampfes von sich, ein glucksendes, nasses Husten aus ihrer Mitte, als es Sai endlich gelang, sein Schwert durch die flüssige Schlammrüstung der Kreatur zu bekommen und in das gute Zeug zu schneiden. Was den Todeskampf anging, hatte Eponi schon weit bessere Schreie von Piloten gehört, als ihre Rennfahrzeuge in endlose Schluchten stürzten oder in Lavaflüsse glitten.

Aurora und Rovo stimmten anscheinend zu und

nutzten die Bedrängnis der Kreatur, um sich in die Nähe von Sai zu boosten und ihr Feuer auf die frische Wunde zu konzentrieren. Wie bei einer schlecht gewählten Mikrowellenmahlzeit baute sich die Hitze durch die Mitte des Monsters auf, bevor es explodierte und riesige Mengen an Schlamm und Schlimmerem über den Trupp regnete.

Außer über Eponi, die Gregors Aufstehen als Gelegenheit für Deckung genutzt und sich hinter dem großen Mann geduckt hatte. Eingeweide und Glibber spritzten um alle herum, außer um sie, und Eponi war das völlig egal. Sie hatte überlebt, war einen Schritt näher an diesem Zahltag.

»Schau dich an«, sagte Rovo etwa fünf Minuten später, als der Trupp damit begann, das Wichtigste aus dem Abwurfshuttle auszuladen. Aurora hatte Eponi und Rovo mit den Lebensmitteln beauftragt, die sie in aufblasbare Bojenpakete warfen, so genannt wegen ihrer Niederdruckkammern, die dafür konzipiert waren, der Schwerkraft genug entgegenzuwirken, um schwere Lasten leicht transportierbar zu machen. »So sauber. Der Rest von uns hat eine natürliche Tarnung.«

»Ich tue nur meinen Teil«, erwiderte Eponi, während sie armweise Mikro-Energieriegel in einen der grauen Packs schaufelte. »Ich werde das ganze Feuer auf mich ziehen.«

»Feuer wovon?«

Eponi hatte schon vergessen, dass Rovo an der Anfängerkrankheit litt - alle Bedrohungen waren hypothetisch, weil Rovo sie noch nicht erlebt hatte. Zumindest nicht außerhalb eines Simulators.

»Hast du die Skiffs nicht gesehen?«

»Die waren nicht so gefährlich, und wir sind ihnen entkommen.« Rovo füllte seinen Pack bis zum Rand und zog an der straffen Schnur am oberen Ende. Der Zug löste den Schließmechanismus des Packs aus, und das Bojenpaket komprimierte sich um die substanzielleren Mahlzeitenpakete, die Rovo gewählt hatte, zu einem abgerundeten Würfel, den der Neuling mit Eponis Hilfe in ein Paar Rückenkerben seiner Rüstung einschob. »Wenn das alles ist, womit wir es zu tun haben, abgesehen von dem Sumpfmonster, denke ich, dass das hier einfach sein sollte.«

»Wir bekommen keine einfachen Missionen. Ich weiß nicht, was sie dir erzählt haben, als du bei Sever angeheuert hast, aber wir sind hier, um das zu erledigen, was DefenseCorp mit seinen offiziellen Trupps nicht anfassen will. Das bedeutet hohes Risiko, hohe Belohnung.«

»Ist das der Grund, warum du hier bist? Die Belohnung?«

Um den Gesichtsausdruck von jemandem durch seine Maske zu sehen, bräuchte man Röntgenblick, also konnte Eponi nicht ganz erkennen, ob Rovo die Frage ehrlich gemeint hatte oder nicht. Dann wurde ihr klar, dass es ihr egal war.

»Ich habe mich nicht dafür entschieden, hier zu sein. Das sollte dir sagen, dass die Belohnung nicht so toll ist«, antwortete Eponi. »Aber Sever kann sich vom restlichen Mist von DefenseCorp fernhalten, und sie sagen, wir können jederzeit aussteigen. Keine Verträge, keine Klauseln, keine Beschwerden. Das reicht mir.«

»Ziemlich schwer, jetzt auszusteigen.«

Eponi beendete ihren eigenen Pack, und als Rovo ihn auf ihrem Rücken festklopfte, gab Aurora das allgemeine Evakuierungssignal. Zeit, sich vom Abwurfshuttle zu entfernen, durch den Morast zu marschieren und herauszufinden, wo dieser VIP sich festgefahren hatte.

»Das ist die wahre Wahrheit«, sagte Eponi, während sie

den Selbstzerstörungscode des Abwurfshuttles eingab. Es würde ein paar Stunden dauern, bis er ausgelöst würde, lange genug für Sever, um weit genug von allen Augen entfernt zu sein, die das Feuer anziehen könnte. »Sobald du ein Teil von Sever bist, gibt es keinen Ausweg mehr. Zumindest nicht lebendig.«

10

MARSCH DURCH DEN SUMPF

Ein Schiff, das im senfgrünen Nebel explodierte, bot nicht das Feuerwerk, das Rovo erwartet hatte. Er war zu DefenseCorp gekommen, um Kohle zu machen, und hatte sich dann Sever angeschlossen, weil er Action wollte, nachdem die Kohle schnell schal geworden war – was passierte, wenn man sie nur für DefenseCorp-Merchandise ausgeben konnte.

Jetzt, Stunden nach Beginn seiner ersten Mission mit Sever, hatten sie gerade eine riesige Schlammkreatur abgeschlachtet. Er hatte sein Gewehr in dem fünfminütigen Kampf öfter abgefeuert als je zuvor. Rovo konnte eine Menge Entscheidungen in seinem Leben zählen, die er bereut hatte, aber Sever beizutreten gehörte bisher nicht dazu.

Rovo unterdrückte sein manisches Grinsen, als er und Eponi wieder zum Trupp stießen, obwohl der Helm seinen Mund verbarg. Seine Nerven, selbst nach dem Verstauen von Lebensmitteln und der logistischen Langeweile der Routenplanung – Aurora plante, Rovo wartete –, kribbelten immer noch. Adrenalin pumpte durch sein Herz. Rovo hätte da draußen sterben können. Von einem dieser Tentakel zerquetscht. Wie cool war das denn?

Nach den ernsten Gesichtern und müden Witzen der anderen zu urteilen, war es anscheinend nicht cool. Das bekam man eben mit kampferprobten Veteranen. Als junger Spund, der Neue, der Rookie, kannte Rovo seinen Platz. Er war schon mal hier gewesen – wenn auch in einem Büro, wo die gefährlichste Waffe die Kaffeemaschine gewesen war – und würde wahrscheinlich irgendwie wieder hier landen. Er ertrug Severs Schikanen, ihre Befehle und alles andere, weil das hier sein Leben, in dem er Pressemitteilungen und Kommuniqués für die Verbreitung in der ganzen Galaxie geschneidert hatte, bereits bei weitem übertraf. Jetzt würde er, anstatt DefenseCorps Marketing zu schreiben, selbst die Quelle für die Geschichten sein.

»Rovo, willst du vorne oder hinten?«, fragte ihn Aurora, als sie sich auf dem teuren Dreck versammelten, den Gregor als Landeplatz im Kampf gegen die Schlammbestie benutzt hatte. Sever hatte den Schlamm so gut wie möglich abgewischt und grüne Schlammflecken auf ihrer Rüstung hinterlassen, die wie verzerrte Abzeichen zweifelhafter Ehre aussahen.

»Vorne«, antwortete Rovo. »Wenn wir auf etwas treffen, das spricht, kann ich von dort aus besser helfen.«

»Wenn wir auf etwas treffen, das spricht, schießt du erst und findest später heraus, ob es ein Freund ist«, erwiderte Gregor.

»Das kann nicht dein Ernst sein?«, sagte Rovo.

Severs Neigung, Regeln zu missachten, in allen Ehren, aber alles, was man traf, in die Luft zu jagen, schien eine schlechte Strategie zu sein.

»Ist es auch nicht«, antwortete Aurora. »Wenn einer

von euch schießt, bevor ich grünes Licht gebe, es sei denn, ihr werdet angegriffen, werdet ihr derjenige sein, der den Laser aus meinem Gewehr abbekommt.«

Aurora sprach mit einer harten, stählernen Schärfe, die Rovo ein wenig seltsam fand, da sie angeblich schon eine Weile dieses Team befehligte. Warum war sie so direkt und grob zu diesen Leuten? Waren sie nicht alle Freunde? Aber von allen schien Aurora den besten Kopf dafür zu haben. Rovo würde lieber einen harten Hund haben, der Befehle gab, als einen Wilden wie Gregor, der wahrscheinlich ein Rennen zum Ziel anordnen würde, wobei derjenige, der die meisten Dinge auf dem Weg tötete, einen Bonus bekäme.

»Bist du sicher, dass die normalen Regeln für diesen Einsatz gelten?«, sagte Sai. »Wir wurden schon von den Gleitern beschossen. Wenn wir sanft reingehen, enden wir tot.«

»Du weißt nicht, für wen diese Gleiter arbeiten«, erwiderte Aurora. »Soweit wir wissen, könnten hier mehrere Fraktionen im Spiel sein.« Aurora machte dieses Anführer-Ding, ließ ihren Blick während des Sprechens über die ganze Gruppe wandern und stellte sicher, dass jeder aufpasste. »Wir haben keine Mitfahrgelegenheit vom Planeten. Wenn wir uns mit allen verfeinden, sitzen wir hier fest. Also Finger vom Abzug, bis ich es sage.«

Rovo wollte zu Sai hinüberschauen, aber mit einem Helm, der dafür konzipiert war, tödliches Laser- und Projektilfeuer aus jedem Winkel abzublocken und somit die Sicht von allen Seiten außer geradeaus versperrte, konnte er nicht einfach seine Augen dorthin schweifen lassen. Visuelle Systeme in der Rüstung würden ihn über eine drohende Gefahr außerhalb seines Sichtfelds informieren, aber sie taugten nichts, um die Reaktionen anderer auszuspähen. Es war schwer, in so einer Rüstung heimlich zu sein, aber vielleicht half das bei der Ehrlichkeit. Wenn man das trug, musste man direkt sein, musste klar sein.

Gregor übernahm die Spitze mit Rovo, als sie loszogen. Der größere Mann führte, klappte sein Visier herunter, um nach festen Untergründen zu scannen, was durch das Sumpfwasser hindurch sah und ihnen erlaubte, den flachsten Weg zu gehen. Aurora wies sie in Richtung der nächsten Energiequelle, in der Annahme, dass diese die besten Chancen für Hinweise darauf bot, was Dynas unter all diesem Nebel verbarg. Während Gregor nach Gehwegen suchte, behielt Rovo mit seinem Visier die Wärme im Auge, die von der Energiequelle in großen Blüten ausging; rote, grüne Blüten, durchschnitten von den blauen und schwarzen Stämmen moosbewachsener Bäume. Was das für eine Struktur sein könnte, die so etwas produzierte – ein Kraftwerk war der offensichtlichste Vorschlag, aber es konnte auch eine Fabrik sein, eine Art Sumpfmine …

Oder eine weitere Kreatur, so riesig und monströs, dass Rovo eine Geschichte bekäme, die er für den Rest seines Lebens erzählen könnte. Das wäre auch cool.

Denn im Moment waren Dokumente das Einzige, worüber Rovo reden konnte. Er hatte sie endlos für DefenseCorp auf einer sich drehenden Raumstation nicht weit außerhalb des Sol-Systems gescannt. Eine Struktur, die ihre Zeit damit verbrachte, zwischen einer ganzen Sammlung von Sendeanlagen zu wirbeln, die dazu gedacht waren, Nachrichten im gesamten bekannten Weltraum zu verstärken. Allerlei Aufträge für Missionen über und unter der Hand kamen und gingen, wurden übersetzt und an die jeweiligen Regierungen und Unternehmen weitergeleitet. Mehr als ein paar davon sprachen von Zielen, die als X oder Y oder Z getarnt waren. Was Rovo gelernt hatte, was sich immer wieder als wahr erwies: Die Dinge waren nie das, was sie zu sein schienen.

Sie waren gewöhnlich viel schlimmer.

Gregor bewegte sich durch den Sumpf mit der Subtilität eines betrunkenen Elefanten. Seine Schritte spritzten weite Bögen, und er hielt den Hammer in seinen Armen, schwang ihn hin und her, als würde er sich darauf vorbereiten, einen Ball zu schlagen, oder als würde er fühlen, ob etwas Unsichtbares vor ihm lauerte. Rovo hielt Abstand zu Gregor und bewegte sich auf den sumpfigen Hügeln und Wurzelhaufen, die sie als Landbrücken benutzten, um sich durch den Morast zu schlagen.

»Was meinst du?«, sagte Rovo zu Gregor. »Wird das eine harte Nummer?«

»Wir müssen laufen«, antwortete Gregor. »Ich hasse es jetzt schon.«

»Warum das?«

Gregor nahm die Einladung an. Er redete ohne Punkt und Komma darüber, wie die meisten Missionen feurig und direkt sein sollten. Eine explodierende Landung in einen Sturm, wo alles für ein paar Stunden die Hölle war, und dann nichts als Schutt und Sieg übrig blieb. Das Durchqueren von irgendetwas sei für die Infanterie gedacht, für Leute, die sich mehr um Territorium als um einzelne Ziele kümmerten. Mit anderen Worten, für die einfachen Truppen. Nicht für die Sternchen der Spezialeinheiten von DefenseCorp. Nicht für Leute wie Gregor.

»DefenseCorp entwickelt sich aber in diese Richtung«, sagte Rovo, als Gregor seine Tirade beendet hatte. »Ich habe gesehen, wie viele Orte ihr eigenes Militär auflösten und Söldner anheuerten. DefenseCorp bewacht nicht nur noch Orte oder führt Angriffe durch. Sie stellen buchstäblich Armeen auf. Ich kann's kaum erwarten zu sehen, was passiert, wenn sie den Befehl erhalten, gegeneinander zu kämpfen.«

»Das ist schlecht fürs Geschäft.«

»Eigentlich ziemlich gut.«

»Nein, für mein Geschäft«, sagte Gregor. »Du und ich, wir sind Werkzeuge. Wir sollten für das eingesetzt werden, wofür wir bestimmt sind. Vielleicht bist du fürs Schuften gemacht, vielleicht bist du dafür gemacht, deine Zeit an einem Ort wie diesem zu verschwenden. Aber ich? Ich gehöre mitten ins Geschehen.«

Klar. Weil es so gut funktioniert hatte, als Gregor mitten rein ging und das Schlammmonster ihn herumschleuderte. Aber Rovo hielt sich zurück. Neulinge konnten keine solchen Aussagen machen, und Gregor hatte einen verdammt großen Hammer.

»Ich weiß nicht«, sagte Rovo. »Ich denke, wir müssen uns ändern, wenn wir unsere Jobs behalten wollen.«

»Den Job?« Gregor drehte sich nicht um. Er hörte nicht auf, vorwärts zu gehen, aber Rovo hatte den deutlichen Eindruck, dass er, wenn Gregor sich umgedreht hätte, jetzt in ein grimmiges Gesicht starren würde, mit einem Paar enttäuschter Augen und einem schüttelnden Kopf. »Wenn das für dich nur ein Job ist, dann solltest du vorne sein. Nimm alle Schüsse auf dich. Sei der Arbeiter, den Defense-Corp will. Für mich«, Gregor tätschelte den Hammerkopf in seiner rechten Hand, »für mich ist das das Leben.«

Kitschige Gefühle. Rovo hatte solche auch geschrieben. Jede Menge Proklamationen, die über die Kabel kamen. Ein Teil des Grundes, warum er hierher gekommen war, um von all diesem Unsinn wegzukommen. Er hatte es eine Weile mit dem Sumpfwesen gehabt, aber jetzt hatte Rovo einen überaktiven Filter, der versuchte, die Luft atembar zu halten. Ein knarrender Rüstungsanzug, der sich mit jeder

Minute schwerer anfühlte. Hunger, den er nicht stillen konnte, weil er nicht an den Rucksack auf seinem Rücken herankam, und selbst wenn er es könnte, gab ihnen der Sumpf nirgendwo die Möglichkeit, sich hinzusetzen und zu essen. Rovo konnte nicht mehr als ein paar Meter vor sich sehen, ohne auf andere visuelle Spektren zurückzugreifen. Aufregend, auf einer Mission zu sein, sicher, aber kaum der Stoff, aus dem Träume gemacht sind.

Aber wenn Gregor das als eine Art seelenläuterndes Unterfangen sah, könnte Rovo etwas übersehen. Zeit, herauszufinden, was.

»Ich übernehme die Spitze, wenn du willst«, sagte Rovo. »Wenn du denkst, dass ich das kann.«

Gregor hob seine linke Hand. Die ganze Kolonne hielt an.

»Aurora«, sagte Gregor. »Der Neue will die Spitze übernehmen.«

»Denkst du, er ist bereit?«

»Nein.«

»Neuer, denkst du, du bist bereit?«, fragte Aurora.

»Ich hab mich freiwillig gemeldet, oder?«, erwiderte Rovo.

»Dir ist klar, wenn dich etwas tötet, bringen wir deinen Körper nicht zurück«, sagte Aurora. »Zu weit weg für eine Evakuierung, selbst wenn wir eine hätten.«

»Ich verstehe.«

»Dann lass ihn, Gregor.« Aurora zeigte keine Reaktion in ihrem feuerroten Anzug. »Versuch nur, darauf hinzuweisen, wenn du etwas siehst, lass Rovo ein bisschen länger leben.«

Und so fand sich Rovo dabei wieder, kopfüber durch den Nebel zu marschieren, aus dem Sumpf heraus und in eine ganz neue Hölle hinein.

[11]

MINENSPIELE

Aurora beobachtete, wie ihr Neuling seine ersten Schritte als Anführer des Trupps machte. Zögerlich zunächst, und dann, als Rovo bemerkte, dass alle hinter ihm warteten, schneller. Aurora verstand das – sie war auch mal ein Neuling gewesen. Irgendwann musste man den ersten Schritt wagen.

Jetzt hielt sich Aurora weiter hinten, nur Eponi war hinter ihr. Sie bewahrte einen Anschein von Rangordnung, während sie durch den Schlamm marschierten. Der Kampf mit dem Schlammmonster hatte sie nicht sehr erschöpft, obwohl Aurora nicht viel mehr tun musste, als ihr Gewehr abzufeuern und ein paar umherschlagenden Tentakeln auszuweichen. Gregor und Sai hatten die schwere Last getragen.

Aber genau das sollten Kommandanten tun. Koordinieren, planen und reagieren. Die Teile dort halten, wo sie sein sollten.

Und was für ein Teil sie geworden war. Ganz und gar nicht nach irgendjemandes Plan, einschließlich ihres eigenen.

Nachdem sie die Welt verlassen hatte, auf der Suche nach Abenteuern, hatte sich Aurora durch verschiedene Gelegenheitsjobs gespielt, bis ihr strenges Gesicht und ihre einschüchternde Haltung – geschärft in einem überfüllten Haus voller unruhiger Geschwister – ihr den richtigen zweiten Blick eines regionalen Managers einbrachten, der sie zur Leiterin ihrer örtlichen Filiale machte, die Kleinwaffen an die chaotische Menge verkaufte, die in einer Raumstation am Rande lebte.

Abenteuer gab es dort zuhauf, besonders wenn sie jemandem einen Verkauf verweigern musste, der eher ein Loch in die Station zu sprengen schien, als die Waffe für irgendeinen konstruktiven Zweck zu benutzen. Ihr Konto wuchs. Aurora würzte ihre Träume mit einem Hauch von Wagemut. Bis DefenseCorp sie dichtmachte.

Auroras Visier veränderte seine Anzeige, als sie ihren Blick über ihr Team schweifen ließ, zwischen ihnen schwebten Schwaden gelben Nebels. Die Werte des Trupps erschienen in durchsichtigen blauen Zahlen vor ihren Augen, während Aurora ihre Schritte an Sais Platzierung anpasste. Vitalzeichen normal; Sever Squad hielt sich nach dem Biest gut zusammen. Sogar Sai, der ständig an seine Familie dachte, fühlte sich wohl. Herzschlag, Adrenalin. Alles gut. Aurora konnte nicht sicher sein, ob die Anzeigen wegen des Nebels besser oder schlechter waren – die Suppe machte es unmöglich, irgendetwas jenseits des normalen Spektrums zu sehen, also konnte man entweder entspannen und das Unvermeidliche akzeptieren oder in Panik geraten.

DefenseCorp, damals noch kleiner, hatte begonnen, seine Konkurrenten zu bewerten und zu zerstören. Zu diesem Zeitpunkt nur die kleinen Fische. Läden wie ihrer, die die Mittel zur Verteidigung an den normalen Bürger, die lokalen Milizen und hungrige Politiker lieferten, die glaubten, eine Sicherheitstruppe mit Biss käme besser an. Denn seien wir ehrlich, der Weltraum machte den Leuten Angst. Selbst diejenigen, die sich hineinwagten, wie Aurora, taten dies, weil sie keine andere Wahl hatten. Man gab keinen komfortablen Platz in einer netten Stadt mit Blick auf den Ozean auf und riskierte tausend schreckliche Tode, nur weil man Reiselust verspürte. Man ging in den Weltraum, weil man nichts zu verlieren hatte.

»Langsamer, Rovo«, sagte Aurora, als der Neuling mehrere Schritte über Gregor hinaus ging, bis zu dem Punkt, an dem er aus ihrem Sichtfeld verschwand, seine Umrisse nur noch in einem hellen Grün auf dem HUD vor ihren Augen sichtbar. »Wenn du zu weit weg gehst, können wir dir nicht helfen.«

Ihr freier Fall nach der Schließung des Ladens war ein schneller gewesen. Hauptsächlich, weil die Angestellten es nicht freundlich aufnehmen, wenn man einen Ort voller Waffen schließt. Aurora und ein paar andere Mitarbeiter, wütend über die plötzliche Zerstörung ihrer Lebensgrundlage, nahmen einen Teil des Bestands mit, den Defense-Corp beim Kauf des Ladens selbst nicht erworben hatte. Ältere Modelle, aber immer noch tödlich genug.

So ausgerüstet marschierte Auroras improvisierter Trupp durch die Station und sorgte dafür, dass viele sich abwandten und etwas schneller gingen. Ein weiterer Teil des Lebens im Weltraum: Jeder hat seine eigenen Angelegenheiten, und solange du nicht das Ziel bist, kannst du es genauso gut ignorieren. Das Problem eines anderen, die Zeit eines anderen.

Aurora hatte nicht wirklich geplant, DefenseCorp anzugreifen. Selbst in der nebulösen Welt der Raumstationsjustiz neigte man dazu, Leute, die andere einfach in

Stücke sprengten, ohne viel Diskussion aus einer Luftschleuse zu werfen, egal wie gut ihr Argument war. Egal wie gerechtfertigt.

Als sie also in dem von DefenseCorp gekauften und besessenen Abschnitt ankamen, dessen Eingang in Rot und Blau gestrichen war, das Logo in großen Blockbuchstaben über die Türen lief und ein Paar muskelbepackter Wachen davor stand, fand sich Aurora wie gelähmt wieder. Die DefenseCorp-Wachen, etwas amüsiert von der Bedrohung, beschlossen, sie zu neutralisieren, indem sie ihnen das gaben, was die ganze Crew wirklich wollte: Jobs.

Wenn du atmen konntest und Geld brauchtest, würde DefenseCorp dich nehmen.

»Achtung«, sagte Gregor. »Wir haben etwas vor uns.«

Rovo hielt an und Gregor holte ihn ein, stand am Anfang von etwas, das wie ein großer umgestürzter Baumstamm aussah.

»Gregor«, sagte Sai, seine Stimme erfasst von der angespannten Dringlichkeit, die der Mann immer zu bekommen schien, wenn Gefahr Leben und Gliedmaßen bedrohte. »Beweg dich nicht. Da ist direkt eine Tiefenmine.«

Aurora schloss sich der Gruppe an, stand inmitten eines Haufens zusammengebrochener Äste, die mit ganzen Plattformen aus Moos und Schlamm bedeckt waren. Auch Pilze tauchten auf, ihre Köpfe fluoreszierend blau. Vielleicht etwas, um sie in der dicken Luft sichtbar zu machen.

Sie konnte die Tiefenmine nicht sehen, also schaltete Aurora ihr Visier um, um Energiesignaturen zu erkennen. Nicht ganz Wärme, sondern eher die konzentrierte Elektronenbewegung auf kleinem Raum. Eine Tiefenmine verließ sich auf Signalstörung, und dieses Signal erschien als heller blauer Streifen, der über der Sumpfoberfläche auftauchte und dann unter ihr in eine kleine Box versank, die vor

Energie knisterte. Der Streifen ging direkt durch Rovos und Gregors gewählte Route und ragte durch einen großen Stein am Ende ihres umgestürzten Baumstamms. Der einzige sichtbare Weg vorwärts, der einzige sichtbare Pfad direkt zu der größeren, helleren Energiesignatur vor ihnen.

»Was ist eine Tiefenmine?«, fragte Rovo über den Funk.

»Wenn du dieses Signal streifst«, sagte Sai, »wirst du es herausfinden. Aber es wird dir nicht gefallen, wenn du es tust.«

»Bleib still, Rovo, bis wir uns für einen Kurs entschieden haben«, sagte Aurora. Sai hatte Rovo im Grunde das Gleiche gesagt, aber manchmal musste ein Kommandant das Offensichtliche bekräftigen, besonders wenn ein Neuling beteiligt war. »Überprüft, was dahinter liegt. Ich bekomme kleinere Signaturen.«

Niemand würde hier eine Mine legen, wenn es nichts zu schützen gäbe. Tatsächlich sah Aurora, jetzt da sie danach Ausschau hielt, zahlreiche Punkte. Mehr Minen, ja, aber auch Signalspuren, die zu dem führten, was in dieser Energiespektrum-Ansicht wie kühle, lila Würfel aussah, die scheinbar in der Luft schwebten. Aurora vermutete, dass sie an Bäumen befestigt waren, Geschütztürme, die darauf warteten, dass eine Mine hochging, um Ziele im Dunst zu erfassen. Sie hätten so programmiert sein können, dass sie auf jeden schießen, aber vielleicht kamen die Leute in den Booten hier in die Nähe. Friendly Fire konnte man nicht gebrauchen. Aber die Bootsfahrer würden die Minen meiden, während jeder Eindringling am Boden das nicht tun würde. Eine primitive Art, einen Ort zu schützen, aber effektiv, besonders wenn die Hauptbedrohung von Sumpf-kreaturen ausging.

»Boss«, sagte Eponi von hinten. »Wir laufen gleich in ein Minenfeld? Was ist das für ein Auftrag?«

Aurora hatte sich das selbst gefragt. Sie waren unter Beschuss geraten, sobald sie sich Dynas genähert hatten, und DefenseCorp hatte ihnen ein schwaches Landungsschiff gegeben, das es kaum bis zur Oberfläche geschafft hatte. Ein schwaches Signal zum Verfolgen und keine weiteren Informationen, keine Unterstützung. Hatte Aurora etwas getan, um bei DefenseCorp in Ungnade zu fallen? Oder Sever? DefenseCorp war dafür bekannt, problematische Einheiten auf Selbstmordmissionen zu schicken, um Probleme einfach loszuwerden, aber Aurora wusste nicht, warum Sever für eine so extreme Beseitigung in Frage kommen sollte.

»Ich weiß es nicht«, sagte Aurora. »Aber wir sind jetzt hier, und wir werden gemeinsam von diesem Felsen runterkommen. Sai, kannst du dich um diese hier kümmern?«

»Vielleicht?«, sagte Sai. »Ich brauche aber, dass der Neuling und Gregor zurückgehen. Ganz langsam.«

»Ich dachte, du hättest mir gerade gesagt, ich soll stillhalten«, erwiderte Rovo.

»Neue Anweisungen«, sagte Aurora. »Gregor, du gehst zuerst. Schritt für Schritt, und führe Rovo mit dir zurück.«

»Du siehst diese Geschütztürme, oder?«, sagte Eponi. »Ich sehe sechs. Wenn die aktiviert werden, sind wir tot.«

»Sie sind mit den Minen verbunden«, sagte Aurora. »Wenn wir keine auslösen, werden sie nicht auf uns schießen.«

Bei ihrem ersten Auftrag für DefenseCorp, wahrscheinlich nur um sie von der Raumstation zu bekommen, war sie auf eine vereiste Ödnis einer Welt geschickt worden, wo Aurora zusammen mit einem glücklosen Trupp die

Aufgabe hatte, eine Bergbauanlage vor einheimischen Kreaturen zu verteidigen.

Knurrende, eisüberzogene Bestien mit so vielen Armen und Klauen, wie ihre Albträume ihnen nur geben konnten, gruben sich durch das Eis, reisende Horden, angelockt vom Grollen der Bergbaubohrer.

Auroras Trupp hatte Tiefenminen genau wie diese hier benutzt. Sie platzierten sie vor jeder Bohrsitzung, jede Nacht, und oft wachten sie durch Explosionen auf, die schneeige Geysire in den Himmel schickten, wenn die Kreaturen einen erneuten Angriff versuchten. Aurora schreckte hoch, griff nach ihren Waffen, und bis sich die Tür des Habitats öffnete und die kalten Winde ihr die Kraft aus den Knochen saugten, waren da schon Dutzende dieser Dinger, die schlugen und knurrten. Sie feuerte die ganze Nacht lang, gelbe Laser erleuchteten die Dunkelheit, bis die fernen Dreifachsterne das Tageslicht brachten.

»Bist du dir da sicher?«, sagte Eponi. »Wenn du falsch liegst, und ich weiß, ich wiederhole mich, aber ich finde, es ist ein wichtiger Punkt, den es zu machen gilt, sind wir tot.«

»Ich bin mir sicher.«

Angst konnte ein Weg sein, einen Trupp zusammenzuhalten. Die Vorstellung, dass sie alle sterben würden, wenn sie sich aufteilen oder der Panik nachgeben würden. Diese Todesangst würde den Trupp auf Kurs halten. Sie bereit halten für das, was die Mission verlangte. Das Problem mit Angst war, dass sie sich wie Gift ausbreitete. Aurora konnte sehen, wie es begann, hörte es in Eponis Stimme und in Rovos flachem Atmen, das durch die Übertragung kam, weil er vergessen hatte, sein Mikrofon zu schließen. Schlampige Fehler, die zu schlimmeren Ergebnissen führten, was wiederum zu mehr Angst führte. Ein Teufelskreis, der damit endete, dass sie alle tot waren.

Aurora konnte das nicht zulassen. Würde es nicht. Sie hielt ihre Stimme stabil, gab die Befehle, leitete Rovo und Gregor zurück und sagte Sai, er solle vorgehen. Der Sprengstoffexperte würde seine Chance bekommen. Die Mine entschärfen und sie konnten weitergehen.

Wenn Sai scheiterte?

Nun, Aurora hatte immer noch die Angst.

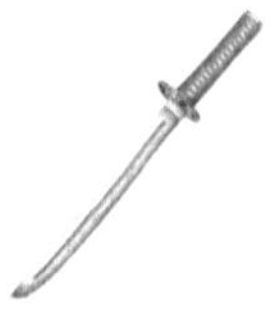

12

TIEFENMINE

Von all den Fähigkeiten, die ein Vater seinem Kind beibringen sollte, dachte Sai, mussten Sprengstoffkunde und Entschärfung zu den Top 5 gehören. Zumindest was die Nützlichkeit anging, bedeutete das Wissen, wie man einen Computer, ein Fahrzeug oder in diesem Fall eine Tiefenmine auseinandernimmt, das Überleben.

Das Leben im Weltraum war ein Leben, das von Technik umhüllt war - zu wissen, wie man sie unschädlich macht oder davon abhält zu explodieren, waren gefragte Fähigkeiten. Zumindest soweit es die Bezahlung von DefenseCorp anzeigte.

Nicht dass Sai in nächster Zeit oder überhaupt die Chance haben würde, sie seinen Kindern beizubringen, dank der Physik und den riesigen Entfernungen zwischen ihm und seiner Familie.

Diese Gedanken schwirrten in Sais Kopf herum, während er sich der Mine näherte, die er entschärfen sollte. Gregor und Rovo gingen hinter ihm zurück und suchten mit Eponi und Aurora tiefer im Sumpf Deckung, um Sai Platz zum Arbeiten zu geben. Natürlich auch, um Abstand zu gewinnen, damit sie nicht sterben würden, falls diese Mine explodieren oder die Geschütztürme auslösen sollte, die Sai inmitten dieses trostlosen Sumpfs schmelzen lassen würden.

Von allen Planeten, auf denen man stranden konnte, hatte Dynas das zweifelhafte Privileg, der schlimmste zu sein, den Sai je gesehen hatte.

Wüsten, üppige Wälder, sogar Ozeanwelten, wo die Gesellschaft auf riesigen schwimmenden Städten funktionierte, Sai hatte sie alle gesehen und geliebt. Er hatte mit seinem Visier Bilder gemacht und sie in den digitalen Mahlstrom geworfen, der quer durch die Galaxie zu seiner Familie hin und her gebeamt wurde. Nach ein paar Jahren oder mehr würden seine Kinder vielleicht einen Blick darauf erhaschen, was ihr Vater so trieb. Zum Glück würden sie es sehen, bevor sie starben, da die Lebenserwartung die Menschen in den Bereich von mehreren Jahrhunderten schob, es sei denn, man war ein Vollidiot wie Sai und stürzte sich in eine Kampfkarriere. Was seine Kinder vielleicht schon getan hatten ...

Die Mine. Darauf musste sich Sai konzentrieren. Aus der Nähe konnte Sai sehen, dass das Ding in den Sockel eines moosbewachsenen Felsens eingebettet war. Der dicke Baumstamm, auf dem Sai stand, führte direkt zum Stein, obwohl er auf der anderen Seite nichts sehen konnte, das weiterging. Also war die Idee, dass jemand, der auf dem Weg ging, die Mine auslöste und in den Sumpf fiel, während alle Geschütztürme zum Leben erwachten und den hilflosen Körper rösteten? Keine besonders ausgeklügelte Falle, aber sie könnte funktionieren.

Rovo hatte sie beinahe ausgelöst, oder?

»Willst du dich bewegen oder was?«, fragte Eponi. »Ich weiß ja nicht, wie's dir geht, Sai, aber ich mag diesen Planeten nicht. Es gibt andere Orte, an denen ich lieber wäre.«

»Ich lasse mir Zeit, weil wir sonst alle sterben«, entgegnete Sai. »Wenn du es versuchen willst, nur zu.«

»Ich würde dich nicht in den Schatten stellen wollen.«

Klar. Das ergab Sinn.

Sai kroch näher, tauchte bis zur Hüfte in den Schlamm ein und robbte auf die Mine zu. Als er sich dem Ende näherte, lief der Baumstamm spitz zu und zwang Sai auf Hände und Knie. Er umklammerte den moosigen Stamm und wand sich näher heran.

Aus der Nähe betrachtet offenbarte die Mine dank einiger silberner Klumpen, die das Moos noch nicht bedeckt hatte, einige Geheimnisse. Nämlich, dass die Mine nicht nur die Geschütztürme auslösen würde. Sie hatte eine vollständige Basis, die in die Rückseite des Steins gepackt war, wo ein findiger Ingenieur den Felsen weggeschnitten hatte, um ein Überraschungspaket einzunisten. Es sah auch so aus, als wäre diese spezielle Mine und möglicherweise das ganze Verteidigungssystem ziemlich neu, und zum Glück für Sai: Etwas später und alle sichtbaren Teile der Mine wären von dem glitzernden grünen Moos bedeckt gewesen, das über jede verfügbare Stelle wuchs.

Um die Mine zu entschärfen, musste Sai allerdings hinter sie gelangen, zu den Sprengstoffen und wo der kleine Energiespeicher der Mine untergebracht sein würde. Ohne diesen Speicher konnte die Mine keine Informationen an die Geschütztürme senden, und sie wären sicher. Die Mine könnte zwar immer noch explodieren, aber wenn Sai sich um die Energie kümmerte und jemand trotzdem auf das

Ding trat, dann wäre es deren eigene Schuld. Sai schaltete sein Visier auf eine polarisierte Ansicht um, die durch das Sumpfwasser schnitt und ihm einen guten Eindruck von der Tiefe vermittelte, um zu sehen, ob er um die Mine herumtreten konnte.

»Fast zwanzig Meter tief hier drüben«, sagte Sai. »Passt auf, wo ihr hintretet.«

»Ich dachte, du schwimmst gerne?«, sagte Gregor, wobei der Anzug Gregors Stimme direkt in Sais Ohr schickte, sodass es klang, als hätte sich Gregor direkt neben ihn gestellt und die Frage gestellt.

»Tue ich auch, nur nicht mit Dutzenden Kilogramm Rüstung am Leib. Nicht alle von uns sind wie Lastwagen gebaut.«

»Wessen Problem ist das?«

Sai vermisste die Anfangszeit, als Gregor den Mund hielt und die Rolle des starken Mannes perfekt spielte. Jetzt versuchte er ständig, clever zu sein, und hatte genug Selbstgefälligkeit entwickelt, um mit seinem großen Hammer mitzuhalten. Nervig. Aber jeder Trupp hatte seine Probleme, und die von Sever waren nicht so schlimm wie die meisten. Zumindest war Sever effektiv. Zumindest wusste Sai, dass Gregor nicht vor einem Kampf weglaufen würde.

Apropos Kämpfe, er musste an dieser Mine vorbei.

Vielleicht, wenn Sai sich am Ende des Baumstamms festhielt, könnte er in den Sumpf steigen, um die Mine herumgehen und dort etwas zum Festhalten finden. Der Felsen und seine Mine waren etwas über einen halben Meter lang. Groß genug zum Greifen, aber nicht klein genug zum Aufheben und Bewegen. Sai streckte sich nach vorne, legte seine Hände auf den Stein und bewegte seine Beine, bereit, hineinzutauchen und sich herumzuziehen.

Als Sai sein rechtes Bein nach vorne bewegte, lehnte er sich auf seine Hände und drückte sie ins Moos, um einen festen Griff am Stein zu bekommen.

Die Mine piepte. Eine Warnung. Natürlich hatten sie Drucksensoren rund um den Stein angebracht. Sais Hände hatten wahrscheinlich nicht genug Gewicht, um sie sofort auszulösen - man wollte ja nicht, dass Minen wegen kleiner Tiere explodieren -, also sollte das Piepen sie abschrecken.

»Keine Sorge«, sagte Sai, nahm seine Hände weg und rutschte auf dem Baumstamm zurück. »Es wird ein bisschen knifflig.«

»Warum sollten wir uns Sorgen machen?«, sagte Rovo. »Wir sind weit hinten.«

Sprengstoffkunde. Die beste Fähigkeit. Die beste Rolle.

»Kannst du aufhören zu reden und dich in Bewegung setzen?«, sagte Aurora. »Ich will nicht, dass uns diese Skiffs beim Warten erwischen.«

Schön. Also konnte Sai den Stein nicht als Ballast benutzen. Zum Glück kamen diese Rüstungen mit jeder Menge Ausrüstung. Sai nahm eine Verbindungsleine, die an einer Klemme an seiner Taille befestigt war, und rammte das Ende in den Baumstamm, wo es einen festen Halt fand. Er testete es mit ein paar Rucken und dachte sich, dass wenn er abspringen würde und der ganze Baum wegbrechen würde, nun, zumindest hätte Sai es versucht. Nachdem er das getan hatte, blickte Sai auf den gelben Nebel über ihm und wünschte sich, er hätte einen besseren Himmel, um sich zu verabschieden.

Sever Squad konnte sich ihre Momente der Tapferkeit oder wo sie stattfanden nicht aussuchen, sie mussten einfach durchziehen, egal was kam.

Sai rutschte vom Baumstamm und sank. Er griff nach allem, woran er sich festhalten konnte, aber er sank immer weiter. Ein tiefer Teil des Sumpfes. Durch sein Visier sah Sai kleine grüne Flecken, als Pflanzen in der langsamen Strömung vorbeischwebten. Ein blau-weißer Zähler erschien am oberen Rand seines Sichtfeldes und zeigte seinen Sauerstoffgehalt an. Der Anzug ging davon aus, dass Sai unter Wasser gehen wollte, und traf die notwendigen Vorkehrungen, von denen keine Sai davon abhalten würde, auf dem Grund von Dynas' verdammtem Sumpf zu ertrinken, obwohl sie ihn lange genug am Leben halten würden, um es zu bereuen.

Die Verbindungsleine kam ihm zu Hilfe, als sie ihr Maximum erreichte. Wie wenn man auf einem dicken, flauschigen Bett landet, schwebte Sai unter dem schmutzigen Meer.

»Brauchst du Hilfe?«, fragte Aurora.

»Geht schon.«

»Sieht nicht danach aus«, fügte Eponi hinzu.

»Könnte ich von dir auch behaupten.« Sai war sich nicht sicher, ob das als gute Erwiderung durchging, aber in seinem gegenwärtigen Zustand war es ihm egal.

Der Schalter zum Einziehen der Verbindungsleine befand sich in der Klemme, also griff Sai herum und legte ihn um, was einen langsamen Zug zur Oberfläche in Gang setzte. Während er aufstieg, schwamm Sai mit seinen klobigen gepanzerten Armen. Er bewegte sich nicht zu weit, nicht zu schnell, aber er schaffte es unter dem Felsen der Mine hindurch und auf die andere Seite, wobei er es schaffte, zurückzugreifen und den Schalter umzulegen, um das Einziehen der Verbindungsleine zu stoppen, als er die Oberfläche durchbrach und eine neue Sandbank etwa einen halben Meter unter Wasser fand, auf der er stehen konnte. Sai ließ etwas Spiel, um zu verhindern, dass sein eigener Anker ihn zurück in die

Tiefe zog, und blinzelte dann angesichts dessen, was er sah.

Durch den Dunst konnte er die Umrisse eines großen Gebäudes erkennen, dessen Spitze im Nebel verschwand. Der Sumpf lichtete sich auch beträchtlich und verwandelte sich kurz hinter der Mine von Wasser zu Schlamm und moosigem Fels. Fast nahe genug, um vom Felsen in die Untiefe zu springen. Eine Versuchung, der ein eifriger Besucher ohne einen zweiten Gedanken zum Opfer fallen würde.

»Wir sind fast am Gebäude«, sagte Sai. »Ich bin auf der anderen Seite der Mine, also werde ich sie jetzt entschärfen.«

»Gute Arbeit.« Wieder Aurora. »Lasst uns bewaffnen. Sobald wir einen Weg zum Gebäude haben, werden wir ihn nehmen.«

Sai wandte sich wieder der Mine zu. Er blinzelte und schaltete sein Visier auf Röntgensicht um, wo er die hellblauen Linien sehen konnte, die die Grenzen des Sprengstoffgehäuses der Mine anzeigten. Vom Moos bedeckt, aber da. Jetzt bestand der Trick darin, seine Hände so zu positionieren, dass er es öffnen konnte, ohne zu viel Gewicht auf die Oberseite des Felsens zu legen. Wenn er beide Hände gegen das Moos drückte, hätte Sai keine freie Hand, um das Gehäuse zu öffnen und den Akku zu entfernen. Wenn er nicht beide auf den Felsen legte, um sich zu stabilisieren, würde Sai wieder unter Wasser rutschen.

Er brauchte eine dritte Option. Und er hatte eine. Sai machte einen langsamen Sprung von der Sandbank und trieb auf den moosigen Felsen zu. Er hatte eine Chance, oder Sai würde wieder absinken, aber er durfte nicht zu schnell sein, sonst würde er die Mine auslösen.

Sai neigte seinen Kopf und drückte sein Visier gegen

die Rückseite des Felsens. Sein Helm blieb im Moos stecken, grüner Schleim bedeckte seine Sicht. Aber sein Helm hielt, das Moos gab genug Halt, so dass Sai zusammen mit seiner rechten Hand eine hässliche Stütze zustande brachte, um sich über Wasser zu halten. Eine unbeholfene Umarmung, aber eine, die funktionierte.

Die Mine blieb ruhig. Er lebte.

Jetzt zur eigentlichen Arbeit. Sai schnappte mit seinem linken Handgelenk und aktivierte das Multitool. Das kleine Gerät, das jedes Sever-Mitglied besaß, enthielt Laserschneider, Schraubendreher und andere einfache Gadgets. Zuerst wechselte Sai zum Mikrolaser. Er bahnte sich mit der linken Hand einen Weg durch das Moos, fast als würde er einen Strahl aus seinem Finger zeigen. Hell weiß und heiß zog sich das Moos zurück, an den Rändern schwarz verbrannt, ein verkohlter Geruch lag in der Luft. Unter dem Bewuchs saß die hintere Klappe der Mine, nicht größer als Sais eigene Handfläche, und wartete darauf, geöffnet zu werden.

»Ich hab's fast«, sagte Sai. »Aber ich brauche jemanden, der bereit ist, falls es hier einen Totmannschalter gibt.«

»Totmannschalter?«, fragte Rovo.

»Manchmal kann man solche Dinge so manipulieren, dass sie hochgehen, wenn kein Strom mehr da ist«, sagte Sai. »Es ist gefährlich, weil es bedeutet, dass man die Mine nicht mehr anfassen kann, sobald sie platziert ist, aber ich weiß nicht, mit wem wir es zu tun haben.«

»Ich hole dich«, sagte Gregor, und obwohl Sai den Mann aus seiner gegenwärtigen Fels-Matsch-Perspektive nicht näher kommen sehen konnte, fühlte er sich ein wenig besser.

Nicht dass Sai erwartete zu überleben, wenn die Mine explodierte, aber vielleicht, nur vielleicht.

Sai schaltete das Multitool auf den Keilantrieb um, ein Nanoteil, das dazu gemacht war, enge Klappen wie diese zu öffnen. Mit seiner Kante, die bis auf molekulare Ebene ging, drückte Sai den Keilantrieb gegen die Platte der Mine und bog nach links. Sai konnte das Ding nicht aufspringen sehen, aber er konnte das Ploppen spüren. Ein weiterer Schritt geschafft.

Jetzt musste Sai hineinsehen, und das bedeutete, seinen Helm vom Rand des Felsens zu lösen. Langsam, vorsichtig zog Sai sich von dem klammernden Moos zurück, um seinen Kopf freizubekommen. Seine linke Hand griff in den Rand der Mine, in den durch die Klappe geschaffenen offenen Raum, und mit dem Griff seiner rechten Hand am Stein gelang es Sai, einen guten Blick hineinzuwerfen. Ein einfacher Langzeitakku und die Sprengstoffpakete, verbunden mit unzähligen kleinen Drähten, die zu diesen Drucksensoren führten. Sai musste zuerst diese durchschneiden und sich dann um den Akku kümmern.

Er hob seine linke Hand, um wieder zum Mikrolaser zu wechseln. Schlechte Entscheidung. Das plötzliche Gewicht ließ seine rechte Hand vom Moos abrutschen, und als Sai versuchte, sich zu fangen, griff er mit der linken Hand, packte die Sprengstoffpakete und riss sie aus der Mine, als er ins Wasser fiel. Und das, mehr als alles andere, rettete ihn. Untergetaucht starrte Sai auf die durchnässte Masse zerrissener Sprengstoffe, während ihre Pulver nutzlos in den Schlamm sickerten. Was sagst du dazu? Nicht gerade der Plan, aber eine gute Entschärfung hatte viel mit Glück zu tun.

Sai tauchte wieder auf, sein Mund bereits geöffnet, um seine Bestätigung einer gut erledigten Aufgabe zu liefern, als der Chor tödlicher Energie ihn abrupt stoppte. Wie der schlimmste Mückenschwarm, den man je gehört hatte, fuhren die Geschütze um sie herum hoch. Warum? Weil Gregor dort stand, sein Hammer genau dort hineingetrieben, wo die Mine gewesen war.

»Ich sagte, ich würde dich retten«, sagte Gregor und zog seinen Hammer aus dem Wrack.

»Wir werden alle sterben«, erwiderte Sai.

13

EIN SPEKTAKULÄRER AUFTRITT

Ein Problem zertrümmern und ein Dutzend neue schaffen. Das hat zwar nie jemand gesagt, aber Gregor dachte es, als sein Hammer den Schwung durch die Metall- und Gesteinsmasse der Mine vollendete und dabei überall Teile verstreute. Als Zertrümmerung betrachtet, war diese nicht besonders befriedigend; die Mine war zu klein. Ihr fehlten die matschigen Teile eines lebenden Ziels. Aber eine Sache lernte man schnell, wenn man einen Hammer hatte: Man ärgerte sich nicht über die Gelegenheit zum Zertrümmern, egal was man gerade zerstörte.

Die Geschütztürme schienen allerdings nicht gewillt, Gregor den Moment genießen zu lassen.

»Hol Sai da raus und lass uns verschwinden«, kam Auroras Stimme hart über den Teamkanal. »Das Gebäude ist gleich vor uns, wir können es nicht mit all denen aufnehmen.«

Gregor hätte es gerne versucht, aber er gab nicht die Befehle. Und tief drinnen wusste Gregor, dass er es nicht tun sollte. Also streckte er seinen Hammer aus, tauchte ihn in den Morast, und als er spürte, wie Sai seine Hände darum schloss, zog Gregor ihn hoch, gerade als der erste Bolzen den Baumstamm zu seinen Füßen traf.

Als der erste Bolzen das verfaulte Holz zerfetzte, auf dem Gregor stand.

Sais Verbindungsleine flog davon, als Gregor ins Wasser rutschte, bevor er sich einhändig – seine Rechte würde den Hammer nur loslassen, wenn er starb – auf die Gesteinsreste hochzog, die die Mine gehalten hatten. Um sie herum verflüssigte sich der Sumpf, als heißes Laserfeuer herabregnete. Als hätte sich Dynas selbst bewaffnet und beschlossen, Sever wäre sein erstes und einziges Ziel.

»Wir brauchen Deckung!«, kauerte sich Rovo hinter einen Baum und fuchtelte mit seinem Gewehr herum, auf der Suche nach einem Ziel in dem nebligen Morast.

»Nein, ihr müsst euch bewegen«, erwiderte Aurora, und Gregor hatte kaum die Chance, sich auf dem Felsen zu positionieren, bevor die drei an ihm vorbeirasten. Die Stiefelbooster ihrer Rüstungen trugen sie in langen Sprüngen über Sai und Gregor hinweg zu moosigen Hügeln, die einige Meter entfernt lagen. Die drei landeten mit all der Anmut, die man von ungelenken gepanzerten Soldaten erwarten würde, die durch Gas- und Laserfontänen springen. Rovo rutschte von den Steinen ab und krachte mit dem Gesicht voran in den Schlamm, wobei er Aurora mitriss, als sie in Richtung derselben seichten Stelle fiel, bevor sie hindurchbrach und unter Wasser verschwand. Eponi landete auf ihren Füßen, Schlamm und Schlick in alle Richtungen verstreuend. Sai war nicht weit dahinter, krabbelte in den Sand und zog sich durch das Riedgras.

Gregor hatte einen besseren Plan.

Mit seinem Hammer in der rechten Hand ging Gregor auf dem Felsen in die Hocke und machte einen Boost-

Sprung nach oben, schwang seinen Hammer über den Kopf und fing einen dicken Ast mit dem Hammerkopf. Die Waffe verhakte sich und Gregor schleuderte sich vorwärts, wie ein mythischer Held. Zusammen mit seinen Boostern flog Gregor weit genug, um über seine Teamkameraden hinwegzusegeln und als Erster glücklich auf festem Boden zu landen, der zum Gebäude führte.

Das Gebäude enthüllte sich aus der Nähe als weit mehr als nur ein kleiner Außenposten. Wie die Mine waren seine grauschwarzen Wände von Moos und größeren Dingen überwuchert – Gregor hätte schwören können, dass ganze Bäume aus seinen Ritzen und Spalten hervorsprossen –, als hätte seit seiner ersten Errichtung nie jemand das Gebäude gereinigt. Lichter flackerten von innen und gaben ihren weißen Schein an den Nebel ab.

Nicht leer also.

Links, in einem gerodeten Bereich, befand sich eine schwebende Landeplattform mit genug Platz für mehrere Gleiter. Von der Plattform führte eine breite Metallrampe mit Stützstreben, die tief in den Sumpf tauchten, zu dem, was wie der Haupteingang des Gebäudes aussah und der einzige Teil des Bauwerks zu sein schien, der kürzlich benutzt worden war. Glänzend von der feuchten Luft sah die Tür stabil aus, gebaut für Lieferungen, nicht für Angriffe. Was Sever hier vor sich hatte, war keine Kraftstation, sondern eine vollwertige Basis, deren Dach sich mehrere Stockwerke hoch erhob und die, dem Anschein nach, unter der Oberfläche noch weiterging.

Wenn Dynas vorher eine langweilige, abgelegene Welt gewesen war, nun, das war sie immer noch, aber zumindest wurde die Mission jetzt interessanter.

Stechender Schmerz riss ihn aus seiner Konzentration; Gregor wurde am Bein getroffen. Seine Rüstung lenkte das meiste ab, aber die Laser waren heiß genug, um ihre Hitze teilweise durchdringen zu lassen. Der Anzug meldete eine mögliche Verbrennung zweiten Grades auf seiner Haut. Was bedeutete, dass Gregor sich bewegen musste. Die anderen platschten hinter ihm her, als Gregor seinen ersten schwerfälligen Satz zur Tür machte. Sie hätten jetzt eigentlich tot sein müssen durch das Geschützfeuer, aber während sie sich bewegten, schlugen die Laser weiterhin in seltsamen Winkeln um sie herum ein. Vielleicht verursachte der Nebel die Fehlschüsse, oder vielleicht waren sie zu alt und funktionierten nicht richtig. So oder so, Gregor würde sich nicht beschweren. In diesem Spiel zu überleben, erforderte ebenso viel Glück wie Können, und heute, nach so viel Pech, hatten sie etwas von dem Guten verdient.

»Ich breche die Tür auf«, sagte Gregor und brachte den Hammer wieder in den beidhändigen Griff, während er auf den Eingang zukrachte.

Trotz des Schmerzes in seinem Bein liebte Gregor diesen Moment. Adrenalin schoss durch seinen Körper. Ein klares Ziel, mit dem Geruch von Ozon und Kampf dick in der Luft. Das Einzige, was es noch besser machen könnte, wären ein paar mehr Dinge zum Zermalmen.

Als hätte er Gregors Wunsch gehört, bewegte sich der Nebel um sie herum, von künstlichen Mitteln verweht. Zwei Gleiter schossen herab, beladen mit Soldaten. Vom Abwurfshuttle aus und durch die Linse der Kanone hatte Gregor keinen guten Blick darauf werfen können, was ihre Feinde trugen, aber von hier, aus der Nähe, als die Ziele von ihren Gleitern sprangen und in den seichten Gewässern landeten, konnte er ein netzartiges synthetisches Geflecht erkennen, das sie bedeckte. Ein Bodysuit also. Ausrüstung, die auf Funktionalität statt auf Severs harten Schutz ausgelegt war, aber jedem das Seine. Vielleicht hatten sie eine spezielle Belüftung für die Sumpfluft.

Mehrere Idioten, die Gewehre von Schultergurten zogen, stürmten los, um Gregor von der Tür abzuschneiden. Ein kühner Zug. Ein dummer Zug.

Gregor, jetzt weniger als fünf Meter entfernt, aktivierte die Booster und sprang. Die Wachen des Skiffs hatten wohl nicht damit gerechnet, dass ein großer Mann in grau-blauer Rüstung drei Meter in die Luft springen würde, denn ihre ersten Schüsse unterschätzten seine Höhe kläglich und zischten unter Gregor hindurch ins Nichts. Ihre Verteidigung war ebenso wirkungslos: Die Soldaten hoben ihre Waffen, versuchten abzuschätzen, wo Gregor landen würde, und erkannten, dass er direkt auf sie fallen würde. Er landete auf dem ersten, während er seinen Hammer in einem weiten Bogen von links nach rechts schwang und die anderen beiden erwischte, die er zu Boden schmetterte.

Der matschige, durchnässte Sand saugte die Körper ein.

Gregor warf einen kurzen Blick zu den Skiffs, aber Sever Squad hatte begonnen, ihren Teil beizutragen, und die Laser ihrer Gewehre zwangen die Skiff-Soldaten in die Hocke, wo sie unbeholfen nach Deckung suchten. Gregor hatte freie Bahn zur Tür und, nach einem gezielten Tritt, um den keuchenden Wachmann auszuschalten, auf dem er gelandet war, legte er die letzten Meter zu seinem Ziel zurück. Er hob den Hammer und schmetterte ihn gegen die große Tür. Die Waffe prallte mit einem lauten Klang ab, der über den Kampflärm hallte und einen zitternden Schlag durch den Griff und Gregors Arme sandte, stark genug, um seinen ganzen Körper vibrieren zu lassen.

Gregor hätte den Griff des Hammers verloren, wenn nicht seine eigene Rüstung dafür gesorgt hätte, dass seine Hände an der mächtigen Waffe klebten. Eine Modifikation, die er nach einer ähnlichen Mission auf X-29 vorgenommen hatte, einer Welt, die von veralteten Robotern erschaffen und betrieben wurde, wo das Zittern nach aufeinanderfolgenden Schlägen zum Aufbrechen eines Fabriktor einer Roboterfabrik so stark geworden war, dass Gregor sich beide Handgelenke gebrochen hatte.

Jetzt hielt er fest, jetzt eilte er zu einem zweiten Schlag und drehte dabei den Griff an der Basis. Die kinetische Energie der letzten paar Schwünge – angefangen mit dem Minengestein – hatte den Hammer bereit gemacht, und dieses Mal, als er auftraf, krachte die Kraft von einem Dutzend Tonnen in die Tür und sprengte sie von ihren Halterungen. Das große Tor krachte nach innen und landete im Eingangsbereich mit einem lauten, ungemein befriedigenden Aufprall.

Gregor hob den Hammer zurück, betrachtete das Ergebnis und verkündete: »Sever Squad, wir haben unseren Eingang.«

14

AKROBATIK

Nichts geht über einen Drei-gegen-Dutzend-Angriff. Eponi ließ Aurora die Führung überneh-men, als sie durch den sandigen Schlamm in Richtung der Skiffs und der Soldaten, die von ihnen herun-terströmten, platschten. Wenn Eponi ihre Uniformen hätte beschreiben müssen, hätte sie gesagt, dass sie wie die Wasseranzüge von Vitara aussahen, einem wasserreichen Planeten, auf dem jeder Taucheranzüge trug, um zu verhin-dern, dass die Feuchtigkeit die Bevölkerung in Rosinen verwandelte. Dynas, scheinbar ein einziger riesiger Sumpf, könnte genauso gut die ekelhaftere Version davon sein.

Nichts davon hielt Eponi jedoch davon ab, mit ihrer Pistole loszuschießen. Ihre gelben Schüsse vermischten sich mit den weißen Bolzen der Geschütztürme - die ihrer Einschätzung nach die ungenauesten Geschütztürme waren, die sie je gesehen hatte - und dem orangefarbenen Feuer des Feindes zu einer wunderschönen Lichtshow, begleitet von den Schreien der Verwundeten und mögli-cherweise Sterbenden. Nicht, dass Sever Squad zu dieser Gruppe gehörte. Eponi spürte, wie ihre Rüstung hier und da getroffen wurde, die Laserverbrennungen drangen bis zu ihren Beinen und Armen durch, aber solange sie nicht wiederholt an der gleichen Stelle getroffen wurde, sollte sie überleben.

DefenseCorp und Sever Squad hatten sich darauf vorbereitet. Ihre Missionen garantierten Feuergefechte. Severs Ausrüstung garantierte nahezu, dass sie es auf die andere Seite schaffen würden.

Und so ließ Eponi Rovo vorbeirennen, als er mit einer Nahkampf-Laserpistole in jeder Hand wild in Richtung der Skiffs feuerte, als ob er versuchte, seine Feinde eher durch die schiere Anzahl der abgefeuerten Bolzen niederzumähen als durch die Präzision ihrer Treffer. Sie passte ihren Winkel an, sodass Rovos klobige Rüstung und der Vorräte-pack, den er vom Abwurfshuttle mitgenommen hatte, als behelfsmäßige Deckung dienten, während sein Lauf-und-Schieß-Manöver die Wachen vom rechten Skiff zum Gebäude lockte, um ihm den Weg abzuschneiden.

Rookies mussten aus ihren Fehlern lernen, und dem Team vorauszueilen, gehörte definitiv dazu.

Eponi wusste aus ihrer Rennfahrerzeit, dass sie auf einer unbekannten Strecke bessere Runden fahren würde, wenn sie in der ersten Runde dem erfahrensten Piloten folgte. Sie würden wissen, wo man langsamer fahren, wo man beschleunigen musste, Abkürzungen und so weiter. Dann, in der nächsten Runde, würde sie an ihnen vorbei-ziehen und die Führung übernehmen. Ein leichter Sieg. Zumindest war es das, was sie sich vorstellte. Wie es laufen würde, wenn sie das nötige Kleingeld zusammen hätte, um wieder in den Rennzirkus einzusteigen.

Auch wenn Rovo nicht der Erfahrenste war, konnte er Eponi immer noch zeigen, was man nicht tun sollte.

»Nimm die linke Seite!«, sagte Aurora zu ihr. Die

Anführerin sendete die Kommunikation direkt über die verknüpften Kanäle und überschrieb Eponis Plan. »Rovo und ich werden ihre Aufmerksamkeit auf uns ziehen. Du übernimmst die Flanke.«

Das war notwendig, denn es sah so aus, als ob die Soldaten eine Energiewand entlang der Rampe zum Haupteingang des Gebäudes errichteten, wo ... Gregor mit einem Hammer angriff. Die Wachen schienen den Mann zu ignorieren, und Eponi entdeckte drei zerquetschte Leichen, die ein überzeugendes Argument dafür lieferten, warum. Sai, der Kapitän Hammer im Stich ließ, schloss sich den dreien an und fügte sein eigenes Gewehr ihrem Chor hinzu, der den Feind vorerst hinter ihrer wachsenden Deckung hielt.

Die Energiewand fing Laserbolzen auf und saugte ihre Kraft ab, wobei die Batterien des Feldes mit jedem Schuss aufgeladen wurden. Um eine solche Verteidigungsstellung zu umgehen, musste Eponi nach links gehen und das, ohne gesehen zu werden. Ihr nächster Schritt spritzte den Schlamm hoch und gab ihr eine Idee. Manchmal war der beste Zug, den schlimmsten vorzutäuschen.

»Ich gehe«, sagte Eponi. »Deckt mich.«

Sie stürzte sich nach vorne, wedelte mit den Händen, als sie fiel, und sah aus, als wäre sie entweder angeschossen worden oder hätte jegliche Koordination verloren. Im Laserschwarm würde jeder auf Ersteres wetten. Eponi krachte unter den trüben Schlick und versuchte, so tief wie möglich zu kommen. Ihr Visier-Sauerstoffmesser diente als Hinweis, dass sie ausreichend untergetaucht war. Dann drückte sie ihre Arme und Beine gegen den sandigen Boden und trieb sich mit langsamer, aber konstanter Geschwindigkeit voran, was an der Oberfläche kaum auffallen sollte. Die Soldaten so lange wie möglich im Dunkeln lassen.

»Beeil dich«, kamen Auroras Worte mit etwas Störung durch die Flüssigkeitsinterferenz durch. »Wir sind ungeschützt, aber Gregor hat die Tür offen. Sobald du uns eine Chance gibst, brechen wir zum Gebäude durch.«

Eponi wollte sagen, dass es nicht ihre Entscheidung gewesen war, den leichtsinnigen Angriff über den sumpfigen Morast zu starten, aber sie hielt den Mund. Aurora war schon immer der Angreifertyp gewesen, der davon ausging, dass eine starke Offensive in jeder Situation besser war als eine feige Verteidigung. Eine Taktik, die oft gut zur unterlegenen, unterbewaffneten und verfolgten Missionsstruktur von Sever passte; wenn sie aufhörten, sich zu bewegen, würde Sever tot enden. Aber hier? Auf dieser nebligen Welt, wo jeder Schwierigkeiten hätte, eine zusammenhängende Antwort zu geben? Sever hätte hinter Bäumen Deckung nehmen, die Wachen und Geschütztürme aus der Deckung heraus ausschalten und es sich gemütlich machen können.

Stattdessen zog sich Eponi auf die Landeplattform hoch, in der Nähe des zweiten, weiter entfernten Skiffs. Sie musste die Stiefelbooster benutzen, um sich hoch und rüber zu bekommen - nicht, dass Eponi nicht genug alte, gute Muskeln gehabt hätte, aber diese Anzüge waren verdammt schwer - und dieselben Booster gaben ihr einen unerwarteten, quietschenden Rutsch über das gummiartige, schwimmende Pad, bis sie mit ihrem Helm gegen den Boden des Skiffs knallte. Das erschütterte ihren Schädel ordentlich, aber wie oft hatte sie sich schon fast in den Stupor geschüttelt, wenn sie auf der Rennstrecke irgendein Manöver hinlegte?

Die Stille traf Eponi jedoch hart. Wenn niemand von Sever ihr Rutschen und Anschlagen gesehen hatte, wenn keiner von ihnen sie darauf ansprach, dann musste das

Squad wirklich in Schwierigkeiten sein. Sie schaute über die Nase des Skiffs und überflog die Lage. Die Wachen hatten ihre Energiefeld-Linie vervollständigt und nutzten sie jetzt, um aufzustehen und knisternde Bolzen in Richtung Rovo, Aurora und Sai zu senden, die sich hinter einem stetig schmelzenden Felsen in der Mitte des Zugangswegs verschanzt hatten.

Severs Gegenfeuer ließ nach, da die Unterdrückung durch den Feind nahezu vollständig war. Auch der Felsen bot keinen Schutz mehr vor mehreren Geschütztürmen, deren weißglühende Bolzen immer näher zu kommen schienen. Ein Blick zum Gebäude zeigte, dass Gregor definitiv die Tür eingeschlagen hatte, aber ein paar Wachen hielten ihn drinnen in Schach, wobei Gregor blind Schüsse abfeuerte, ohne seinen massigen Körper zu riskieren.

Eponi zog es vor, das Squad durch tadellose Pilotenkunst zu retten, aber angesichts der Situation musste sie wohl die Hände schmutzig machen. Sie warf ihre Pistole zurück ins Holster und griff über ihren Rücken nach der eingerasteten Sturmwaffe, die an ihrer Rüstung hing. Bei ihrer Berührung löste sich das Sturmgewehr, und Eponi zog es nach vorne, wobei sie den Lauf mit der linken Hand auffing. Gott sei Dank für Energiewaffen – Eponi hatte schon mit Projektilwaffen hantiert, und die machten solche Manöver mit ihren klobigen Magazinen und schwereren Metallen so viel schwieriger. Die Waffe fühlte sich nicht gerade federleicht an, aber Eponi hatte keine Mühe, sie auf die Linie der Wachen zu richten und den Abzug gedrückt zu halten. Gas ionisierte, erhitzte sich und schoss in hellen Bolzen los, die in die kauernden, ruhigen Wachen einschlugen.

Ihre blauschwarzen Anzüge platzten in orangefarbenem Feuer auf, als Eponi ins Schwarze traf und in den ersten Sekunden fünf Soldaten niederlegte. Die anderen reagierten schnell, warfen sich von der Rampe ins Sumpfwasser und gaben ihre Befestigung auf. Einem gelang es, einen Schuss in ihre Richtung abzufeuern, der Bolzen traf die Nase des Gleiters und hinterließ eine verkohlte Stelle auf der ansonsten saumäßig hässlichen grün-braunen Beschichtung.

»Da ist deine Öffnung«, sagte Eponi und feuerte weiter um die Kanten der Rampe herum, um jeglichen Mut zu entmutigen.

»Wir brechen durch. Gebt uns Deckung und wechselt dann, sobald wir das Gebäude erreicht haben.« Aurora führte selbst den Ansturm an, wieder einmal, das Trio kletterte und rannte am Felsen vorbei zur Öffnung.

Klar, dass Eponi als Letzte gehen würde. Mit den überwältigten Wachen drehte sich Eponi um und schoss einige der erbärmlichen Geschütztürme ab, sprengte die Würfel aus den Bäumen und schickte ihre brennenden Wracks ins Wasser. DefenseCorp hatte die Sturmgewehre für Massenkontrolle und nicht für Präzision hergestellt, aber wenn sich das Ziel nicht bewegte, konnte selbst eine solche Waffe den Job erledigen.

»Bereit, Eponi«, sagte Aurora.

Das Signal gegeben, ließ Eponi das Sturmgewehr zurück in seinen Slot in ihrer Rüstung gleiten und brach um die Nase des Gleiters herum. Die Wachen warteten auch nicht auf einen besseren Moment, sondern riefen, dass die Gelegenheit gekommen sei, und begannen ihre eigenen Kletterversuche auf die Landeplattform. Aurora und Rovo gaben Eponi etwas Deckungsfeuer, zogen ihre eigenen Gewehre heraus und legten so viele blaue Bolzen nieder, dass Eponi das Gefühl hatte, durch eine aquatische Explosion zu laufen. Die Soldaten schickten wahllose, vorbeigehende Laser hinter ihr her, und nach mehreren langen Sekunden und noch längeren Schritten trat Eponi über die zerbrochene Tür in das Ladetor des Stützpunkts.

Versorgungskisten übersäten den breiten Bereich, wobei der unmittelbare Raum hinter der Tür für neue Transporte freigehalten wurde, damit diese entladen, wenden und ausfahren konnten. Jenseits dieses Bereichs standen die gerippten Kisten, farbcodiert, um den Leuten einen Hinweis auf ihren Inhalt zu geben, in Stapeln und warteten darauf, dass jemand sie auf einer Rückfahrt zu dem Ort auf Dynas mitnahm, der als Unterstützung für diesen Stützpunkt diente. Die schiere Größe der Ladebucht, größer als einige der Rennhangars, die Eponi benutzt hatte, sprach dafür, wie groß dieses Gebäude sein musste. So viele Vorräte bedeuteten viel Personal, bedeuteten viel Arbeit, um diesen Ort am Laufen zu halten.

Und laufen sollte Sever auch, aber sobald sie an Aurora und Rovo vorbei war, schien es nirgendwo anders hinzugehen. Gregor und Sai standen an der einen Tür, die weiter hineinführte, eine deutlich kleinere als der Haupteingang und anscheinend so verstärkt, dass Gregors Hammer sie nicht aufbrechen konnte. Zumindest schloss Eponi das daraus, als sie sah, wie Gregor den Hammer auf den Boden schlug und fluchte.

»Kannst du dich mit dem Ding nicht durchschneiden?«, fragte Gregor Sai, der als Antwort seine Klinge nicht zog.

»Es kann Metall gut schneiden«, sagte Sai, »aber es kommt nicht durch etwas so Dickes.«

Rechts von der Tür, aus der Wand hervorragend, befand sich etwas, das wie ein Kontrollraum mit schmalen Fenstern aussah. Aus ihnen heraus schaute selbstgefällig ein Wächter, der in einer scheinbar normaleren smaragdgrünen Uniform gekleidet war. Er beobachtete, wie Gregor und Sai an der Tür herumspielten, und Eponi beobachtete ihn. Der einzige Grund, warum der Wächter so unbesorgt aussehen konnte, mit einem Haufen schwer bewaffneter und gepanzerter Feinde in seiner Basis, wäre, weil er Unverwundbarkeit erwartete. Wenn Sever nicht weiter eindringen könnte, würde ihnen irgendwann die Energie ausgehen. Verstärkende Gleiter voller frischer Wachen könnten sie dann aufwischen.

»Wir brauchen einen neuen Plan«, sagte Gregor. »Wir sitzen in der Falle.«

»Dann findet einen Ausweg«, erwiderte Aurora. »Rovo und ich können sie nicht ewig in Schach halten.«

Eponi suchte weiter, aber sie sah keine offenen Lüftungsschächte. Keine anderen Türen oder Möglichkeiten, sich durchzuschlagen. Gregor hob den Hammer und schlug ihn an einer zufälligen Stelle in die Wand, was eine ordentliche Beule verursachte, aber nicht mehr.

»Hast du irgendwelche großen Bomben?«, fragte Eponi Sai. »Um uns ein Loch zu sprengen?«

»Wenn Gregors Hammer nicht durchkommt, bräuchte ich einen ziemlich großen Sprengsatz«, antwortete Sai. »Wir könnten nicht hier drinbleiben, und ich gehe nicht wieder da raus.«

Als wollten sie Sais Worte bestätigen, begannen Bolzen an Aurora und Rovo vorbei zu zischen, die riefen, dass gerade ein dritter Gleiter draußen gelandet war. Die Situation wurde nicht besser, was bedeutete, dass sie zu ungewöhnlichen Taktiken greifen mussten.

»Gregor«, sagte Eponi und zeigte auf die Fenster und das Gesicht des Wächters. »Zerbrich das.«

Gregor, in seiner großen graublauen Rüstung, starrte sie für eine Sekunde an, bevor er mit den Schultern zuckte. Er machte zwei lange Schritte, bevor er sich zu einem weiten, bogenförmigen Schlag gegen das Fenster und den dahinter zurückweichenden Wächter lehnte. Der Hammer zerstörte das Glas und verstreute überall Scherben.

»Viel zu klein«, sagte Sai.

»Für dich vielleicht«, erwiderte Eponi. Rennfahrer mussten winzig sein – weniger Gewicht und Größe bedeuteten kleinere, schärfere Fahrzeuge – und Eponi dachte, sie hätte eine Chance, durch den Schlitz zu passen. Nur konnte sie dafür ihre Rüstung nicht anbehalten. »Deckt mich.«

Eponi stapfte in die Nähe des Fensters, während sowohl Gregor als auch Sai ihre Spucker zogen und den Wächter drinnen in Deckung zwangen. Mit dem Rücken zur festen Wand, Aurora und Rovo beobachtend, die zunehmend verzweifeltes Feuer mit den Wachen draußen austauschten, aktivierte Eponi die Ausstiegsbefehle ihrer Rüstung. Sie drückte ein Paar leichter Knöpfe an ihrer Taille, und mit einer Reihe von Klicks entriegelte sich ihre Rüstung und entfaltete sich von ihr weg wie die Schale einer besonders reifen Frucht. Für Reisen auf engen Schiffen konzipiert, folgte ihr gelber Anzug seinem eigenen Algorithmus, um sich eng zu packen und zusammenzupressen, und komprimierte sich zu einer Box, die nicht viel größer war als der Rucksack voller Vorräte, den sie vom Landungsschiff mitgenommen und neben sich abgestellt hatte. Wenige Sekunden später stand Eponi nur noch in ihrem schlanken Hautanzug da und reichte ihre Laserpistole Gregor.

»Bereit?«, sagte Sai und projizierte seine Stimme tatsächlich durch die Lautsprecher seines Anzugs, da Eponi ohne ihren Helm keinen Zugang mehr zum Kanal des Squads hatte.

»Bereit.« Eponi trat vom Fenster zurück und schätzte

die Öffnung ab. Es würde eng werden, aber sie konnte es schaffen. »Jetzt!«

Sie sprintete los, sprang und dankte ihrem Hautanzug, der ihre Hände vor den verbliebenen Glassplittern schützte, die wie scharfe Zähne den Fensterrand säumten. Eponi zog sich hoch, glitt hindurch und fing ihre Laserpistole auf, die der große Mann ihr zuwarf, während sie den Fall vollendete. Der Wächter drinnen hatte nur Zeit, sie anzusehen und etwas zu sagen, bevor sie ihn röstete.

»Schöner Wurf«, sagte Eponi zu Gregor, der den Hammer als Antwort hob.

Der Kontrollraum hielt die Dinge einfach. Eine Reihe klarer Knöpfe, keine richtige Konsole. Erstaunlich niedrigtechnologisch, aber dann schien diese Basis auch mitten im Nirgendwo zu sein. Kompliziertere Systeme bedeuteten mehr Fehlerquellen, und wenn man keine zuverlässige Wartung haben konnte ... Eponi hatte immer über die Rennfahrer gelacht, die dachten, ihre supermodernen Schiffe würden ihnen einen Vorteil verschaffen. Sie würden ihr Navigationssystem durch einen Mikro-Asteroiden zerstören oder den Einsatz ihrer Millionen von Düsen falsch timen und ihr teures Spielzeug in die Unendlichkeit schicken, oft sich selbst gleich mit.

»Ich habe unseren Fluchtweg«, sagte Eponi, tippte auf dem Panel herum und lächelte, als die resultierenden Klänge und Geräusche den einzigen Innenausgang des Ladebereichs öffneten.

»Ich habe deine Rüstung«, sagte Sai und hielt sie, während er und Gregor zur Öffnung stapften. »Komm sie dir bitte holen.«

»Bin unterwegs«, Eponi blickte zurück zum Wächter. Sie überlegte, ob er etwas hatte, das sie mitnehmen sollte – er trug ein Abzeichen, und eine weitere Tür, die aus dem

Kontrollraum führte, schien einen dieser Sicherheitsscanner zu haben.

»Los, Eponi!«, rief Aurora. »Wir ziehen uns zurück!«

Es würde ihnen nichts nützen, wieder in der Falle zu sitzen. Eponi bückte sich, riss das Abzeichen des Wächters ab und drehte sich zum Fenster um, als Laserfeuer hindurchkaskadierte und Eponi sich zu Boden warf, während heiße Energie eine glühende Linie an den Wänden um sie herum zog.

»Ich brauche eine Lücke!«, rief Eponi.

Keine Antwort, aber das Feuer in ihre Richtung erstarb, also riskierte Eponi einen Blick. Sever war aus dem Ladebereich verschwunden, obwohl mindestens zwei ihrer Kameraden von ihrer neuen Tür aus weiter feuerten. Wächter in diesen Tauchanzügen strömten durch den Haupteingang und garantierten Eponi einen schnellen Tod, wenn sie ungeschützt durch das Fenster springen würde. Planänderung also. Eine neue Route. Sie griff hinüber, kehrte die Knöpfe um, die sie zuvor gedrückt hatte, und schloss Severs neue Tür. Dann zerstörte Eponi die Steuerung und schmolz die Knöpfe.

Erwiderungsfeuer kam in ihre Richtung, also duckte sich Eponi, schob sich zur Tür und klebte das Abzeichen an den Scanner, in der Hoffnung, dass es sich öffnen würde. Mit einem Piepsen tat es das und zeigte einen kleinen Flur auf der anderen Seite. Allein, ohne Rüstung und nur mit ihrer treuen Laserpistole zum Schutz ging Eponi hindurch.

Ein Rennfahrer musste mit dem Unerwarteten umgehen können.

[15]

ANFÄNGERFEHLER

Gerade eben war Sever Squad auf vier geschrumpft. Eponi war durch dieses Fenster verschwunden, während Rovo seine Rauchgranate fallen ließ, und sie war nicht wieder herausgekommen. In all den Filmen entkommt der Held immer, nachdem er den großen Coup gelandet hat, aber Rovo musste sich ständig daran erinnern, dass das hier nicht so war. Sie hatten es hier mit echten Konsequenzen zu tun, nicht nur mit einem Spiel. Als Gregor Rovo also Eponis Rüstung übergab, die sich zu einem ordentlichen, rechteckigen Paket komprimiert hatte, musste Rovo sie tatsächlich tragen.

»Sie wird sie brauchen«, sagte Gregor.

»Es wird in deinen Rucksack einrasten«, sagte Sai, der hinter Rovo auftauchte, während Aurora die kleine, jetzt geschlossene Tür zur Ladebucht sicherte.

Gregor übernahm die Führungsrolle, eine Position, die ihm sein Hammer einbrachte, eine Position, um die ihn niemand beneidete. Der Korridor, in den sie gegangen waren, war deutlich breiter als ein normaler Flur, groß genug für Versorgungswagen, aber im Vergleich zum offenen Sumpf fühlte er sich verdammt ähnlich an wie die Raumstationen, auf denen Rovo so lange gelebt hatte. Kein Gefühl, zu dem er gerne zurückkehrte, aber er vermutete, dass die Vertrautheit half, die Panik zu unterdrücken, die seit dem Moment gewachsen war, als diese Geschütztürme auf ihn zu feuern begannen.

Seine rechte Schulter schmerzte, und Rovo wusste, dass sein linkes Knie etwas Aufmerksamkeit benötigen würde. Er wusste nicht, ob es die Wachen oder die Geschütztürme gewesen waren, die ihn erwischt hatten, als Rovo den letzten Sprint zur Basis hinlegte, aber diese Blitze waren mit ebenso viel Überraschung wie Schmerz gekommen. Simulationen trafen diesen Teil nie ganz - sie konnten die Kämpfe perfekt nachstellen, die Visualisierungen fantastisch machen, aber das tatsächliche Gefühl, getroffen zu werden? DefenseCorp hatte noch einen weiten Weg vor sich, bevor sie die Angst ihrer Auszubildenden vertreiben würden. Nur Auroras stählerne Präsenz und der Gedanke an Gregors Hammer, der einem Deserteur den Todesstoß versetzen würde, hielten Rovo jetzt in Schach.

Rovos unterschwellige Panik beschränkte sich nicht nur auf seinen Kopf. Seine Hände zuckten, Schweiß strömte überall aus ihm heraus, obwohl sein Anzug seine Temperatur ideal hielt. Rovos Magen rebellierte, und er klammerte sich immer wieder an den Abzug seines Gewehrs, als ob die Waffe ihn irgendwie aus der Situation retten könnte, in die er geraten war. Das Sumpfmonster war aufregend gewesen, ein seltsamer Nervenkitzel zu Beginn des Abenteuers, aber diese Wachen? Sie waren keine bösen Träume, sie versuchten tatsächlich, ihn zu töten.

Wenn Rovo sich nicht bald zusammenreißen konnte, würden sie wahrscheinlich Erfolg haben.

Sever kam am Eingang zu etwas vorbei, das wie eine

Kantine aussah, praktischerweise in der Nähe des Ortes, an dem jemand Lebensmittel ausladen würde, bevor sie zu einer kreisförmigen Kreuzung weitergingen. Gänge zweigten nach links und rechts ab, während geradeaus eine große Schiebetür ihre verchromte Fassade mit einer tiefen grünen 1 verziert hatte. An den Seiten dieser Tür waren schneeweiße Etagennummern auf verchromte Paneele gemalt, die in Knöpfe eingelassen waren. Es sah aus wie ein Aufzug, der eine Etage nach oben oder unten fahren konnte.

»Irgendwelche Vermutungen?«, fragte Sai. »Hast du in deinem Kommunikationsjob jemals Baupläne gesehen, Rovo?«

»Nicht von solchen Orten«, antwortete Rovo. »Geheime Stützpunkte auf verborgenen Planeten gehen in der Regel nicht durch offizielle Kanäle.«

»Wir teilen uns auf.« Aurora mischte sich ein, ging in die Mitte des Kreises und inspizierte die Tür. »Ich gehe nicht davon aus, dass Eponi tot ist, bis wir ihre Leiche finden, aber wir müssen auch einen Weg aus dieser Basis finden, der nicht beinhaltet, zu diesen Gleitern zurückzukehren.«

»Moment, du willst, dass wir uns aufteilen?«, sagte Rovo. »Mit all diesen Typen da hinten?« Sever sah Rovo an, ihre Helme verbargen Ausdrücke, die der Neuling als nicht sehr schmeichelhaft vermutete. »Hört mal, ich weiß, ich bin neu, aber ihr könnt doch nicht ernsthaft denken, dass es der richtige Plan ist, in kleinen Gruppen hier herumzuwandern?«

Aurora drehte sich wieder um und sah Rovo direkt an. »Rovo, ich begrüße deinen Input, aber wenn ich einen Befehl gebe, erwarte ich, dass er ohne Widerspruch befolgt wird. Du trägst eine Rüstung, du hast schwerere Waffen als sie. Enge Korridore begünstigen uns, weil wir nicht umzingelt werden können.« Sie drehte sich halb zum Aufzug zurück. »Wir sind auf einem Planeten, den wir nicht kennen, und kämpfen gegen eine Macht, die wir nicht verstehen. Teilt euch auf, findet Eponi und einen Ausweg. Lernt auch, was ihr über diesen Ort herausfinden könnt, es könnte uns helfen, den VIP zu finden.«

Rovo hatte das Ziel vergessen. Bei allem anderen schien es der Gipfel des Wahnsinns zu sein, den Planeten abzusuchen, um denjenigen zu retten, der das erste Signal gesendet hatte. Sein Gewehr lief bereits mit wenig Energie, und obwohl Sever Ersatzenergie hatte, würde ein Kampf wie dieser sie bald ausgebrannt und leer zurücklassen. Welches Ziel sie auch immer am Anfang gehabt hatten, Sever konnte es jetzt nicht erreichen, nicht ohne größere Veränderungen.

»Ich nehme den Neuling mit und wir finden Eponi«, sagte Sai. »Ihr besorgt uns einen Ausgang.«

Sai? Warum wollte der Sprengstoffexperte mit Rovo losziehen? Wieder verbargen die verdammten Helme die Gesichtsausdrücke, so dass Rovo annehmen musste, Sai hätte irgendeine Art von Wette verloren. Weder Aurora noch Gregor argumentierten gegen die Entscheidung, und Letzterer drückte auf den unteren Stock im Aufzug. Warum nach unten statt nach oben? Rovo wusste es nicht, aber er war in diesem Gespräch schon einmal von Aurora zurechtgewiesen worden und hatte keine Lust, noch einmal getroffen zu werden.

»Gut«, sagte Aurora. »Wir sagen euch Bescheid, wenn wir etwas gefunden haben. Ihr macht dasselbe.«

Rovo wartete ungefähr drei Minuten, nachdem sie die Kreuzung verlassen hatten und Aurora und Gregor im Aufzug verschwunden waren, um Sai zu fragen, warum er sich entschieden hatte, mit dem Neuling zu gehen. Sie bewegten sich langsam den rechten Gang entlang, der sich möglicherweise wieder mit Eponis Route verbinden würde. Türen säumten den Raum, geschlossen und mit Ausweisscannern versehen. Sai hätte sie sprengen oder vielleicht mit seinem Schwert aufschneiden können, aber Eponi versteckte sich wahrscheinlich nicht in irgendeinem zufälligen Raum. Sai hatte auch die Führung übernommen, ein vorsichtiger Gang mit seinem Gewehr nach vorne gerichtet. Rovo wusste genug, um sich ab und zu umzudrehen, während sie unter den kleinen, weißen Deckenleuchten hindurchgingen, um ihre Rücken zu überprüfen.

»Warum? Weil ich auch mal ein Neuling war«, sagte Sai. »Ich dachte, ich gebe den Gefallen weiter, den mir mal ein anderer Typ erwiesen hat. Ich weiß, es ist beängstigend hier draußen, deine erste Mission dieser Art.«

Mitgefühl? Wärme von einem Sever?

»Es ist... schwer«, gab Rovo zu.

»Der beste Rat, den ich dir geben kann? Lass dich nicht von Emotionen mitreißen. Heb dir das für später auf«, antwortete Sai. »Im Moment geht es nur ums Überleben, und wenn du das schaffen willst, musst du ruhig bleiben.«

»Ich sollte wohl nicht überrascht sein, das von einem Bombenspezialist zu hören.«

»Das würdest du von jedem hören, der mehr als ein paar Missionen überlebt hat. Normalerweise ist die Lösung eines Problems, selbst in einem Feuergefecht, nicht, einfach weiterzuschießen. Du musst wissen, worauf du zielst, die Schwachstelle finden.«

»Jetzt spuckst du nur noch Klischees aus.«

»Es sind Klischees aus gutem Grund. Sie werden dich am Leben erhalten.«

Der Gang machte eine scharfe Biegung nach links, und

sie stießen auf eine weitere Tür, diesmal mit dem typischen gelben Strahlungszeichen bemalt. Auch an dieser Tür gab es einen Ausweisscanner. Sai stand vor dem Eingang, als Rovo zu ihm aufschloss. Er versuchte zu erraten, worauf Sai starrte, konnte es aber nicht erkennen.

»Weißt du, was seltsam ist?«, sagte Sai, immer noch auf die Barriere starrend. »Hier gibt es keinen Alarm. Die Lichter haben alle ihre normale Farbe. Keine Evakuierung, keine Aufrufe zu den Waffen. Bei einer Basis wie dieser würde man denken, dass hier eine ganze Crew gegen uns kämpft.«

»Da war der Typ, den Eponi ausgeschaltet hat.«

»Einer? Nein, viel zu wenig.« Sai streckte die Hand aus und schob Rovo einen Schritt zurück. »Gib mir etwas Platz. Ich werde das hier aufschneiden.«

»Von allen Türen wählst du ausgerechnet die mit dem Strahlungszeichen?«

»Schau sie dir an. Die Tür ist zu dünn, um etwas wirklich Gefährliches abzuschirmen. Was auch immer dahinter ist, könnte zwar Probleme verursachen, aber es strömt gerade kein Tod heraus.«

»Du willst also auf eine Vermutung hin ein Risiko eingehen?«

Wenn man unzählige Kommunikationen von einem Ende der galaktischen Reichweite von DefenseCorp zum anderen las, blendete man die gewöhnlichen ziemlich schnell aus. Rovo konnte sich jedoch an viele herausragende Missionsberichte erinnern, die von einem Voranpreschen-und-zur-Hölle-mit-den-Konsequenzen-Verhalten berichteten, das zu Teamauslöschungen, völligem Versagen oder unbeabsichtigten Folgen führte. Es gab auch erfolgreiche, aber die Katastrophen blieben Rovo im Gedächtnis und rasten durch seinen Kopf, als Sai dem Neuling einen ernsten Blick zuwarf.

»Hast du bessere Ideen? Eponi hat gerade keinen Schutz, und diese Wachen werden uns irgendwann auf die Pelle rücken.«

Die Wachen. Sie müssten miteinander kommunizieren, und trotz der vorherigen Diskussion musste Rovo glauben, dass diese Basis nicht verlassen worden war. Warum sonst all die Mühe, sie zu schützen? Und um das effektiv zu tun, müsste der Feind sich koordinieren, und Rovo könnte vielleicht mithören. Als Kommunikationsoffizier für Sever hatte Rovo Steckplätze in seinem Anzug, die andere für Zubehör - zweifellos mehr Bomben in Sais Fall - genutzt hätten, mit Signalerfassungsgeräten gefüllt, die Rovo die Chance geben sollten, zu hören, was vor sich ging.

»Lass mich die Funkwellen überprüfen«, sagte Rovo. »Ich könnte vielleicht hören, ob jemand Eponi erwischt hat oder ob es hinter dieser Tür etwas gibt, worüber wir uns Sorgen machen müssen.«

»Du kannst hören, was sie sagen, und machst das erst jetzt?«

»Ja, ich mache das erst jetzt. Wo wir gerade nicht beschossen werden.«

Sai hatte wahrscheinlich recht damit, dass Rovo schon lange vor diesem Moment hätte zuhören sollen, aber hey, Rookies lernen aus Erfahrung. Rovo würde sich nicht dafür tadeln, dass er bei seiner ersten echten Mission kein Experte darin war, gleichzeitig Laser abzufeuern und feindliche Nachrichten zu entschlüsseln.

Rovo aktivierte den Kommunikationsabfänger, Codename Bug, mit einem Sprachbefehl. Sein Helm füllte sich mit dem Geräusch von undeutlichem Geplapper, klaren menschlichen Stimmen, die in Quietschen, Piepsen und tonlosen Heulen sprachen.

»Sie reden viel, aber es ist verschlüsselt«, sagte Rovo, als Sai sein Schwert zog und den Schwung abmaß. »Ich muss die Codes zu Bug hinzufügen.«

»Also sind wir wieder da, wo wir angefangen haben.«

»Nein, warte. Lass mich etwas versuchen.« Bug konnte mehr als nur Übertragungen abhören, Rovo konnte das System nutzen, um einzugrenzen, woher die Übertragungen kamen. Das tat er jetzt, und eine verschwommene Karte erschien auf seinem Visier. Keine Umrisse oder physischen Linien, sondern eher farbige Punkte mit relativen Entfernungen erschienen und verschwanden langsam, während Bug Nachrichten aufschnappte und verarbeitete. Viele kamen von hinter ihnen, zurück in Richtung des Basiseingangs, aber ein paar weitere kamen von vorne. Auch nicht weit entfernt. »Sieht aus, als wäre jemand auf der anderen Seite der Tür.«

Es gab zwei Möglichkeiten, auf diese Beobachtung zu reagieren. Entweder konnten Sai und Rovo es als Beweis dafür nehmen, dass sie in die falsche Richtung gingen und versuchen, eine andere Option zu finden, oder es als Beweis nutzen, dass nichts Schreckliches auf der anderen Seite der Barriere lauerte. Vermutlich würden sich die Wachen nicht in einer radioaktiven Müllhalde aufhalten.

»Gut. Wir gehen durch.« Sai traf die Entscheidung und hob die Klinge.

Rovo zielte mit seinem Sturmgewehr auf die Mitte der Tür, direkt auf den Atomkreis. Er nahm einen tiefen, beruhigenden Atemzug. Er hatte fast eine halbe Stunde zwischen Feuergefechten verbracht, und es war die längste, beste halbe Stunde seines Lebens gewesen.

Die Pause ist vorbei.

Sai spaltete die Tür mit einem Schnitt von Ecke zu Ecke, gefolgt von einem zweiten Querschnitt, und als das nicht ausreichte, um die Tür aus dem Weg zu räumen, gab der Schwertkämpfer jeden Stil auf und hackte mit gezielten Schwüngen weitere Stücke heraus. Die ganze Zeit über versuchte Rovo, mit ausgeschaltetem Bug, damit er sich konzentrieren konnte, dahinter zu sehen und mögliche Ziele auszumachen, falls es welche gab.

Während Rovo keine Strahlung sehen konnte, offenbarte Sais systematische Türzerstörung einen grün beleuchteten, großen Raum dahinter, mit etwas, das wie Mikroreaktoren aussah, eingeschlossen in geschützten Säulen. Nicht allzu überraschend - eine isolierte Basis wie diese würde ihre eigene sichere Energiequelle benötigen, und Dynas schien keine solare Lösung zu begünstigen - aber Rovo nahm trotzdem den Finger vom Abzug. Er wollte nicht riskieren, dass ein Fehlschuss eine Kernschmelze verursachte.

»Tut mir leid«, sagte Sai, als er fertig damit war, die Tür buchstäblich in Fetzen zu schneiden. »Ich dachte, das wäre einfacher.«

»Es sah trotzdem cool aus.«

Sie betraten den Raum langsam, wobei Sai sich entschied, das Katana aus denselben Gründen draußen zu lassen, aus denen Rovo zögerte, sein Gewehr zu benutzen. Tod durch nukleare Explosion wäre zumindest schnell, aber im Großen und Ganzen wäre es besser, ihn zu vermeiden. Vier Reaktoren und ihre Säulen, jede mehrere Meter breit und vom Boden bis zur Decke in sauberer, verchromter Pracht reichend. Das grüne Leuchten kam von einer Fülle von Anzeigelichtern um jede Säule und den obligatorischen Displays, die Wärme, Leistungsabgabe und andere Informationen zeigten, von denen Rovo annahm, dass sie für diejenigen nützlich wären, die sie verstanden. Das Wichtigste war, dass die Reaktoren trotz des Einbruchs und der Kämpfe um das Gebäude herum in gutem Zustand zu sein schienen.

Auf der gegenüberliegenden Seite des Raums endete das Kraftwerk mit einer geraden Wand, die dick genug aussah, um nach draußen zu führen. Ein Paar anderer, kleinerer Ausgänge befand sich zu Rovos Rechten und Linken. Die Vorstellung, dass das Gebäude so konzipiert worden war, dass es Menschen an einem Haufen Kernreaktoren vorbeileitete, erschien lächerlich, aber das galt auch für die Idee, überhaupt eine Siedlung auf dieser verfluchten Welt zu errichten.

»Vorsichtig«, sagte Rovo, als sie begannen, sich nach rechts zu bewegen, theoretisch näher daran, Eponi zu finden. »Bug hat hier einige Leute geortet.«

»Ich sehe nichts.«

Sai übernahm die Führung und schaffte es fast bis zur Tür, während Rovo Wache hielt und versuchte, hinter die Säulen zu sehen. Sie waren groß genug, um eine ausgezeichnete Deckung zu bieten, gefährlich genug, dass man sowieso nicht auf jemanden schießen wollte, der sich dahinter versteckte.

»Gebt auf!«, kam der Ruf von der anderen Seite des Kraftwerks, nahe der Außenwand. »Ihr seid in der Unterzahl, und es ist zu gefährlich, hier zu kämpfen!«

»Ich gehe zur Tür«, sagte Sai. »Deck mich.«

Rovo wusste nicht, wie er jemanden decken sollte, wenn er zu ängstlich war zu schießen und niemanden sehen konnte, auf den er hätte schießen können, selbst wenn er gewollt hätte. Also griff er auf sein Training zurück, seinen Instinkt.

»Warum sollten wir aufgeben, wenn es zu gefährlich ist

zu kämpfen?«, rief Rovo zurück, während Sai zur Tür stapfte, wobei die gepanzerten Füße des Schwertkämpfers die lautesten Schläge auf dem Metallboden erzeugten.

Stille, bis auf Sais Schritte. Vielleicht hatte Rovo sie getäuscht. Dann eine Gestalt, die hinter dem letzten rechten Reaktor hervorlugte. Die Person zielte mit einem Gewehr und feuerte einen Bolzen auf Sai ab, der links vorbeiging. Rovo wich an den näheren rechten Reaktor zurück und lehnte sich dann nach rechts, um zu sehen, ob er selbst einen supersicheren Schuss abgeben konnte. Als der Wächter wieder hervortrat, als Sai die rechte Tür erreichte, wagte Rovo es, ein Paar Bolzen abzufeuern. Sie klatschten in die Wand nahe dem Ziel, ein grauenhaft schlechter Schuss, der den Wächter dennoch dazu brachte, sich wieder in Deckung zu ducken.

»Was machst du da?«, schrie Rovo. »Du bringst uns alle um!«

»Du musst gerade reden!«, erwiderte der Wächter.

»Waffenstillstand?«

»Niemals!«

Sai begann, die Tür zu hacken. Obwohl es zweifellos Spaß machte, mit einem Schwert gegen Metall zu schlagen, machte das stationäre Stehen ohne Deckung Sai zu einem Ziel, auf das jeder Soldat gerne losfeuern würde. Rovo musste Deckung geben, was bedeutete, die Wächter so gut wie möglich abzulenken. Also rannte Rovo. Direkt auf den Feind zu.

»Lass dir nicht zu viel Zeit!«, rief Rovo, als er um den Reaktor herumwirbelte und – so schnell man in einem solchen Panzeranzug eben laufen konnte – auf den letzten Reaktor in der Reihe zusprintete.

Der Wächter lugte hervor, als Rovo rannte, und Rovo feuerte erneut, wobei er absichtlich am Wächter vorbeischoss, aber nahe genug, um den Kerl wieder zurückzucken zu lassen. Actionfilme liefen vor seinem geistigen Auge ab, während er rannte. Rovo dachte, er könnte eine schnelle Drehung um den Reaktor machen und den Wächter mit dem Kolben seines Gewehrs niederschlagen, ihn also außer Gefecht setzen, ohne alles in die Luft zu jagen, und den Tag auf fabelhafte Weise retten.

Stattdessen fand Rovo, als er um die Ecke des Reaktors des Wächters bog, etwas, das weit von Ruhm entfernt war: absolut nichts. Nur offener Raum bis zum nächsten Reaktor, dem diagonal gegenüber von dem, wo Rovo seinen verrückten Ansturm begonnen hatte. Aber wenn der Wächter hierhin geflohen war, könnte das bedeuten ... ach, Mist.

»Sai! Pass auf!«, übermittelte Rovo, als er sich umdrehte.

»Ich bin schon durch, wo bist du?«, antwortete Sai, und Rovo bestätigte die Worte, als er zurückblickte und keine Spur von seinem Kameraden sah.

»Ich komme zurück, deck mich!«

Rovo machte sich auf den Rückweg, als mehrere Bolzen quer durch den vorderen Teil des Raums in den Gang feuerten, den Sai gerade aufgehackt hatte. Der Wächter musste es bereits dorthin geschafft haben. Sai wagte einen Gegenschuss, während Rovo in diese Richtung zurückstapfte. Ein Wächter gegen zwei Severs sollte ein schneller Kampf sein.

»Rovo! Ich muss weitergehen, hier sind noch mehr von ihnen«, sendete Sai, Anstrengung keuchte durch die Übertragung. »Ich werde den Gang sprengen. Komm mir nicht nach!«

Ihm nicht nachkommen? Rovo positionierte sich an der Rückseite seines ersten Reaktors. Sais Ausgang war nicht weit, aber wenn sein eigener Kamerad ihm sagte, er solle nicht dorthin gehen, dann, nun ja, dann sollte Rovo wohl woanders hin. Oder zumindest den Wächter erledigen. Oder ... irgendetwas?

»Was soll ich tun?«, sendete Rovo.

»Stirb nicht!«, Sai sprach weiter, aber die Worte wurden von einem dröhnenden Boom übertönt, gefolgt von einer großen Wolke aus Staub und Splittern, die aus dem Gang sprühte.

Rovo warf sich zu Boden, obwohl die Bewegung nichts nützen würde, wenn Sais Detonation einen der Reaktoren auslöste. Als er nicht in einer radioaktiven Explosion verschwand, drückte sich Rovo hoch, ging zurück zur ersten, mit einem Atomzeichen markierten Tür, durch die sie gekommen waren, und blickte zurück auf Sais Route. Der Wächter, der in ihre Richtung geschossen hatte, lag am Boden, anscheinend bewusstlos. Sais Gang sah ähnlich aus; zerbrochen und nutzlos.

Er hatte immer noch Eponis Rüstung, also wollte Rovo nicht zurück zum Aufzug laufen, den Aurora und Gregor genommen hatten, eine Route, die ihn wahrscheinlich in einen frontalen Kampf mit all den anderen Skiff-Wächtern bringen würde. Das bedeutete, er hatte eine Wahl: die andere Seitentür. Auch diese hatte ein Scannerschloss, und Rovo hatte kein Schwert zum Zerhacken. Das ließ eine Strategie übrig, und während sein erster Actionfilm-Versuch gescheitert war, könnte dieser funktionieren.

»Millionen von Videos können nicht irren, oder?«, sagte Rovo zu sich selbst, als er sich der Tür näherte, sein Gewehr hob und auf den Scanner feuerte.

Die Laser hämmerten in das Schloss und brieten es, verwandelten den glatten Leser in tropfende Schlacke. Die Tür öffnete sich nicht, also feuerte Rovo weiter und verbrauchte wertvolle Energie, die dennoch nutzlos wäre, wenn Rovo sterben würde. Ein kleines Feuer begann, und als sich Funken zu dem Flammenbrunnen gesellten, gab die Tür endlich nach und schoss nach oben. Rovo nahm den Finger vom Abzug und starrte.

Er hätte nicht gedacht, dass das tatsächlich funktionieren würde.

Hinter ihm signalisierte wachsender Lärm herannahende Wächter und bewies, dass er den richtigen Weg gewählt hatte. Er wäre definitiv tot gewesen, wenn er den anderen Weg zurückgegangen wäre, also rannte Rovo stattdessen vorwärts, duckte sich durch die kleinere Tür und in eine weitere Parade von Büros. Im Gegensatz zum früheren, allgemeinen Flur fehlten hier die Scanner. Vielleicht war er weit genug in die Basis vorgedrungen, dass die Sicherheitsvorkehrungen gelockert werden konnten. Die ersten paar Büros, an denen er vorbeikam, hatten Fenster, die eine allzu idyllische Welt aus Konsolen, Kaffeetassen und Geschäftsleben zeigten. Ein Leben, nach dem er sich plötzlich sehnte. Kein Herumlaufen in Rüstung, kein Beschuss, kein Verlassenwerden.

Oder Gejagt werden.

Rovo duckte sich durch die nächste Tür zu seiner Linken und schlug auf das Panel, als er hineinging, um die bewegungsgesteuerten Lichter auszuschalten. Als Rovo sich hinkauerte, so gut es in der Rüstung eben ging, unter dem Fenster und unter der Reichweite eines Stehpults, entschied endlich jemand in der Basis, dass es Zeit war, den Alarm auszulösen. Schrille Töne kreischten, als alle weißen Lichter auf Rot umschalteten und dunkler wurden, was den Wächtern mit ihrer visuellen Ausrüstung einen Sichtvorteil verschaffte.

Sie würden jetzt jagen. Jagen nach ihm.

TIEF UNTEN

DefenseCorp überschüttete seine Soldaten mit Psychoprofilen. Truppführer noch mehr. Sie hatten so viele Missionen durch durchdrehende Führungskräfte verloren, dass Aurora nach jeder Mission Zeit mit den Therapeuten der *Nautilus* verbringen musste.

Ihre Fragen wichen von Kindheitstraumata ab, von den Gründen, warum Aurora ein Gewehr in die Hand nehmen und in feindliches Gebiet eintauchen wollte. Stattdessen bohrten und stocherten sie in ihrer aktuellen Gefühlslage - wie fühlte sie sich, wenn ihr Kumpel in einem Feuersturm verschwand oder wenn ein einheimisches Raubtier Auroras Zielobjekt verschlang, bevor sie es retten konnte. Genoss Aurora die Action zu sehr?

Aber die Sache war die, dass diese Therapeuten aus demselben Grund bei DefenseCorp waren wie Aurora: wegen des Geldes. Sobald ihr das klar geworden war, sobald ihr klar wurde, dass sie in jeder Sitzung ein ähnliches Mantra aufsagen konnte, das es sowohl ihr als auch dem Therapeuten erlaubte, ihre Bezahlung einzustreichen und nach Hause zu gehen?

Therapie wurde zu einer weiteren Übung. Eine, die Aurora mit wenig Aufwand und noch weniger Nachdenken erledigen konnte. Dynas, egal wie sumpfig, wie voll mit Dutzend-Soldaten, würde nur ein weiterer Nachbesprechungs-Tanz auf Auroras Weg in den Ruhestand sein.

Der Aufzug fuhr weiter nach unten, als Aurora oder Gregor erwartet hatten. Weit mehr als ein typischer einstöckiger Abstieg, eine Abfahrt, die darauf hindeutete, dass der Keller andere Funktionen als einen einfachen Lagerraum hatte.

»Positionen.« Aurora bewegte sich in die hintere linke Ecke, Gewehr erhoben, Gregor drückte sich an die Wand direkt neben der Tür, auf Auroras gegenüberliegender Seite.

Als der Aufzug unten ankam, öffnete er sich mit dem sauberen Gleiten einer gut gewarteten Tür und enthüllte drei schwarzgekleidete ... Wachen? Aurora zögerte, das Trio so zu nennen, da ihre Haltung darauf hindeutete, dass sie lange keine Action mehr gesehen hatten, wenn überhaupt. Sie starrten Aurora an, Waffen gezückt, als wäre sie aus dem Sumpf gekommen, oder vielleicht aus ihren Albträumen herabgestiegen.

Aurora erledigte zwei, bevor sie daran dachten, sich zu bewegen, und Gregor, der heraustrat und schwang, kümmerte sich um den dritten, der dachte, sich in Deckung zu bringen würde ihn in Sicherheit bringen. Niemand rechnete mit dem riesigen Hammer.

Was die Feinde oben auch nicht erwarten würden, es sei denn, ihr Alltag wäre viel seltsamer, als Aurora gedacht hätte, wären die drei Leichen ihrer Kollegen, die auf dem Boden des Aufzugs warteten, wenn sie ihn das nächste Mal öffneten. Aurora und Gregor warfen die Körper hinein und schickten den Aufzug wieder nach oben, bereit zu schockieren und vielleicht etwas Verfolgung von Rovo und Sai abzulenken. Und Eponi.

Aurora hatte schon früher Truppenmitglieder verloren. Sever war kaum für seine Widerstandsfähigkeit bekannt, da die Missionen, die DefenseCorp ihnen zuwarf, dazu neigten, seltsam und tödlich zu sein. In letzter Zeit hatte Sever jedoch einen guten Lauf gehabt, mit ein paar sauberen Missionen und einem Truppenmitglied, das tatsächlich für eine andere Aufgabe ging, anstatt kalt und allein auf irgendeiner vergessenen Welt zu sterben. Eine nette Abwechslung. Aurora wollte offensichtlich nicht, dass Eponi hier starb, aber von allen Truppenmitgliedern zu verlieren, wäre es schlecht, den Piloten zu verlieren. Hoffentlich waren Rovo und Sai der Aufgabe gewachsen.

»Was ist das für ein Ort?«, fragte Gregor, als sie sich vom Aufzug abwandten.

Eine berechtigte Frage.

Was wie eine ziemlich standardmäßige Außenweltbasis ausgesehen hatte - lange, zweckmäßige Flure mit stromsparenden Lichtern, korrosionsbeständigem Material usw. - verwandelte sich hier unten in etwas ganz anderes. Metall war reichlich vorhanden, ja, zusammen mit den gleichen schwachen weißen Lichtern, die in die Decke eingelassen waren, als hätte jemand einen dünnen Schirm über die Glühbirnen gelegt, aber jetzt huschten über die Decke und entlang der Wände, festgehalten von kleinen schwarzen Klammern, Röhren und Röhren und noch mehr Röhren. Die meisten davon waren durchscheinend, was wie ein unnötiger Touch erscheinen mochte, den Aurora aber als vorbeugend verstand: Wenn man sehen konnte, wie die Flüssigkeit floss, konnte man ihr zur Quelle folgen oder ein Leck finden.

In diesem Fall rasten grüne, blaue und graue Flüssigkeiten mit hoher Geschwindigkeit umher. Selbst ohne Luftblasen zeigten winzige Kräuselungen, dass um Gregor und Aurora herum Flüssigkeiten in Eile irgendwohin strömten.

Definitiv kein Standardelement für Außenposten. Kein Standardelement für irgendwo.

Der Flur umarmte ebenfalls größere Ambitionen als seine oberirdischen Pendants. Aurora schätzte, dass der Raum mehr als dreimal so groß war wie die Version über der Erde, mit einem Paar riesiger Türen auf beiden Seiten nicht weit vom Aufzug entfernt. Dahinter endete der Flur schnell mit einer harten Wand, obwohl die Röhren in die Barriere wie in eine Pumpstation eingesteckt waren und durch das, was auch immer dahinter lag, verschwanden. Dass dieselben Röhren sich durch die Grenzen der Zwillingstüren schlängelten und hindurchsaugten, ergab Sinn. Die Quelle zu den Zielen.

»Diese Mission wird immer seltsamer«, sagte Aurora. »Ich fange an mich zu fragen, was hier wirklich vor sich geht.«

»Das gefällt mir nicht«, erwiderte Gregor und zeigte mit seiner freien Hand auf die Röhren. »Das ist nicht normal.«

Was sich als ebenso abnormal erwies, war die schließliche Öffnung des Flurs vor ihnen. Aurora führte Gregor in Richtung des Raums, der sich durch die Ausbreitung der Deckenlichter verriet, als der Flur sich zu einem massiven Tunnel ausweitete, einer mit einer vollwertigen Magnetschwebebahn und einer einzelnen Tram, die dort schwebte, über ihren Magnetschienen. Die Tram selbst sah aus, als könnte sie ein Dutzend Leute aufnehmen, wenn sie sich quetschen wollten, also hatte der Besitzer dieses Ortes kein Interesse an Massenbewegungen. Das erklärte die Skiffs - wenn man nicht all seine Wachen für eine schnelle Reaktion über die Schiene hierher bringen konnte, warum dann nicht fliegen? Die Tram entschuldigte auch die Geschütztürme und Minen, da man unterirdisch die ganze Anlage umging.

»Jetzt haben wir unseren Ausweg«, sagte Aurora. »Lass uns die anderen einsammeln und gehen. Ich wette, das bringt uns näher an das Ziel heran.«

Gregor stimmte zu. Aurora versuchte, eine Nachricht über den Truppkanal zu senden, erhielt jedoch keine Antwort. Da die Metallwände der Basis Schutz boten, könnte die Übertragung möglicherweise nicht durchkommen, was bedeutete, dass sie zurück an die Oberfläche müssten. Sich erneut durch die Skiff-Besatzungen kämpfen. Nichts, worauf sich Aurora freute, aber in den engeren Gängen sollten Severs gepanzerte Anzüge ihnen einen Vorteil verschaffen.

»Die Lichter werden schwächer«, sagte Gregor, als sie sich vom Tram abwandten. »Jemand spielt mit uns.«

Aurora schaltete die Visuals ihres Visiers um, um elektrische Strahlung zu messen und ein Gefühl dafür zu bekommen, woher der Stromzug kommen oder wo er blockiert sein könnte. Die Verkabelung hinter den Lichtern, deren weißes Leuchten in dieser Frequenz verschwand, leuchtete als funkelnde Blitze auf, die sich wie winzige, vibrierende Knochen um die Wände schlangen. Sie konnte die Linien von einem Licht zum anderen sehen und wie sie sich zu beiden Seiten der großen Türen und darüber hinaus zur Oberfläche zogen. Aus der Art, wie sie ausgerichtet waren, erkannte Aurora, dass sich die Stromkonzentration im Raum links sammelte. Irgendetwas dort drin steuerte das Verhalten dieser Lichter.

Doch bevor Aurora irgendwelche Feststellungen treffen

konnte, als sie ihr Visier wieder auf das normale Spektrum umstellte, blinkten die Lichter rot auf und ein schriller Alarm ertönte. Unter diesem Geräusch kam ein härteres Knirschen, als sich etwas an den beiden riesigen Türen öffnete.

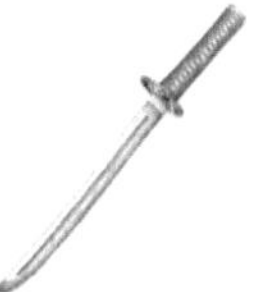

ÜBERWACHUNG DES FLURS

Sai rappelte sich langsam vom Boden des Flurs auf, wobei Staubwolken von ihm abfielen und vom Belüftungssystem des Stützpunkts weitergetragen wurden. Ein kurzer Blick nach hinten bestätigte, dass die Mine, die er geworfen hatte und die eigentlich einen Evakuierungs- oder Haltepunkt gegen feindliche Angriffe sichern sollte, ihn stattdessen vor dem Ansturm dieser Leute geschützt hatte.

Während Laserstrahlen um ihn herum und gelegentlich in seine hintere Rüstung einschlugen, hatte Sai die Mine gegen die Wand geworfen, als er nach Verlassen des Kraftwerksraums um eine Ecke bog. Rovo klang, als hätte er die Explosion überlebt, obwohl den Neuling allein durch den Stützpunkt kämpfen zu lassen... nun ja, Sever Squad war nichts für Schwächlinge.

»Rovo, was ist deine Position?«, fragte Sai und sendete es über den Squadkanal. Wenn Aurora und Gregor die Frage hörten und nach dem Neuling Ausschau hielten, wäre das auch in Ordnung.

Keine Antwort. Absolute Stille. Was bedeutete, dass

Rovo möglicherweise tot war, aber definitiv bestätigte, dass Sai auf sich allein gestellt war. Kein seltenes Ereignis für Sever - ihre geringe Einheitenstärke machte bei ihren Missionen viele Einzeleinsätze notwendig -, aber niemals eine erwünschte Situation. Doch wenn man einmal allein gelassen wurde, bewegte man sich entweder vorwärts oder starb.

Sai bewegte sich.

Selbst mit diesen Helmen konnte Sai nicht überall gleichzeitig hinsehen. Also lehnte er sich, während er den Flur weiter entlangging, mit dem Rücken an eine der Wände und bewegte sich seitwärts, wobei er gleichzeitig nach hinten und vorn Ausschau hielt. Es war unwahrscheinlich, dass die Truppen des Stützpunkts etwas hatten, das so schnell durch den Schutt einer Bombe schneiden konnte, aber wer schlechte Chancen eingeht, stirbt auch dadurch.

Das erste Mal, dass Sai wirklich allein gewesen war, kam kurz nachdem er das Angebot von DefenseCorp angenommen hatte. Das war jetzt lange her, und der Bonus für die Anwerbung fühlte sich angesichts der Jahre, die Sai geopfert hatte, furchtbar klein an. Aber wenn man zwei kleine Münder zu stopfen hatte und das Sicherheitsunternehmen, für das man gearbeitet hatte, seine Verträge an den Riesen in der Branche verkauft hatte, welche Möglichkeiten hatte man da? Sai und seine Familie wussten, was es bedeuten würde, wenn er die Welt verließ, dass er sie vielleicht nie wiedersehen würde, oder wenn doch, erst nach Jahren und Jahren und Jahren. Eine harte Entscheidung, die durch das, was passieren würde, wenn er nicht ginge, sicher wurde: Mittellosigkeit.

Also bestieg er das Shuttle von DefenseCorp, sein Armband gefüllt mit Bildern und Abschiedsvideos seiner

Familie, und flog zum ersten Mal zu den Sternen, zusammen mit einem Haufen anderer nervöser Kadetten. Sai wusste auch nicht, was aus diesen Leuten geworden war, da sie kurz nach Erreichen der Umlaufbahn zu ihren jeweiligen Spezialausbildungszentren geschickt wurden. Einige von ihnen könnten, soweit Sai wusste, immer noch zu ihrem ersten Einsatz durch die Sterne reisen. Er hätte auch gerne mit ihnen getauscht - stetigen Lohn bekommen, ohne dass einem ein Laser den Kopf wegbrennt?

Kein schlechter Deal.

Wenn der Anfang des Stützpunkts, durch den Haupteingang, den Gregor in Stücke geschlagen hatte, wie das Fracht- und Logistikzentrum ausgesehen hatte, fühlte sich dieser Teil wie das schlagende Herz des Stützpunkts an. Die Wände hier hatten zum einen einige Dekorationen, die das endlose silberne Stahl mit hängenden Bildern, Mitarbeiternachrichten und Zeitplänen auflockerten. Die Dinge, die man griffbereit haben würde, die aber dennoch zur Gemeinschaft beitrugen, indem sie dort aufgehängt wurden, wo Leute sich gegenseitig Notizen an den Rand kritzeln konnten. Eine große angeheftete Tafel schien vollständig mit langfristigen Ergebnissen verschiedener Spiele gefüllt zu sein. Anscheinend hatte das Vollzeitpersonal des Stützpunkts auch etwas Spaß.

Mit seinem Schwert nach vorne gerichtet näherte sich Sai der ersten Tür, die seine Rücken-an-der-Wand-Strategie unterbrechen würde. Kein Scannerverriegelung an dieser, und Sais Arme, müde vom Hacken durch Türen, dankten den Sternen. Der Sprengstoffexperte warf einen letzten Blick zurück, aber die Verfolger hatten es noch nicht durch seine Schuttwand geschafft, also wagte Sai es, sich umzudrehen und der Tür zuzuwenden. Den Flur zu verlassen schien ein guter Zug zu sein, aber als Sai nach dem Knopf griff, der die Tür zur Seite schieben würde, hörte er Stimmen.

Nicht die Stimmen, die ständig in seinem Kopf widerhallten und ihm sagten, was für ein Narr er gewesen war, seine Familie für diese Karriere zu verlassen, sondern echte Stimmen. Und eine stach besonders hervor. Zu gedämpft, um die Worte zu verstehen, aber Eponi sprach mit der harten Dringlichkeit von jemandem, der alles sagt, um am Leben zu bleiben.

Sai schlug auf den Knopf, überlegte, ob er ein Gewehr ziehen oder mit dem Schwert zweihändig hineingehen sollte, und entschied sich für den verrückten Schlächter-Modus, als sich die Tür öffnete. Die meisten Menschen in der Galaxie hatten keine Ahnung, was sie tun sollten, wenn jemand mit einem Schwert auf sie zukam, und Sai würde nur ein paar Schritte brauchen, um seine lange Klinge in Reichweite zu bringen, wenn die Raumgröße in vernünftigen Grenzen blieb.

Sobald die Tür ihm Platz machte, stürmte Sai hinein, die Klinge hoch genug gehalten, um über die Decke zu schleifen und Funken um ihn herum zu versprühen.

Kojen füllten den Raum, dicht gepackt mit Staufächern unter den braunbezogenen Betten. Sai betrat den Raum direkt in der Mitte, und als er sich zu den Stimmen umdrehte, nahm er das Bild einer starren Gesellschaft wahr, die dennoch bei den feineren Punkten der Disziplin sparte: Die Betten waren nicht gemacht, obwohl ihre Zusammenstellung die einheitliche Konstante einer militärischen Gesellschaft hatte, einige der Fächer waren nur halb geschlossen, und Schmuckstücke, Kleidung und andere Dinge lagen auf dem Boden verstreut. Sai schätzte, dass etwa zwanzig in dem Raum schliefen, obwohl er sich im Moment auf zwei konzentrierte, weil sie ihre Laserpistolen auf ihn gerichtet hatten.

Hinter ihnen, an die Wand gekauert, saß Eponi, und als sich die beiden Wachen - in schwarzen Uniformen, also hatten sie entweder Zeit gehabt, sich anzuziehen, oder waren ständig wachsam - bei dem spektakulären Anblick von Sais funkelndem Eintreten umdrehten, nutzte Eponi die Gelegenheit. Sie trat mit ihrem rechten Bein aus und brach einem Wächter das linke Knie, sprang dann nach vorne und tackelte den zweiten, umklammerte ihn in einem Würgegriff und drückte ihn zu Boden. Sai holte den ersten Wächter ein und hielt sein Schwert an die Kehle des Feindes, eine Technik, die seit Jahrtausenden Kämpfe beendet hatte und auch heute noch genauso gut funktionierte.

Eigentlich trug Sai die Klinge für genau diese Momente. Eine althergebrachte Fähigkeit, die ihn sich so, so unglaublich cool fühlen ließ.

Eponi beendete das Würgen ihres Wächters, ließ ihn bewusstlos am Boden liegen und entwaffnete dann die beiden, bevor sie zwischen Sai und seiner offensichtlichen Geisel hin und her blickte.

»Wirst du dich um ihn kümmern oder nicht?«, fragte Eponi.

»Tut mir nicht weh!«, wimmerte der Wächter.

»Du hast keine Erlaubnis zu sprechen«, sagte Sai. »Eponi, sie sind nicht das Ziel. Wir müssen sie nicht alle töten.«

»Hab nicht gesagt töten.« Eponi drehte den Griff der Pistole um und schlug die Geisel auf den Kopf, wodurch sie in dasselbe bewusstlose Reich wie ihr Freund geschickt wurde. »Aber wir haben auch keine Zeit für Geiseln.« Sie beäugte Sais Ausrüstung. »Wo ist meine Rüstung?«

»Der Neuling hat sie.«

»Und wo ist der Neuling?«

WAS SICH IM DUNKELN VERBIRGT

Gregors Kindheit übertraf die meisten, die er kannte. Jeder, den er seit seinem Eintritt bei DefenseCorp getroffen hatte, zeigte sich bestürzt überrascht, wenn Gregor, nachdem sie unvermeidlich ihre eigene scheinbar schwierige Kindheit geschildert hatten, seine erklärte. Mit der Zeit hatte er die Geschichte verfeinert, um sie weniger schockierend zu machen, weniger belastend für die Wesen, die, wenn nicht im Luxus, so doch im Komfort lebten, denen Gregor auf den verschiedenen Missionen und Patrouillen begegnete, die er in seiner mittlerweile langen, langen Zeit bei der führenden Sicherheitsfirma der Galaxie absolviert hatte.

Eltern? Technisch gesehen. Freunde? Klar. Unterkunft? In gewissem Sinne. Das deckte die Grundlagen ab, und das war alles, worauf man hoffen konnte, wenn man auf dem großen Kometen namens Snowball aufwuchs. Bei einer waghalsigen Mission lange vor Gregors Geburt hatten einige unternehmungslustige Kolonisten gedacht, Snowballs reichhaltiges Eis und seltene Metalle würden einen einfachen Ort für eine autarke Zivilisation abgeben, die es ihnen durch die Eigenbewegung des Kometen ermöglichen würde, in der Galaxie umherzureisen und Snowballs Metalle zu verkaufen, ohne für die ganze lästige Energie und den Treibstoff bezahlen zu müssen, die für gewöhnliche Reisen erforderlich waren. Obwohl dies für jeden mit Verstand offensichtlich lächerlich war, spannten Snowballs Gründer ein verlockendes Netz, das genug Leute einfing, um den Versuch durchführbar zu machen, und sie landeten einen Treffer.

Wenn man verzweifelt, körperlich fähig und klug genug war, um Anweisungen zu verstehen, aber nicht so geschickt, sie zu hinterfragen, war man der perfekte Snowball-Rekrut. Gregors Eltern passten in diese Kategorie und fanden sich so in einer surrealen Existenz wieder, in der sie Bergbaumaschinen in Schwerelosigkeitstunneln unterstützten und Geld verdienten, das sie nur in Firmenläden ausgeben konnten, in einem zyklischen Kreislauf, der sie gefangen halten würde, bis ... nun, soweit Gregor wusste, waren sie immer noch dort, arbeiteten immer noch. Er wäre darüber traurig, außer dass sie mit dem monotonen, stressarmen Leben, das sie sich aufgebaut hatten, zufrieden zu sein schienen. Was Gregor betraf, so führte sein Lagerkoller zu einer Kneipenschlägerei nach der anderen, bis die Kometenabbaufirma ihm die Wahl ließ, ohne Anzug ins All geschossen zu werden oder einen anderen Ort zum Leben zu finden.

Gregor hatte Dynas nicht gewählt, aber er war trotzdem hier gelandet, mit einem Hammer in der Hand und der Entscheidung, die rechte Tür zu nehmen, während Aurora nach links ging, in Richtung des Energieanstiegs. Obwohl die Aufspaltung Sever bisher nicht gut gedient hatte, konnte Gregor zumindest einen Blick in den rechten Raum werfen und feststellen, ob irgendwelche Fieslinge zerschmettert werden mussten, bevor er zu Aurora zurückkehrte.

»Bleib in Kontakt«, sagte Aurora, als sie den Flur überquerte und sie auf die Türen zustampften. »Lass die Türen nicht zufallen.«

»Geht klar.« Nicht dass Gregor die Tür am Zufallen hindern könnte, aber er sollte in der Lage sein, jeden in diesem Raum zu überzeugen, sie offen zu halten. »Viel Glück.«

Aurora antwortete nicht. Gregor vermutete, dass sie kein großer Fan von Glück gegenüber Können war. Er dachte sich, warum nicht beides haben?

Einen dunklen Raum in einer Basis voller potenzieller Feinde zu betreten, sollte ihm Angst einjagen, aber Gregor grinste und schaltete sein Visier in den Nachtsichtmodus, wodurch der Raum in Lasergrün getaucht wurde, als er eintrat. Ein großer Raum, mit verstreuten Containern, die denen von oben ähnelten, als wären sie hier abgeworfen und von etwas anderem verstreut worden. Die Container waren auch offen, und der erste, zu dem Gregor kam, war leer. Weiter hinten, entlang der linken Seite, erkannte er das helle Leuchten eines Multimonitors, das auf die zersplitterten Überreste eines schönen Stuhls fiel. Hier hatte etwas gekämpft oder war ohne Aufsicht freigelassen worden.

Jetzt fast in der Mitte des Raumes, immer noch ohne irgendwelche verirrten Geräusche oder Warnungen wahrzunehmen, begann Gregor eine langsame Drehung, um alle Winkel abzudecken und sicherzugehen, dass sich nichts in den dunklen Ecken verbarg. Er hielt den Hammer mit beiden Händen, mehr als bereit, einen zerschmetternden Angriff auszuführen.

»Hallo.«

Eine echte Stimme, nicht durch Gregors Sender. Gregor wich zurück, während er sich zur Konsole umdrehte, und schuf Raum, um mit dem Hammer nach allem zu schwingen, was dort sein mochte.

Etwas *stand* tatsächlich dort, obwohl Gregor Schwierigkeiten gehabt hätte, dem, was er sah, einen Namen zu geben. Ein Mann, ja, aber ein großer, nicht in Kleidung gehüllt, sondern in etwas, das wie zerfetzte Haufen moosiger Haut aussah. Zunächst hätte Gregor den Mann als etwas Verrottendes bezeichnet, und als er sein Visier wieder auf das normale Spektrum umstellte, hatte der Mann schockweiße Haut, eine Blässe, die Geister und Tote teilen. Als er länger starrte, und die Kreatur schien damit einverstanden zu sein, Gregor Zeit zu geben, sich zu orientieren, schienen die moosigen Wucherungen, die die Beine und Arme des Mannes auf übernormale Länge zu verlängern schienen, ebenfalls zufrieden.

Nicht so sehr ein Angriff auf den Wirt, sondern eher eine symbiotische Verbesserung.

Trotzdem sah die Kreatur wie ein Mann aus, was bedeutete, dass sie eine klare Schwachstelle hatte. Gregor verlagerte den Hammer zur Seite, bereit, zu einem großen Schwung auszuholen und dem Ding auf den Kopf zu schlagen. Die Kreatur beobachtete die Vorbereitung und bewegte sich nicht.

»Wirst du mich schlagen?«, fragte die Kreatur.

»Sag mir, was du bist, und vielleicht tue ich's nicht.«

»Du weißt es nicht?« Die Kreatur überlegte. »Ich nehme an, ich habe noch nie jemanden wie dich gesehen. Bist du neu?«

»Könnte man so sagen.« Gregor schaltete seinen Transponder auf den Squadkanal um, sodass die Kreatur ihn nicht hören konnte. »Aurora, ich habe einen Kontakt, und es spricht mit mir. Es ist seltsam.«

»Ich würde sagen, dass du hier willkommen bist, aber das wäre eine Lüge«, die Kreatur bewegte sich, blickte nach rechts, und Gregor folgte ihrem Blick, aber in dieser Richtung war nichts außer ein paar geöffneten Kisten. »Denn wir können nicht zulassen, dass ihr unser Leben weiterhin bestimmt.«

Das war nun verwirrend. Ihr Leben bestimmen? Gregor hatte viele Missionen sowohl mit Sever als auch ohne absolviert, und nie war er beschuldigt worden, jemandes Leben zu bestimmen. Es zu ruinieren? Reichlich. Es zu bestimmen? Nein.

»Ich verstehe nicht.« Gregor beschloss, auf Nummer sicher zu gehen. Aurora hatte nicht geantwortet, was bedeutete, dass er möglicherweise keine Verstärkung hatte oder nach ihr suchen musste. »Was willst du?«

»Was ich will?« Die Kreatur lachte, ein blubberndes Geräusch, das einmal menschlich gewesen sein mochte, es aber nicht mehr war. »Weißt du, dass keine einzige Seele mich das je gefragt hat?«

Gregor wusste nichts über das Wesen, geschweige denn, wer ihm welche Fragen gestellt hatte. Was er jedoch wusste, war, dass sie nicht weiterkamen. Entweder konnte dieses Wesen ihm und seinem Trupp schaden oder nicht, und Gregor sollte besser Aurora suchen gehen.

»Es ist mir egal«, sagte Gregor. »Wenn du mir nicht wehtun wirst, dann muss ich dir auch nicht wehtun. Und dann werde ich gehen.«

»Oh, geh nicht«, erwiderte das Wesen. »Siehst du, wir riskieren hier unser Leben, aber wir sind zahlenmäßig unterlegen gegenüber denen oben, in Schwarz. Bist du mit ihnen?«

»Ich habe bereits mehrere getötet.«

»Gut. Dann können wir vielleicht zusammenarbeiten.«

Ein Rauschen schoss durch Gregors Helm und er zuckte zusammen. Irgendwo in diesem Signalchaos war Auroras Stimme aufgeblitzt, ein Wort oder zwei, voller Stress und Panik. Er musste jetzt gehen.

»Vielleicht später.« Gregor begann sich umzudrehen, als die Tür, die aus dem Raum führte, zuknallte, die Lichter rot wurden und die scharfen Töne eines baseweiten Alarms zu ertönen begannen.

Schlimmer noch, der Alarm verstärkte die Lichter und vertrieb die Dunkelheit in den Ecken und entlang der Decke. In diesen Ecken hingen weitere Kreaturen an moosigen Netzen, die sie an den Wänden festhielten, obwohl diese schlimmer aussahen als die, mit der Gregor gesprochen hatte. Als ob ihre Krankheit weit über den Punkt des Wahnsinns hinaus fortgeschritten wäre, sodass sie mehr Pilz als Lebewesen waren.

Was sie zu geeigneten Kandidaten für Hammerschläge machte.

Aber Gregor würde mit dem Anführer beginnen.

Er täuschte einen Angriff auf die geschlossene Tür und die herabtropfenden Pilzmonster vor, dann schwang Gregor den Hammer in einer rechtshändigen Bewegung zurück in Richtung des sprechenden Wesens. Das Gesicht des Dings bewegte sich nicht, zuckte nicht, als der Hammer einfach hindurchging. Keinerlei Widerstand, ein völliger Mangel an Aufprall, der Gregor stolpern ließ, bevor er sich mit seinem linken Fuß abfing, der schwer auf die Fliesen aufsetzte.

»Du bist ein Lügner«, sagte Gregor.

»Nein, ich bin Felix«, erwiderte das Wesen. »Irgendein

Akronym, glaube ich, obwohl ich nie ganz herausgefunden habe, wofür es steht.«

Um sicherzugehen, streckte Gregor die Hand aus und versuchte, seine große, gepanzerte Hand um Felix' Gesicht zu legen. Nichts da. Nur Luft und das Flimmern, als die holographische Projektion versuchte, Felix stabil zu halten.

»Wo bist du?«, fragte Gregor und blickte zum Computer hinüber. Unter den vielen Monitoren konnte Gregor Kameraaufnahmen aus der ganzen Basis sehen. Sai und Eponi waren in einem Bild zu sehen, wie sie Laserschüsse mit jemandem austauschten. Er konnte Rovo nicht sehen. Konnte Felix nicht sehen. »Kämpf, du Feigling.«

»Ich bin ein Anführer«, sagte Felix, dessen Projektion zufrieden damit war, Gregor mit seinem Blick zu folgen. »Kämpfen ist nicht meine Aufgabe. Es scheint jedoch deine zu sein, und wir könnten sicherlich einen Kämpfer wie dich gebrauchen.«

»Wer ist wir?«

»Ich denke, du weißt es bereits.«

Gregor wusste es nicht, aber er hatte genug Feinde solche Dinge erklären hören, um zu verstehen, dass etwas Schlimmes passieren würde. Dieses Etwas machte sich sehr deutlich in den Pilzkreaturen bemerkbar, die ihre hängenden Logen verlassen hatten, um mit saugenden, gleitenden Bewegungen auf Gregor zuzukriechen, die eine grünlich-gelbe Spur auf dem Boden hinterließen. Ihre halbgeformten Arme, überwuchert von Pilzwucherungen und sich windenden Nestern winziger Ranken, streckten sich aus und klebten am Boden fest, zogen sie vorwärts. Langsam, aber gruselig. Gute Ziele für den Hammer.

Severs Muskelmann ging durch Felix' Bild zurück, verringerte den Abstand zur nächsten Kreatur und ließ den Hammer in einem gewaltigen zweihändigen Schlag niedersausen. Anders als Felix konnte dieses Ding den Angriff nicht durch die Tugend, eine Projektion zu sein, ignorieren. Stattdessen explodierte die Kreatur. Gregor spürte kaum Widerstand in seinen Händen, als er den Schlag vollendete, sah aber die Ergebnisse um sich herum spritzen, auf seinem Visier und überall sonst.

DefenseCorp hatte schon gegen viele bio-technisch veränderte Monstrositäten gekämpft, einschließlich parasitärer Viren und mutierendem Gel, das einfach weitermachen würde, bis man es mit Feuer verbrannte, und Sever hatte die Ausrüstung, um mit allem davon fertig zu werden. Also trat Gregor von dem Chaos zurück, das er angerichtet hatte, ballte seine linke Faust zweimal, um den Mini-Flammenwerfer zu aktivieren, den alle Sever-Mitglieder in ihrer Rüstung eingebaut hatten, und schleuderte einen Schwall leuchtend orangen Untergangs auf die Überreste seines ersten Opfers, verkohlte es bis zur Unkenntlichkeit.

»Das habe ich nicht erwartet«, sagte Felix. »Du bist fähiger, als du aussiehst, und du siehst schon recht fähig aus.«

Gregor antwortete nicht, sondern wandte sich der zweiten Kreatur zu, die nach seinen Füßen griff. Er holte mit dem Hammer aus, als etwas auf seinem Gesicht landete. Schleim überzog sein Visier, als das Gewicht der Kreatur auf seinem Kopf Gregor nach vorne beugte, ihn in Richtung der am Boden befindlichen kippte. Ein zweites Gewicht landete einen halben Atemzug später auf seinem unteren Rücken, und Gregor ließ den Hammer fallen, um zu versuchen, nach hinten zu greifen und die Dinger von sich herunterzuziehen. Die am Boden machte dann ihren Aufprall, packte und zog Gregors rechten Fuß weg und ließ ihn auf den Boden krachen.

»Und doch, nicht allzu fähig«, fuhr Felix fort.

Diesmal konnte Gregor nicht antworten. Die Kreaturen hatten ihn eingehüllt, und er konnte spüren, wie ihr Schleim in seine Rüstung sickerte, ihre Arme um seinen Hals, während der faulige Geruch der Verwesung seinen Atem erstickte.

19

EIN AUSWEG

Man fängt nicht mit dem Rennsport an, weil man sicher sein will. Eponi kannte die Risiken, als sie anfing, Skiffs zu knacken, nachdem die Bars geschlossen hatten und genug betrunkene oder zugedröhnte Raumfahrer ihre Gefährte draußen stehen ließen, bereit zum Kurzschließen und Klauen. Vorstrafen waren auf Seleno allerdings tabu, da so ziemlich jeder Verurteilte vom Planeten geworfen und auf eine verlassene Minenstation geschickt wurde, um dort Asteroidenstaub zu schlucken. Deshalb sorgte Eponi dafür, alles, was sie sich »auslieh«, zurückzubringen, bevor die Besitzer nüchtern genug waren, um sich darum zu kümmern. In den Stunden dazwischen jagte sie die Dinger durch rotumrandete Schluchten, wo man, wenn man genau hinsah, noch ein bisschen vom echten Seleno unter all den Modifikationen erkennen konnte, die sie an der Welt vorgenommen hatten.

All diese Erfahrung verschaffte Eponi keine Abkürzung. Ganz und gar nicht. Die Leute sagten ihr, sie müsse eine lange Leiter erklimmen, bevor sie einen echten Rennwagen fahren würde, und das erwies sich als deprimierend wahr. Eponi musste zuerst als Mechanikerin arbeiten, dann als Testfahrerin für die kleinen Gruppen, die auf drittklassigen Rennstrecken herumkrebsten. Mit Sandgleitern sprinteten sie bei Hitzewettkämpfen durch riesige Wüsten, um zu sehen, wer seinen ramponierten Schrotthaufen so weit aufjuchen konnte, dass er ein paar Ionen mehr rausspuckte als der nächste. Das Geradeausfahren brachte ihr keine nützlichen Pilotenfertigkeiten, aber es lehrte Eponi, wirklich, wirklich schnell zu fahren. Und für einen Rennfahrer ist das ein ziemlich guter Anfang.

»Du willst uns also mit diesem Schwert aus dem Gebäude rausschneiden?«, fragte Eponi Sai, während sie über den ausgeschalteten Soldaten standen.

»Raus?«, erwiderte Sai. »Rovo ist mit seiner Rüstung noch hier drin. Aurora und Gregor auch.«

»Schon, aber du hast gesagt, du hättest den einzigen Weg zurück zu ihnen in die Luft gejagt.«

»Den ich gesehen habe.«

Sai. Manchmal wollte Eponi dem Kerl vors Schienbein treten. Den meisten von Sever eigentlich. Sie waren nicht dumm, genau genommen, aber sie übersahen so vieles. Eponi hatte den Job als Pilotin angenommen, weil es ein Risiko wäre, das sie nicht eingehen konnte, jemand anderen an den Steuerknüppel zu lassen, aber sie konnte nicht alle die ganze Zeit retten.

»Mein Freund«, begann Eponi. »Siehst du andere Wachen hier reinrennen und auf uns schießen?«

»Nein?« Sai legte den Kopf schief.

»Warum, glaubst du, ist das so, wenn sie dich doch in diese Richtung gejagt haben?«

»Weil ich sie alle in die Luft gejagt habe?«

Eponi starrte ihn ausdruckslos an. »Alle? Du denkst, hundert Prozent der Wachen, die dich gejagt haben, sind bei einer Explosion gestorben, die dir nicht mal Probleme bereitet hat?«

»Vielleicht?«

Ein Augenrollen und ein energischer Schritt zur Tür brachten Sai dazu, ihr in den Flur vorzueilen und zu bestätigen, dass er tatsächlich immer noch leer war.

»Siehst du, Sai, wenn sie einen anderen Weg hierher hätten, wären sie schon längst hier«, schloss Eponi. »Also muss ich dich nochmal fragen, wo gehen wir hin? Wenn Rovo in der Richtung ist, dann müssen wir entweder durch deinen Schutt oder um die Ecke zu der Tür, die wir schon benutzt haben.«

Sai zeigte in die andere Richtung den Flur hinunter. Die Richtung würde parallel zum Kraftwerksraum verlaufen und sie möglicherweise zum äußeren Rand der Basis bringen. »Lass uns in die Richtung gehen. Wenn du Recht hast, und du kannst Recht haben, ohne ein Arschloch zu sein, dann bringt uns das nach draußen.«

»Ich könnte netter sein, aber das wäre nicht so lustig.«

Eponi konnte Sai allerdings vorangehen lassen, während sie ihnen mit den Pistolen, die sie den beiden Wachen abgenommen hatte, den Rücken deckte. Ihre alte Pistole, die sie durchs Fenster mitgebracht hatte, war von den Soldaten zerquetscht worden, als sie sie gefangen hatten. Eine Einschüchterungstaktik, aber die kleinen Waffen hatten sich schneller als eine Krankheit in der Galaxie verbreitet, seit sie entwickelt worden waren, also war es Eponi ziemlich egal, dass ihre in Metallstücke zerlegt worden war.

Nachdem sie aus dem Kontrollraum am Haupteingang entkommen war, war Eponi durch einen einzigen langen Flur mit Abzweigungen zu Toiletten und wenig anderem gewandert, bevor sie in der Kaserne angekommen war, wo sie das Paar mit schussbereiten Waffen vorgefunden hatte.

Eponi hätte gekämpft, aber komm schon, sie hatte keine Rüstung, sie hatten sie in der Mangel, und diese gestapelten Kojen bedeuteten, dass wahrscheinlich mehr Wachen in der Nähe waren. Also hatte sie ihre Pistole zu Boden geworfen, die Hände in die Luft geworfen und Zeit geschunden, bis Sai sie gefunden hatte. Um ehrlich zu sein, hätte sie sowieso bald selbst einen Schachzug gemacht, da klar wurde, dass niemand sonst in der Nähe war, um die beiden Trottel zu verstärken, deren mangelnde Verhörfähigkeiten ein reichlicher Beweis dafür waren, warum sie hier am Rande des Wahnsinns stationiert worden waren.

Sai hielt am Ende des Flurs an der Außenwand an, die sich praktischerweise als eine dicke Tür herausstellte, die mit Notfallschildern übersät war. Ein schneller Ausgang im Falle eines katastrophalen Versagens.

»Ich würde sagen, wir qualifizieren uns für einen Notausgang«, meinte Eponi, als Sai nach der physischen Stange griff, um die Tür zu öffnen.

»Kein Widerspruch«, sagte Sai, als er anfing zu drücken. »Wenn wir draußen sind, müssen wir einen Bogen machen. Vielleicht überraschen wir den Rest der Wachen?«

»Wir werden bei diesen Chancen nicht gewinnen.«

»Wir haben keine Wahl.«

Eponi war sich da nicht so sicher, aber Sai stieß die Tür auf und enthüllte den grünen Sumpf, den Eponi nie wieder sehen wollte. Jemand hatte die Geschütztürme deaktiviert, oder sie hatten aufgegeben, als Sever aus dem Blickfeld verschwunden war, sodass die lilafarbenen Würfel, die immer noch die Lianen und Baumäste übersäten, nicht sofort feuerten. Sai ging voran, trat vorsichtig auf, und Eponi, die ihm folgte, griff einen Stein vom schlammigen Boden und schob ihn zwischen die Wand der Basis und die sich schließende Tür. Wenn sonst nichts, konnten sie wieder hineingehen und Deckung suchen.

»Schau mal«, sagte Sai und zeigte nach links. Soweit Eponi sich an die Basis erinnerte, würde es sie nach rechts und um die Mauer herum zurück zum Haupteingang führen. »Das ist ein Lift.«

Ein Freiluftlift noch dazu, der an der Seite der Basis nach oben führte, mehrere Stockwerke über ihnen und in gelben Nebel gehüllt. Solche Außenaufzüge waren normalerweise provisorischen Außenposten vorbehalten, die keine großen Eingänge, Kernkraftwerke und Wachkontingente hatten, da es, nun ja, äußerst unangenehm war, jemanden den Elementen auszusetzen, während er auf und ab sauste. Das machte diesen hier, der auf seiner flachen, grauen Metallbasis mit den rostzerfressen Kanten Platz für vielleicht drei Personen bot, zu einer Kuriosität.

»Dieser Ort wird immer seltsamer«, sagte Eponi. »Können wir jetzt nach Hause gehen?«

»Ich wünschte, wir könnten.« Sai ging zum Aufzug hinüber. »Sieht aus, als wäre er in Betrieb. Willst du ihn ausprobieren? Ich würde lieber das Risiko eingehen, nach oben zu fahren, als mich wieder all diesen Waffen zu stellen. Vielleicht finden wir dort oben einen anderen Weg hinein.«

»Feigling«, erwiderte Eponi. »Aber lass es uns tun.«

Eine der charakteristischen Eigenschaften von Sever war ihre Fähigkeit zu improvisieren, auch wenn das oft zu drastischen Änderungen des Missionsumfangs, Kollateralschäden und der gelegentlichen Gefangennahme exotischer Tiere führte, die im Moment cool erschienen, sich aber in den engen Räumen eines Evakuierungsshuttles als gefährlich erwiesen.

Dennoch hatte Aurora diese besondere Qualität gefördert, nachdem sie Einsatzberichte durchgesehen und beschlossen hatte, dass das Team bei Aufträgen mit breiteren Parametern, die die Teammitglieder selbst interpretieren konnten, besser abschnitt – weniger Mitglieder wurden zu Schlacke geröstet.

»Alles ist erlaubt, richtig?«, sagte Sai, steckte sein Schwert weg und tauschte es gegen ein Gewehr aus. »Du deckst unten, ich halte die Augen oben.«

»Alles klar, Bomberjunge.«

»Du weißt schon, dass ich älter bin als du, oder?«

»Rate mal, wen das nicht interessiert?«

Trotz des Seitenhiebs wartete Sai, bis Eponi den Aufzug betreten hatte, bevor er den grün leuchtenden Aufwärtspfeil an einem geschützten Bedienfeld drückte, das aus dem einzigen hüfthohen Geländer des Aufzugs herausragte. Ein kleiner Abschnitt schwang frei, um sie einsteigen zu lassen, und verriegelte sich wieder, als der Aufzug sich in Bewegung setzte. Eponi erwartete halb, dass irgendein Gleiter angeflogen käme und heiße Laser auf sie abfeuern würde, während sie gefangen auf dem langsam aufsteigenden Lift standen, aber nichts erschien außer dem dichteren Sumpfnebel und einem Gefühl, in der Zeit verloren zu sein, während der Nebel das Oben und Unten verbarg.

Der Aufzug erreichte das Dach, eine stopplige Fläche übersät mit Lüftungsschächten und gewölbten schwarzen Rohren, die zweifellos allerlei Chemikalien von und zur Basis leiteten, und Eponi konnte nicht anders, als die grobe Landung anzustarren, die gleichzeitig stattfand. Im sichtbaren Zentrum des Daches ragten vier lange Metallhaken mit quadratischen Magnetplatten an der Oberseite mehrere

Meter in den Himmel, wo sie gerade einen weiteren Gleiter einfingen.

Auch auf diesem waren Soldaten, doch anders als die ersten Wellen, gegen die Sever unten gekämpft hatte, trugen diese dickere Rüstungen als die Hautsuits und führten etwas mit sich, das wie Sturmgewehre aussah – große und gemeine Dinger mit grün leuchtenden Schlitzen an den Läufen, die Energielevel anzeigten, die bereit waren, Verwüstung anzurichten.

»Scheint, als hätten wir heute wirklich Pech«, sagte Sai, als die beiden vom Aufzug huschten und in der Deckung eines nahen Lüftungskastens Schutz suchten, aus dem weißer Rauch strömte, der vage nach gebratenem Fleisch roch.

Sicher, die Chancen standen gut, dass diese Wachen über die beiden stolpern und Eponi und Sai in Sever-Speck verwandeln würden, aber Eponi zog es vor, da ihr Glas dringend nachgefüllt werden musste, das Unglück ins Positive zu wenden.

»Wir können ihren Gleiter nehmen«, sagte Eponi. »Schau.«

Fast alle Wachen waren aus dem Gleiter ausgestiegen und kletterten abwechselnd an primitiven Strickleitern hinunter, die an den Seiten herabhingen. Eponi würde zwar nicht so weit gehen, die Wachen in ihrer Rüstung als geschmeidig zu bezeichnen, aber sie stiegen ohne allzu große Schwierigkeiten ab. Mehrere gingen zum Aufzug, während andere mit einem schnellen Abzeichen-Scan eine Dachluke öffneten und im Inneren verschwanden. Mehr Probleme für Aurora, Gregor und – ugh – den Neuling. Eponi und Sai schafften es, sich tief zu ducken und um die Seite des Lüftungsschachts herumzukommen, sodass die herannahenden Wachen sie völlig verfehlten.

»In Eile«, bemerkte Sai.

»Ich auch.« Eponi wartete, bis der Aufzug vom Dach verschwunden war. »Lass ihn uns nehmen.«

Zwei Wachen blieben zurück, und beide standen oben auf ihrem Gleiter. Allerdings achteten sie nicht besonders auf das Dach – immerhin hatte ihre verbündete Horde gerade die einzigen beiden Wege dorthin benutzt – und schienen stattdessen auf Handbildschirme zu schauen, deren blaues Leuchten sie verriet, als Sai und Eponi näher schlichen.

»Gib mir Schub«, sagte Eponi. Sie würde nie zugeben, die Mutigste von Sever zu sein, aber ohne Rüstung gewann sie definitiv den Gewichtswettbewerb. »Du folgst mir.«

»Sicher?«

»Ich sag's dir doch, oder?«

Sai widersprach danach nicht mehr, sondern kniete sich hin und hielt seine Hände bereit. Eponi hielt ihre Pistolen schussbereit, als Sai vom Dach aus einen Boost-Sprung machte. Der Sprung selbst brachte sie fast auf die Höhe des Gleiters, sodass Eponi, als sie von der angebotenen Hand absprang, über die Reling flog und auf beiden Füßen landete, sofort feuernd. Die erste Wache bekam ein Paar Bolzen in den Nacken und brach zusammen, während die zweite einen Schuss in die Brust abbekam, bevor sie mit der mörderischen Wut von jemandem, der das große Gewehr auf seinem Rücken vergessen hatte, auf Eponi zustürmte.

Eponi duckte sich und bewegte sich vorwärts, fing den anstürmenden Wächter ab und nutzte seinen eigenen Schwung, um ihn über ihren Rücken zu werfen, auch wenn das Gewicht des Wächters sie auf das Deck drückte. Anstatt über den Gleiter zu fliegen, wie Eponi beabsichtigt hatte, krachte der Wächter nur gegen die Reling und prallte zurück, als Eponi sich auf ihrem Knie drehte und versuchte, ihre Pistolen in Anschlag zu bringen. Der Wächter erinnerte sich endlich daran, dass auch er eine Waffe hatte, und schwang sie über seine Schulter, als Eponi einen weiteren Schuss abfeuerte. Der Bolzen zischte in die Brust des Wächters und hinterließ einen schwarzen Brandfleck, stoppte den Angriff des Feindes aber nicht.

Diese große Kanone von ihm zielte direkt auf sie. Der Wächter drückte ab, und der Gleiter machte einen heftigen Ruck, neigte sich nach vorne und rechts. Der Schuss des Wächters ging in den Himmel, als er rückwärts über den Rand taumelte.

Eponi packte das Geländer des Gleiters und versuchte herauszufinden, was passiert war. Sie lehnte sich über den Rand, als der Gleiter anfing, nach vorne zu rutschen und seinen Sturzflug in Richtung Dach begann.

Das vordere linke Metallbein war abgeschert worden, und der Verursacher stand über dem Wächter und beendete sein blutiges Werk mit seiner Klinge. Eponi hatte immer gedacht, Sais Schwert sei mehr ein Schmuckstück, ein Zugeständnis an irgendeine Tradition, die in einer Raumschiff- und Lasergalaxie wenig Platz hatte, aber sie konnte Sais Ergebnisse nicht bestreiten.

Allerdings könnte sein Manöver den Gleiter zerstören – das Ding würde nicht fliegen, wenn es frontal in das Gebäude krachte.

Eponi drängte sich zum Heck des Gleiters und dem kleinen Pilotenhaus, das die Steuerung des Fahrzeugs beherbergte. Mit etwa acht Metern Länge waren Gleiter nicht gerade riesig, aber Eponi musste diese Strecke bergauf zurücklegen und sich vorwärtsziehen, während der Gleiter weiter langsam rutschte. Das Haus ragte einen Meter über das Deck des Gleiters hinaus, eine kleine Treppe führte hinunter zur geschützten Kabine, dem einzigen Ort auf dem Gleiter, der seinen Insassen so etwas wie Panzerung bot. Eponi erreichte die Treppe mit einem Sprung, ließ eine Pistole fallen und drehte den Griff der anderen um, um sich damit an der Kante des Türrahmens festzuhalten. Sie zog sich hoch und bekam gerade genug Schwung, bevor der Griff wegrutschte, um ihre linke Hand nach oben zu strecken, ihre Finger um den Metallrahmen der Tür zu schlingen und den Klimmzug zu vollenden.

Sie würde Aurora nicht mehr wegen des strengen Trainingsprogramms für den Trupp anmotzen.

Drinnen schlug Eponi auf den einzigen Knopf, der wichtig war, und die Schwebeantriebe des Skiffs brüllten auf, während seine Nase die Dachoberfläche streifte. Der plötzliche Antrieb ließ das Skiff über das Metall kratzen, wobei es Rohre und einen weiteren Lüftungskasten zerschmetterte und dabei so viel Lärm machte, dass, wenn Eponi und Sai sich vorher versteckt gehalten hatten, sie es jetzt definitiv nicht mehr taten. Aber mit seiner nun vernarbten Nase pendelte sich das Skiff in seinem meterhohen Schwebezustand ein und verbrauchte Energie, um in der Luft und am Leben zu bleiben.

Es würde fliegen.

Sie konnten fliegen.

»Sai?«, sagte Eponi, während sie zum Rand des Skiffs ging. »Kommst du?«

Der Sprengstoffexperte kam tatsächlich, bewegte sich aber in all der Rüstung langsamer. Sai näherte sich, steckte sein Schwert weg und machte einen weiteren Boost-Sprung, wobei er mit einer Eleganz auf dem Deck des Skiffs landete, die Eponis eigenem Einstieg schmerzlich fehlte.

Manchmal musste man Stil opfern, um das Ziel zu erreichen.

»Gut gemacht.« Sai sah, wie Eponi eine der Strickleitern hochzog, und machte sich daran, die andere einzuziehen. »Weißt du, wie man so ein Ding fliegt?«

»Klar«, antwortete Eponi.

Doch keine dieser Erfahrungen erklärte, warum das Skiff, als Sai die Leiter einzog, plötzlich vom Dach abhob, seine Triebwerke hochfuhren und sie in eine andere Richtung drehten, weg von dort, wo Sever Squad gelandet war.

»Machst du das?«, fragte Sai.

»Ich bin es definitiv nicht«, sagte Eponi, die sich bereits zurück zum Steuerhaus bewegte.

Dort, leuchtend auf den Monitoren, saß der Grund für die scheinbare Intelligenz des Skiffs: eine aufblitzende Nachricht, die nach einem Pilotencode fragte. In Ermangelung eines solchen, so die Nachricht in fetten goldenen Buchstaben auf flammendem roten Hintergrund, würde das Skiff nach Hause zurückkehren. Alle Passagiere, so eine zweite, kleinere Mitteilung, sollten mit Verhören und Schlimmerem rechnen.

Eponi seufzte. Sie konnten einfach nicht gewinnen.

20

SPASS UND SPIELE

Wer ist das?

Rovo musterte den Befehl eindringlich. Gefangen im Büro, mit den roten Lichtern, die Patrouillen signalisierten, denen er lieber aus dem Weg gehen wollte, beschloss Rovo, dass er sich besser verstecken könnte, wenn er die Verschlüsselung knackte, die die Wachen auf ihre Übertragungen gelegt hatten. Der Kommunikator seines Helms konnte die Daten zerlegen, aber Rovo müsste ihm zuerst den richtigen Passcode geben, ein digitales Netz, das das Rauschen auffangen und die wertvollen Worte durchlassen würde. Hinweise auf solche Dinge würden, wenn Rovo ein Wettmann wäre, wahrscheinlich auf den Computern zu finden sein.

Rovo war definitiv einer, zum Nachteil einer möglichen Nicht-Sever-Zukunft, ein Wettmann. Und dieses Büro hatte jede Menge Computer.

Ich bin bei dir.

Die Antwort war ein bisschen riskant. Wer wusste schon, wie die Wachen sprachen, ob die Fraktion, die Dynas' sumpfiges Durcheinander leitete, einen akronymbeladenen Fachjargon wie die interne Kommunikation von DefenseCorp verwendete oder ob sie einen labyrinthischen Slang benutzten, den Rovo unmöglich nachahmen konnte. Anders als bei seiner vorherigen Arbeit, bei der er verschlüsselte Übertragungen entschlüsselte und für die Öffentlichkeit aufbereitete, hatte Rovo keine Chance gehabt, Dynas-Dokumente zu lesen und ein Gefühl für ihre Sprachmuster zu bekommen.

Du bist ein Lügner.

Rovo verzog den Mund darüber. Nicht nur hatte er keine Ahnung, wie sie hier sprachen, Rovo wusste auch nicht, mit wem er sprach - oder tippte? Es gab unzählige Möglichkeiten; das Chatfenster dominierte die Konsole, sobald Rovos halbherzige halbe Dutzend Versuche mit halbgaren Passwörtern ihm keinen Zugang zu den tiefsten Geheimnissen der Basis oder ihrem Mittagsmenü gewährten.

Rovo hatte auf so etwas gehofft - die meisten Orte hatten eine generische Sperrung durch einen alarmierten Agenten für mehrere falsche Anmeldeversuche ersetzt, da solche Ereignisse entweder auf einen tiefen Hilfsbedarf in diesem Zeitalter hindeuteten, in dem die Passwörter in den Körper codiert waren, oder auf eine Notsituation wie Rovos. Unglücklicherweise behandelte diese Person Rovos Anfrage nach einem solchen Notfallzugang mit Misstrauen statt mit blindem Gehorsam.

Ein Qualitätsniveau, das sich in Rovos früherem Büro weder in der Arbeit noch im Kaffee oft widerspiegelte.

Ich bin normalerweise nicht an dieser Konsole, aber wir werden angegriffen.

Wir wissen das. Das gibt dir keinen Zugang. Was ist deine ID?

Noch eine schwierige Frage mit nur einer Antwort.

Hab sie verloren. Wir geraten hier in Panik!

Er überlegte, fügte aber kein zweites Ausrufezeichen hinzu. Rovo musste dringend genug klingen, damit die Person am anderen Ende auf das übliche Scannen verzichtete, aber nicht so verrückt, dass es schien, als sollte er fliehen, anstatt auf einen Computer zuzugreifen. Eine feine Gratwanderung.

Der Text blieb auf dem Bildschirm stehen - ein recht angenehmer blaugrauer Farbverlauf, wie die weicher werdenden, silbernen Winterhimmel auf Tau aus Rovos allzu kurzer Kindheit - und blinkte ihn an, bis mit einem dumpfen Geräusch die Bürotür verriegelte. Schutzschilde, große schwarze Rechtecke, fielen über die beiden kleinen Fenster und versiegelten Rovo in einem Unternehmenssarg.

Weißt du, wie langweilig es ist, auf dieser Welt Sicherheitsdienst zu spielen?

Warum hast du mich eingesperrt?

Jeden Tag bekomme ich die gleiche Reihe von Anfragen von Leuten, die viel weniger interessant sind als du. Richte dies ein, setze das zurück. Rate mal, was das mit der Zeit bringt?

Rovo verschränkte die Arme, was in der Rüstung etwas sperrig war, und starrte auf den Bildschirm. Das Gespräch hatte eine Wendung genommen, aber noch waren keine Wachen durch die Tür gestürmt, noch hatte ihn ein versteckter Fallenlaser zu Asche verbrannt, also wäre es ein besserer Zug mitzuspielen, als sich aus dem Raum zu sprengen.

Keine Ahnung?

Tatsächlich jede Menge Ideen. Willst du beweisen, dass du einer von uns bist?

Das will ich.

Wie wär's dann mit einem Spiel?

Habe ich erwähnt, dass wir angegriffen werden?

Habe ich erwähnt, dass es mich nicht interessiert?

Das hattest du nicht.

Tut es auch nicht.

Wenn Rovo nicht in einer feindgefüllten Basis in der Rüstung seines Kameraden festgesessen hätte und stattdessen in irgendeiner versifften Bar mit einem Bier dieselbe Unterhaltung geführt hätte, hätte er vielleicht Spaß gehabt. Die Person am anderen Ende dieser Verbindung schien einen guten Sinn für Humor zu haben, könnte Spaß machen. Leider war das nicht die Realität, und Rovo musste sich beeilen, sonst würde er entweder zurückgelassen oder gefunden und ermordet werden.

Lass uns dann mal loslegen.

Der Bildschirm reagierte sofort auf Rovos Wahl, als ob sein Gegner dort gesessen und mit einem Finger über dem richtigen Knopf schwebend auf die Antwort gewartet hätte. Anstatt Text anzuzeigen, verblasste der blaugraue Hintergrund zu einem flachen Weiß, über dem ein Vier-Quadrate-Raster erschien. In jedem Quadranten wuchs ein Punkt mit eigener Farbe, ein bisschen langsam, als würde jemand Farbe auf den Bildschirm gießen, bis das mittlere Drittel jeder Box gefüllt war. Rot, Gelb, Grün und Blau. Entlang der Ränder des Rasters bildeten weiße Stücke, die durch schwarze Linien in Rechtecke geschnitten waren, eine ziegelartige Schicht um den Bildschirmrand.

Füttere die Farben, halte sie so gut wie möglich im Gleichgewicht.

Der Text erschien in einem flachen grauen Kasten, der das Raster überlagerte und sich nach wenigen Sekunden auflöste. Das ganze Setup wirkte wie ein einfaches Spiel, das jemand beim Erlernen der grundlegendsten Operationen der Computerprogrammierung erstellt hatte, aber Rovo schien keine andere Wahl zu haben, als mitzuspielen. Nun, er hatte eine, aber sich den Weg freizuschießen erschien immer noch wie eine schlechte Idee – hin und wieder, über dem ständigen Getöse des Alarms, konnte Rovo die donnernden Schritte eines Wachmanns hören.

Es schien keinen Platz zu geben, an dem Rovo etwas eingeben konnte, also ließ er ohne Anweisungen seine Finger über den Bildschirm gleiten. Das Berühren der Farben ließ sie wackeln, aber sie formten sich wieder zu ihren kleinen Kreisen und blieben zufrieden an Ort und Stelle. Das Berühren des Weißen innerhalb der Raster schien nichts zu bewirken, aber als Rovo einen der Bausteine berührte, blieb das Ding an seinem Finger kleben, bewegte sich aus seiner Position und ließ die gesamte Außenseite um sich selbst wackeln, bis sich die schwarzen Lücken zwischen den Bausteinen wieder ausgeglichen hatten. Rovo schob sein neu gefundenes Spielzeug in Richtung der nächstgelegenen Farbe – Rot – und wie ein kleines schwarzes Loch, sobald Rovo das Rechteck in die Nähe brachte, verschlang das Rot es. Es saugte den weißen Baustein einfach ein und verzehrte ihn, und dabei wurde das Rot größer.

Die Farben füttern. Sie im Gleichgewicht halten. Das konnte Rovo schaffen.

Also blieb er dabei, zog Bausteine abwechselnd zu jeder Farbe, bis sie fast alle ihre Raster gefüllt hatten. Die Farben zitterten jetzt wie lebende Wesen, und ihre tintenartigen Tentakel streckten sich nach den Bausteinen aus, sobald Rovo sie berührte, manchmal überquerten sie die Rastergrenzen in das Territorium der anderen. Vielleicht etwas kniffliger jetzt, aber Rovo machte weiter. Nur noch wenige Bausteine übrig. Er zog einen weiteren ins Rote und wich dabei einem plötzlichen Vorstoß des Gelben aus, als er den Baustein über den oberen Bildschirmrand bewegte. Rot schnappte ihn sich und wuchs.

Und wuchs weiter. Rot drückte gegen seine Rastergrenzen, als Rovo nach einem weiteren Baustein griff, mit der Absicht, ihn zum Gelben zu ziehen. Bevor Rovo dort ankam, verlagerte Rot jedoch seine wässrige Masse und drückte sie gegen die rechte Grenze zum Gelben, flutete über die Linie und ergoss sich in die andere Flüssigkeit. Gelb schrumpfte, zog sich vor dem Eindringling zurück, während Rovo versuchte, einen weiteren Baustein herüberzuziehen. Zu spät. Rot absorbierte das Gelb wie ein Handtuch eine Pfütze, saugte die Farbe auf und löschte sie aus, während es gleichzeitig mehr und mehr wuchs, bis Rot die oberen beiden Quadranten des Bildschirms füllte. Rovo fütterte Blau und Grün mit Bausteinen, aber die Bemühung bedeutete nichts, als Rot seine Eroberung fortsetzte, alle absorbierte und auffraß, bis es den Bildschirm füllte.

Spiel vorbei.

Der blaugraue Hintergrund kehrte in einem Wimpernschlag zurück. Text lag darauf. Verspottete ihn.

Was war das?

Das war Dynas. Was hier passiert. Hat es dir gefallen?

Ich verstehe nicht. Was sind die Farben? Die Nahrung?

Du wirst die Farben bald kennenlernen, denke ich.

Und die Nahrung?

Die Bürotür entriegelte sich mit einem Klonk. Die Fensterjalousien fuhren hoch.

Die Nahrung bist du.

21

IM DUNKELN

Allein in einem dunklen Raum mit einer geschlossenen Tür hinter sich. Keine Übertragung von Gregor, von niemandem aus Sever Squad. Aurora hätte tot sein können, und der einzige Grund, warum sie es nicht war, war die hellgrüne Linie auf ihrem Visier, die mit ihren leichten Zuckungen und ihrem stetigen Rhythmus ihre fortdauernde Anwesenheit unter den Lebenden bestätigte.

Ob sie noch lange so bleiben würde …

Aurora tippte auf ihren Helm und aktivierte die Taschenlampe, die gelblich-weißes Licht im Raum verbreitete. Manche bevorzugten es, stattdessen ihr Nachtsichtgerät zu benutzen und alles dunkel zu lassen, aber Aurora war hier der Eindringling, und alles, was auf sie wartete, hatte sich für die Nacht entschieden. Besser, das Terrain zu ihrem eigenen zu machen.

Über den Boden verteilt lagen in klecksenden, purpurroten Kreisen Flecken, deren Ursprung Aurora nur erahnen konnte. Die offensichtliche Antwort wäre Blut gewesen, aber die sauberen Kreise hier deuteten auf eine kontrollierte

Verschüttung hin, hergestellte Klumpen, die Aurora in verschiedenen Einrichtungen gesehen hatte, die experimentelle Arbeiten durchführten. Diese Unternehmen, die die Grenzen der Biologie ausreizten, waren in der Regel in großen Stadtzentren angesiedelt, wo ihr ständiger Bedarf an Talenten und Testpersonen gedeckt werden konnte. Dynas hatte weder das eine noch das andere, dennoch würde Aurora ihr gesamtes Sever-Gehalt darauf verwetten, dass in dieser Kammer mehr als eine Hypothese getestet worden war.

Abgesehen von den Flecken war die einzige interessante Eigenschaft des Raums die große Computerkonsole in der hinteren rechten Ecke. Mehrere übereinander gestapelte Monitore sprachen von der Notwendigkeit sofortiger Informationen, wie sie zur Überwachung empfindlicher Tests benötigt werden. Hier wurden Lücken in Dynas' Geheimnis gefüllt, obwohl Aurora am Ende jeder Antwort immer mehr Fragen fand. Warum ein solches Labor in einer abgelegenen Ecke eines sumpfigen, entlegenen Planeten haben? Wer waren diese Wachen und woher kamen sie? Was verursachte den Schleim, in den ihr linker Fuß trat, als sie auf den Computer zuging?

»Ich würde das nicht anfassen«, sagte eine Stimme hinter ihr, ruhig und höflich.

Aurora machte einen Seitenschritt, während sie sich umdrehte, und brachte sich so aus der unmittelbaren Schusslinie. Sie hob ihr Gewehr, bereit, einen Schuss auf das seltsame Wesen abzufeuern, das in der Mitte des Raumes stand und sie mit schräg gelegtem Kopf ansah, wenn man es denn so nennen konnte. Die Menge an zappelnden, sich windenden Wucherungen am Körper des Dings ließ es weniger wie einen Menschen und mehr wie einen zum Leben erwachten Krebstumor aussehen. Gliedmaßen schienen vorhanden zu sein, aber sie vermischten sich mit den Wucherungen zu einem Gesamteindruck von etwas, das Aurora am liebsten von seinem offensichtlichen Elend erlöst hätte.

Bevor sie das tat, wollte Aurora jedoch herausfinden, was es war und woher es kam. Ein Notruf hatte sie hierher gebracht, und dieses Ding könnte der Grund dafür sein.

»Warum nicht?«, fragte Aurora, ihr Gewehr ruhig haltend. »Hast du Angst, dass ich etwas finde?«

»Wenn du mich ansiehst, würde ich sagen, du hast bereits etwas gefunden«, erwiderte das Ding. »Mein Name ist Felix. Und du bist?«

Felix, je länger Aurora ihn betrachtete, schien zu flimmern, und sein Körper war hell im dunklen Raum und warf eher Licht auf den Boden um ihn herum als Schatten. Aurora verfolgte Felix' Flimmern zurück in die Ecken des Raumes, wo kleine helle Punkte den Rest des Puzzles vervollständigten. Eine Projektion. So war Felix so plötzlich erschienen, deshalb hatte ihre Rüstung sie nicht vor einer neuen Präsenz gewarnt, die sich von hinten anschlich.

»Aurora. Und ich bin immer noch ein Mensch. Was bist du?«

Felix sah sich im Raum um und blickte zu Boden, obwohl sein Blick nicht genau auf einem der Flecken landete. Keine perfekte Spiegelung also, Felix musste Teile des Raums um sich herum erraten. Es mochte jetzt nicht viel bedeuten, aber zu wissen, dass dieses Ding nicht alles mit perfekter Klarheit sehen konnte, könnte nützlich sein. Der Gedanke veranlasste Aurora, in ihre Kommunikation hineinzuhören, aber nichts drang durch außer leisem Rauschen. Noch immer nichts von Gregor.

»Genau das, was du vermutlich denkst«, sagte Felix und

verfiel in einen schweren, blubbernden Seufzer. »Ich weiß, ich bin kein schöner Anblick.«

»Du bist eigentlich eine Menge zum Anschauen.« Aurora deutete mit der Waffe auf Felix. »Was ist passiert?«

»Ich nehme an, du hast das Äußere dieser Basis gesehen?«

»Da nimmst du richtig an.«

»Dann weißt du, dass Dynas keine gastfreundliche Welt ist. Wie so viele in der Galaxis sind Menschen schlecht dafür geeignet.« Felix' Körper bewegte sich von selbst, seine Teile zappelten herum, während er sprach. Gleichermaßen ekelhaft und faszinierend. »Was ich bin, ist ein gescheiterter Versuch, unsere physische Natur zu korrigieren.«

»Sich dem Sumpf anschließen, um den Sumpf zu kolonisieren?«, sagte Aurora. »Können wir diese Welten nicht den Spezies überlassen, die sie wollen?«

»Für die Antwort darauf musst du diejenigen fragen, die mich erschaffen haben.«

Aurora und Sever im Allgemeinen waren definitiv keine Polizei. Ihre Jobbeschreibung beinhaltete nicht das Fangen von Gesetzesbrechern, es sei denn, sie wurden speziell dafür angeheuert. Während diejenigen, die sich auf das extreme genetische Spiel eingelassen hatten, das erforderlich war, um etwas wie Felix zu erschaffen, alle möglichen galaktischen Gesetze und Normen gebrochen hatten, war es, um es frank zu sagen, nicht Auroras Problem.

»Ich begnüge mich mit einem Ausweg und der Sicherheit meines Trupps«, sagte Aurora. »Es sei denn, ich verstehe das falsch, du hast eine gewisse Kontrolle über diese Basis?«

Felix sprach wie ein Anführer. Eine Person, die ohne es unbedingt zu suchen, in eine Machtposition geraten war, und obwohl sie sich mit diesem bestimmten Mantel nicht wohl fühlte, würde sie ihn trotzdem tragen.

»Das tue ich und tue ich nicht«, sagte Felix. »Ich bin ein Abtrünniger, der lange genug ignoriert wurde, um neue Probleme zu finden, die zu lösen sind, bei denen du mir helfen könntest.«

»Wir sind bereits bei einem Auftrag, tut mir leid.«

»Vielleicht könnte ich deine Meinung ändern? Du hast mein Angebot noch nicht gehört.«

»Dann überrasch mich.«

Ungeachtet seines Erscheinungsbildes – und Felix sah aus, als könne er so gut wie nichts bieten – hatte die Galaxie Aurora immer wieder gezeigt, dass das vorschnelle Ablehnen von Möglichkeiten zu verpassten Gelegenheiten führte. Falls Felix etwas hatte, das für Sever Squad wertvoller sein könnte als die Verfolgung ihres Auftrags, hatte Aurora den Spielraum, es anzunehmen.

Die Projektoren in den Ecken des Raumes blitzten auf, und Felix' Bild verschwand. Stattdessen erschienen in den Raumecken vier identische, große und drahtige Kreaturen. Jede von ihnen sah aus wie eine schmächtigere, schwächere Version von Felix, obwohl ihre Gesichter eine beeindruckende Vielfalt an Hauttönen, Alter und Geschlecht zeigten. Wer auch immer diese Dinge erschaffen hatte, schien nicht zu diskriminieren. Ansonsten waren sie noch hässlicher als Felix, ihre Auswüchse geschwärzt und tropfend von Schleim, der verblasste und verschwand, als die Dinge mit zitternden Schritten auf Aurora zukamen.

So ekelerregend sie auch aussahen, als ihr missgestaltetes Schlurfen ihre offensichtlich verfallenden Muskeln enthüllte, die völlige Stille ihrer Annäherung und das Fehlen jeglichen Warntons von ihrem Visier verstörten Aurora mehr. Sie hatte nichts von den Dingen zu befürchten, die sich ihr näherten, es waren nur Projektionen, und doch wirkten sie so unglaublich real.

Aurora feuerte das Gewehr ab, bevor sie wirklich realisierte, was sie tat. Der helle Laser brannte durch die nächste Projektion, teilte sie in zwei Hälften und schickte ihre verkohlten Teile zu Boden, wo sie im Licht der Projektion zischten. Moment. Das hätte nicht passieren dürfen, es sei denn, diese Projektoren konnten ...

Der Schleim packte Aurora von hinten an der rechten Schulter, sein Gewicht durchaus real. Aurora drehte sich nicht um, sondern stieß ihren Ellbogen nach hinten und schleuderte die kleinere Kreatur von sich weg. Dann stürmte Aurora nach vorne, sprintete auf die verbliebene Kreatur vor ihr zu und feuerte zwei sengende Schüsse ab, die das Monster niederstreckte. Sie konnte sich später darum kümmern, wie Felix es geschafft hatte, seine Projektionen in echte, lebendige Wesen zu verwandeln. Eine Drehung brachte Aurora von Angesicht zu Angesicht mit den letzten beiden Kreaturen, die beide mit ausgestreckten Rankenarmen auf sie zukamen, wie die Zombies in so vielen Filmen.

Und wie diese Zombies gingen auch sie im Schnellfeuer zu Boden.

Als die letzten Teile ihrer schleimigen Körper sich am Boden absetzten, erschien Felix wieder in der Mitte des Raumes, ein trauriges Stirnrunzeln im Gesicht. »Das waren bei weitem nicht die Besten von uns. Die frühen Versionen sind nicht so gut gelungen, aber ich glaube, sie haben trotzdem verstanden.«

Aurora schoss auf Felix. Der Bolzen zischte jedoch durch den Körper des moosartigen Wesens, ohne etwas zu bewirken, und prallte in die Computeranlage in der hinteren Ecke, wobei er einen Funkenregen auslöste, ein kleines Feuer entfachte und die Raumbeleuchtung wieder einschaltete. Die Beleuchtung verwandelte Felix in eine blasse, dünne Version seiner selbst, die Aurora direkt anblickte, während sie mit einem schnellen Blick bestätigte, dass keine weiteren unangenehmen Überraschungen auf sie warteten.

»Du hast dich besser geschlagen als dein Freund«, sagte Felix. »Wie ich schon sagte, ich habe ein Angebot für dich.«

»Und ich habe bereits einen Auftrag.«

Aurora feuerte vier Schüsse ab, jeder Bolzen traf einen der Projektoren und ließ Felix' Bild verblassen. Vielleicht nicht die beste Nutzung der Ladung ihres Gewehrs, aber sie hatte weitere Energiepacks dabei.

Felix mochte eines der Mitglieder von Sever Squad haben oder auch nicht, aber Aurora wusste eines sicher, als sie die Tür betrachtete, die sie im Raum einschloss: Felix würde sie nicht behalten. Nicht nachdem er versucht hatte, sie zu töten.

Sie hatte bereits einen Auftrag: Felix zu finden und zu Asche zu verbrennen.

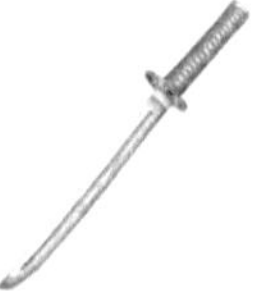

22

DIE SCHWARZE STADT

Skiffs behaupteten sich hartnäckig als das billigste Transportmittel auf zivilisierten Welten. Sie boten wenig Annehmlichkeiten, keinen Schutz vor den Elementen oder gefährlicheren Dingen und neigten dazu, in ungünstigen Momenten zusammenzubrechen, in Stadtstraßen zu stürzen und ihre Passagiere zu zwingen, durch nahegelegene Fenster zu springen, um nicht zu einem fleischigen Fleck zu werden.

Sai hatte genug von Skiffs erlebt - dieser Absturz auf Sirus Neun war das letzte Mal gewesen, dass er einen Fuß in eines dieser Wracks gesetzt hatte - aber hier war er nun, auf einem weiteren, der durch einen gelben Dunst zu einem unbekannten Ziel glitt.

Sirus Neun war eine harte Mission gewesen, ein halbstädtischer Planet, verwüstet von Aufständen gegen korrupte Führungskräfte, die genug wussten, um eine DefenseCorp-Extraktion anzufordern, als die Dinge einen scharfen Abwärtstrend ins Unhaltbare nahmen.

Sai und Sever waren in den Skiffs auf dem Weg zum Extraktionspunkt gewesen, als der Zusammenbruch eintrat.

Die ganze Zeit über hatte Sai mit Gregor darüber geplaudert, wer im Recht war: diese korrupten Anführer, die den Planeten immer wieder verkauften, oder die Bevölkerung, die all diese Leute überhaupt erst ins Amt gebracht hatte. Gregor stand auf der Seite des Volkes, und Sai konnte die Verteidigung nicht lange aufrechterhalten: Als Vater war es verdammt schwer, für Schlangen zu argumentieren, die die Ressourcen ihres Planeten für ihre eigenen interstellaren Machenschaften aussaugten, auch wenn Sai die Verwüstung gesehen hatte, die Aufstände wie der auf Sirus Neun anrichten konnten.

Andererseits hatte die Flucht funktioniert. Defense-Corp hatte sie alle extrahiert und die Anführer zu ihren schicken neuen Schiffen geschickt, bereit, für ein paar Jahrhunderte durch die Nebel zu kreuzen, bevor sie einen neuen Ort zum Vergiften fanden.

Wäre es nicht lustig, wenn diese selben Anführer hier landeten und erneut um Extraktion bettelten?

»Hey, hörst du zu?«, drang Eponis Ruf durch Sais Träumerei. »Ich versuche dir zu sagen, dass wir uns etwas Großem nähern.«

»Ich dachte, der Skiff hätte dich ausgesperrt?«

Sai drehte sich zum Steuerhaus des Skiffs um. Er konnte Eponi dort nicht sehen, über die Monitore gebeugt. Konnte hier draußen auch nicht viel sehen. Nur Nebel. Überall.

»Es fliegt eine Dummy-Route, versucht nicht, uns umzubringen.« Eponi machte ein helles Geräusch, das sagte, dass sie etwas gefunden hatte. »Es ist sogar noch größer. Riesig. Wie eine Stadt.«

»Eine Stadt in dem hier?«

Sai hatte schon schlimmere Orte gesehen - Artek, Heimat von mehr Lava, als Sai je zu sehen brauchte, verlangte von seinen Bewohnern, ständig Hitzeschutzanzüge zu tragen, um nicht zu schmelzen - aber die Vorstellung, sich auf Dynas niederzulassen und jeden Tag in dieses Zeug zu starren, wäre nahe am Schlimmsten. Er bräuchte eine Menge Kohle, um es sich wert zu machen. Eine *Menge* Kohle. Wie-

Der Skiff bewegte sich weiter, aber der Nebel hörte auf. Die grün-gelbe Masse flachte ab und breitete sich von Sai weg aus, als der Skiff durch eine Barriere glitt, die Sais Haut kribbeln ließ. Seine Rüstung zeigte eine Benachrichtigung an, dass Sai eine elektrifizierte Schwelle überquert hatte. Hartes weißes Licht schien von einem plötzlich klaren Himmel herab, prallte auf Sai und zwang ihn, auf ein abgedunkeltes Visier umzuschalten, um nicht geblendet zu werden.

Das wahre Wunder lag darunter, breitete sich hinter etwas aus, das wie eine große Seemauer aussah. Die Oberseite der Mauer leuchtete in neongelb und gab Sai einen Hinweis auf die wahre Natur der Barriere.

Sai würde sich nicht als Nanobot-Experte bezeichnen, aber die Mikromaschinen hatten sich zu diesem Zeitpunkt so weit in der Galaxie verbreitet, dass einfaches Aufpassen dir die Möglichkeiten aufzeigte. Die kleinen Dinger konnten billig zu Billionen hergestellt und mit fast jedem Protokoll versehen werden, wie zum Beispiel, jede von gelbem Nebel verseuchte Luft daran zu hindern, durch ihren Schild zu kommen. Menschen wie Sai und Dinge wie der Skiff würden außerhalb des Aufgabenbereichs der Nanobots fallen, und die winzigen Maschinen würden beiseite fließen und sie durchlassen. Die Barriere wäre nicht perfekt, aber wenn man diese Nanobots dicht genug machte, konnte man einen ziemlich guten Präventionsmechanismus haben.

Und einen, der so geändert werden konnte, dass er fast jede Bedrohung ins Visier nahm, wie etwa einen feindlichen Trupp.

»Hast du je von diesem Ort gehört?«, sagte Eponi und gesellte sich nahe der Vorderseite des Skiffs zu ihm.

»Anscheinend hätte ich das sollen«, antwortete Sai. »Es ist riesig.«

»Das habe ich schon gesagt.«

»Dachte, es müsste wiederholt werden.«

Die Stadt selbst hatte nicht den Glanz, den die Flaggschiffplaneten der Galaxie teilten, auch wenn sie die Größe zu haben schien. Nur wenige große Gebäude erhoben sich aus einer Landschaft voller gedrungener Häuser, fast alle mit erntebepflanzten Dächern. Selbstversorgende Bemühungen also, die angesichts der offensichtlichen Miesheit von Dynas und des Mangels an interstellarem Verkehr notwendig wären, um die Menschen am Leben und bei Gesundheit zu halten.

Normaler Verkehr hingegen schien gesund. Andere Skiffs und kleine Transporter flatterten am Himmel, und unter ihm konnte Sai Personenwagen sehen, die Zivilisten herumfuhren. Eine echte Stadt.

»Was denkst du, wofür sie da ist?«, sagte Eponi, als der Skiff seinen Weg nach innen fortsetzte. »Was würde man hier überhaupt tun?«

»Keine Ahnung.« Eine ehrliche Antwort. Ohne den intergalaktischen Handel schien es keine offensichtliche Idee zu geben. Es sei denn, Dynas hätte ein großes einheimisches Kontingent oder Kolonisten, die nichts mit dem Rest der Galaxie zu tun haben wollten. »Vielleicht irgendeine Art von Anti-Establishment-Sekte?«

»Mit Außenposten, die mit Geschütztürmen übersät sind, und einer Menge Wachen?«

»Du bittest mich zu raten, aber weißt du was?« Sai zeigte auf die Stadt hinunter. »Ich habe die Koordinaten überprüft. Das Signal, nach dem wir suchen, kam von dort unten.«

»Ich springe nicht, falls du das denkst.«

Sai spähte über den Rand und ließ sein Visier die Entfernung vom Skiff zur Oberfläche berechnen. Etwa einen halben Kilometer. Zu weit in Rüstung, und Eponi hatte nicht einmal das. Dies würde sich nicht in einen Luftangriff verwandeln, und angesichts der Anzahl der Wachen zurück an diesem Außenposten gefiel Sai die Idee eines Zwei-Personen-Angriffs auf die Stadt nicht.

»Ich denke, es wäre besser, wenn wir diesen Skiff zurückbringen und die anderen abholen würden«, antwortete Sai. »Jetzt, wo wir wissen, wohin wir gehen ...«

»Wenn du Ideen hast, wie man dieses Skiff zum Zuhören bringt, kannst du es gerne versuchen.«

Sai verzog das Gesicht, aber Eponi hatte recht. Er war zwar kein Hacker, aber Sai könnte vielleicht die Computer des Skiffs umgehen und das Gefährt in einen stumpfen, fliegenden Klotz verwandeln. Nicht gerade der klügste Schachzug, aber wenn die einzige andere Option bedeutete, mit diesem Skiff dorthin zu fliegen, wohin es sie bringen wollte ... Sai musste es einfach versuchen.

»Sag mir Bescheid, wenn ich meinen Kopf aus den Kabeln ziehen soll«, sagte Sai, als er zurück zum Steuerhaus stapfte.

»Oh, ich werde laut schreien.«

Drinnen betrachtete Sai die drei Monitore, die die Vitalwerte des Skiffs und seine geplante Route anzeigten. Unter den Bildschirmen befand sich das Metallgehäuse, in dem sich die eigentlichen Schätze befinden sollten. Leicht zugängliche Schrauben zeigten, dass Dynas zumindest einige galaktische Standards übernommen hatte - kritische Systeme schwer zugänglich zu machen, erhöhte die Wahrscheinlichkeit von Abstürzen, und neuere Aufbauten wie dieser machten Sais Arbeit viel einfacher. Mit ein paar schnellen Handgriffen am Multitool sprang die Abdeckplatte ab und offenbarte ein Kabelnest im Inneren. Die Kabel selbst waren in verschiedenen Farben ummantelt und boten Sai eine ganze Regenbogenpalette zum Arbeiten.

Sai musste die Kabelverbindung vom Piloten-Computer zum zentralen System des Skiffs unterbrechen. Wenn er das durchtrennte, würde das Skiff hoffentlich in den Panik-Modus verfallen. Das würde Sai oder Eponi erlauben, die manuelle Steuerung zu übernehmen und mit dem Steuerknüppel das Skiff zurück in Richtung Sever und der kleineren Basis zu lenken. Schnitt er das falsche Kabel durch, könnte er sie antriebslos zurücklassen oder das Skiff in einen Sturzflug schicken.

Kein Druck.

Er stellte das Multitool auf den Mikrolaser um, schaltete sein Helmlich ein und schaute genau hin. Es gab keine klaren Indikatoren, aber Sai konnte einige Rückschlüsse aus der Dicke der Kabel ziehen, aus der Menge an Daten, die sie übertragen würden. Ein wahrscheinlicher Kandidat ragte in der Mitte hervor, in einem tiefen Violett. Er hob das Multitool.

»Bist du bereit, hier rüberzulaufen, wenn es klappt?«, fragte Sai, wobei er schreien musste und hoffte, dass Eponi ihn hören konnte.

»Ich stehe direkt neben dir.« Eponi beugte sich herunter und legte ihre Hand auf Sais Schulter. »Du verlierst dich wirklich in diesem Zeug.«

»Wenn ich das nicht tue, bin ich tot«, erwiderte Sai. »Mach dich bereit.«

Er feuerte den Laser ab, durchtrennte das Kabel, was Funken sprühen ließ, das Skiff aber nicht in einen Sturzflug schickte. Sai atmete langsam aus. Wartete. Keine Alarme, keine Pieptöne.

»Kannst du die Kontrolle übernehmen?«, fragte Sai.

»Es bewegt sich nicht.«

Das Skiff hatte allerdings andere Ideen. Bevor Sai sich aus den Kabeln zurückziehen und versuchen konnte herauszufinden, was er tatsächlich durchtrennt hatte, schwenkte das Skiff scharf nach rechts und schlug Sais Helm gegen die Wartungsnische. Eponi schrie auf, und Sai spürte einen Zug um seine Taille, als sie seine Rüstung packte. Das Skiff stabilisierte sich, schwang zurück in die Waagerechte, und Sai kam heraus, um zu versuchen, eine Vorstellung davon zu bekommen, was er getan hatte. Die Monitore waren jedoch leer. Pechschwarz, und trotzdem hatte das Skiff die Richtung geändert, ohne auf manuelle Steuerung umzuschalten.

»Was passiert hier?«, fragte Sai, weniger als Frage an Eponi, sondern eher an sich selbst.

»Was hast du durchtrennt?«

»Die Monitore«, Sai zeigte auf die schwarzen Bildschirme. »Ohne Computersteuerung sollte das Skiff uns die manuelle Kontrolle geben.«

»Es sei denn, es ist versklavt.«

»Was?«

Eponi verließ das Steuerhaus, ging zurück aufs Deck und Sai folgte ihr. Sie waren immer noch über der Stadt, aber sie hatten die Richtung geändert und flogen auf den äußeren Rand zu, wo sich ein riesiges Bauwerk befand, schwarze Speertürme, die in den Himmel ragten. Bei weitem das größte Gebäude, das Sai hier gesehen hatte, und das einzige mit einem Design, das von etwas anderem als hässlicher Effizienz sprach, ließen die Türme seine Stimmung gefrieren. Der Notruf war nicht von dort gekommen, aber Sai hatte keinen Zweifel daran, dass das, was auf sie wartete, schlimmer sein würde.

»Versklavt bedeutet, dass wenn es verletzt wird«, sagte Eponi, »das Skiff nach Hause fliegt.«

23

EINE GLÄNZENDE IDEE

Als Bett betrachtet, waren ein Metallboden und eine Rüstung echt Mist. Gregor hatte schon mal auf Felsen geschlafen – die Arbeit auf einem Kometen machte diese Erfahrung unumgänglich – und man konnte die Rüstung in einer stehenden Position verriegeln, um die Chance auf ein Nickerchen zu haben, während man auf den Beginn einer Mission wartete. Aber sich wirklich hinzulegen? Sein Rücken spielte Gregor eine schmerzhafte Symphonie für seine Entscheidungen vor, obwohl sein Visier ihm anzeigte, dass er nur wenige Minuten weg gewesen war.

Felix' Kreaturen schlängelten sich über ihn, schwarze und lila verdrehte Schatten im scharlachroten Licht des Raumes. Gregor sammelte seine Sinne einen nach dem anderen, schüttelte die Nachwirkungen der Bewusstlosigkeit ab und brachte sich wieder in Einklang mit dem Bewusstsein. Mit Entscheidungen, die getroffen werden mussten.

Gregors Rüstung flimmerte eine Warnung nach der anderen über das Visier und zeigte an, dass verschiedene

Komponenten in unterschiedlichem Maße in Gefahr waren, abzufallen oder unter dem kontinuierlichen Angriff der Schleimkreaturen zu zerfallen. Ein Angriff, so wurde Gregor klar, der aus langsamer Verdauung und molekularer Rekombination bestand. Nicht gerade eine Phrase, die einem leicht in den Sinn kam, aber das war es, was das Visier ihm sagte.

»Vereinfachen«, flüsterte Gregor, eine für ihn unnatürliche Handlung, aber angesichts der Umstände notwendig.

Das Visier erfasste den Befehl und wechselte die Anzeige, um Gregors Rüstung in einer Überlagerung zu zeigen, wobei orangefarbene Bereiche die Stellen darstellten, die Felix' Schwarm zum Angriff ausgewählt hatte. Eine Zeitleiste erschien unter der Rüstung, und zwei Pfeile zeigten den Versuch des Visiers, in die Zukunft zu projizieren. Die Zeit verschob sich und das Orange wuchs, verschlang Gregors Rüstung und verwandelte sie in mehr Orange, bis nichts mehr übrig war.

Eindeutig genug.

»Hammer?«, versuchte Gregor, und der Helm zeichnete die Verbindung zwischen der Rüstung und seiner gewählten Waffe nach.

Auf dem Boden, nicht weit von Gregors eigenen Füßen entfernt, sendete der Hammer seinen eigenen Statusbericht zurück: gesund. Wartend, aufgehoben zu werden. Zu zerstören.

Gregor konnte das ermöglichen.

Während die Monster über ihm aufragten und den auflösenden Schlamm auf Gregors Gesicht, Brust und überall sonst tropfen ließen, spannte der Sever Squad-Vollstrecker gleichzeitig seine Arme und Beine an, eine kombinierte Muskelbewegung, die eine bestimmte Reaktion auslösen sollte: Blitzschläge brachen aus winzigen Knoten über die gesamte Rüstung aus und zogen Energie, die sonst für Gregors Gewehr hätte verwendet werden können. Genug Energie, um kleine Feuer zu entfachen, um durch die Haut zu schmelzen. Die blauweißen Bögen ketteten sich den Schleim hinauf und hüllten die Kreaturen in feurige Taschen.

Gregor nutzte die Gelegenheit und setzte sich auf, sein Verstand taumelte für einen heißen Moment von der Bewegung, bevor Adrenalin die Übelkeit überwand und Gregor auf die Beine kommen ließ. Felix, durch die Projektoren zum Schimmern gebracht, stand ihm gegenüber. Der halb Mensch, halb Pilz sah amüsiert aus angesichts Gregors Versuch, sich zu befreien, und obwohl Gregor wünschte, er könnte seine Handschuhe nehmen und Felix zwischen seinen gepanzerten Handflächen zerquetschen, gebot ihm der Verstand, einfach durch das Bild hindurchzugehen und seinen Hammer aufzuheben.

»Es wird nur genauso enden wie zuvor«, sagte Felix, als Gregor die Waffe hob. »Es sind zu viele von uns. So viele gescheiterte Experimente, die nach neuen Möglichkeiten suchen.«

»Halt die Klappe.« Gregor blickte zur Decke und schaltete sein Visier auf Infrarot um, während sich die Schleimkreaturen ihm näherten.

Während er den Hammer aufhob, bemerkte Gregor, dass die Kreaturen überall im Raum waren. Ob Felix die Tür geöffnet und mehr von den Dingern hereingelassen hatte, oder ob sie andere Mittel hatten, den Raum zu betreten, ihre Anzahl war so gewachsen, dass der Raum wie eine sich windende, schwarze Masse erschien. Ekelhaft, und etwas, das Gregor gerne zerquetscht hätte, außer dass er bereits gesehen hatte, was der Kampf gegen diese Dinger bedeuten würde: Sie würden von oben fallen, von unten zuschlagen und jeden Teil von ihm mit Innereien bespritzen, bis Gregor sich nicht mehr bewegen, nicht mehr atmen konnte. Glorreiche Schläge mit dem Hammer auszuteilen, war dieses Risiko nicht wert.

Also, während die Monster ihre pilzartigen Tentakel nach seinen Beinen ausstreckten, seinen Rücken liebkosten und auf seinen Kopf tropften, blickte Gregor zur Decke und sah hinter dem hellviolett-orangefarbenen Inneren der Kreaturen den dicken rot-weißen Balken, der die Wärmeabfuhr der Basis anzeigte. Wahrscheinlich einer von mehreren, die benötigt wurden, um die Basis trotz all der Ausrüstung, die hier unten brannte, diese Dinger erschuf und den Strom für die Wachen oben aufrechterhielt, auf einer optimalen Temperatur zu halten. Der Asteroid, auf dem Gregor aufgewachsen war, hatte viele davon, nur um zu verhindern, dass es im Inneren des Gesteins zu heiß wurde.

»Wonach schaust du?«, fragte Felix.

Gregor sagte nichts, zog nur seinen Arm zurück und schleuderte den Hammer direkt zur Decke. Schwarzer Schleim wickelte sich um seinen Hals, seine Knie, seine Arme, als sie den Schwung vollendeten. Die stillen Monster kamen näher. Vorerst.

Der Hammer durchbrach den Schlamm und krachte in die Decke, entlud seine gepackte Energieladung in einem brechenden Ausbruch, der entlang der Fliesen wellte, sie auseinanderriss und Schleim unter den Kreaturen herabregnen ließ. Dem Schleim folgte eine Hitzewelle, die freigesetzt wurde und in helle Flammen ausbrach, als sie die weichen, sehr brennbaren Pilzkörper der Kreaturen berührte. Was ein rot gefärbter, dunkler Raum gewesen war, wurde zu einem Inferno.

Gregor kniete darin und ließ seine Rüstung die Hitzeschilde schließen, um ihn zu schützen, ein Stein inmitten des Feuersturms.

Der allererste Auftrag von DefenseCorp hatte Gregor auf einen sonnengebackenen Felsen geschickt, passend »Braten« genannt, in einem weit entfernten System, wo er die Aufgabe hatte, eine Bergbaustadt zu überwachen, deren Bevölkerung unter dem schweren Daumen der herrschenden und versorgenden Firma existierte, um die Tiefen des Planeten zu erforschen und seltene Juwelen zu fördern, die durch die Kombination von Oberflächenhitze und Untergrunddruck entstanden waren.

Gregor dachte, dass die Oberfläche von Braten eher Glas als Sand ähnelte, und sie alle trugen hitzeableitende Anzüge, um zu überleben. Ein Teil der Aufgabe, die Stadt, die mit schwarzen Solarpaneelen überkuppelt war, um Energie zu liefern und durch Bildschirme den Verlauf eines normaleren Tages zu simulieren, bewohnbar zu halten, bestand darin, all diese Hitze durch massive Lüftungsschächte nach außen zu leiten. Die Öffnungen rotierten durch die Kuppel, kleine Schlitze erschienen am perfekt simulierten Himmel.

Riesige Ventilatoren dienten dazu, kalte Luft nach unten und heiße Luft nach oben zu diesen Lüftungsschächten zu drücken, und Gregor beobachtete von seinem Posten im Stadtzentrum aus, wie sich die Rotorblätter auf den Dächern drehten, ihre gewellten Ströme zeigten den stetigen Aufstieg der Hitze. Sie dienten auch als Leuchtfeuer für jeden, der eine Nachricht in die Stadt senden oder sie in feurigem Verzweiflung verlassen wollte. Wenn man in einen dieser Ströme sprang, wäre man, Anzug hin oder her, in Sekundenschnelle geschmolzen. Gregors Vertrag besagte, die Stadt zu schützen. Er besagte nicht, die Menschen davon abzuhalten, sich selbst zu verletzen.

So beobachteten sie während dieser simulierten Nächte das gelegentliche orangefarbene Aufleuchten, das zeigte, dass ein weiterer Bergarbeiter aufgegeben hatte.

Gregor hatte die erste Gelegenheit ergriffen, diesen Vertrag hinter sich zu lassen, aber er würde diese Aufblitzen nie vergessen. Immerhin konnte Gregor ihnen jetzt für die Idee danken, die sein eigenes Leben gerettet hatte.

»Noch eine Überraschung«, sagte Felix, als die Flammen erloschen und die Basis den kaputten Lüftungsschacht kompensierte und seine Energien anderswo hin umleitete. »Ich unterschätze dich und deinen Freund immer wieder.«

»Meinen Freund?«, fragte Gregor, während der Filter seines Helms die Luft und ihren verkohlten Geruch einließ.

Die Schleimkreaturen existierten jetzt nur noch als Aschepfützen im ganzen Raum. Schwarze Brocken hingen von der Decke, eingebrannt an Ort und Stelle. Andere, deren pilzartigen Arme wie Kerzen aussahen, falteten sich in sich zusammen, während ihr Inneres weggebraten wurde. Ein hässlicher Anblick, der noch schlimmer geworden war.

Aber Gregor lebte.

»Ja. Sie reagierte ganz ähnlich wie du, als ich sie konfrontierte.« Felix drehte sich langsam im Raum um und nahm das ganze Schauspiel in sich auf. »Sie wollte mir nicht helfen, aber zum Glück tat sie es doch. Genau wie du.«

»Geholfen?« Gregor hob seinen Hammer auf und ließ seinen Blick weiter schweifen.

Welche anderen Tricks hatte dieses Ding noch auf Lager?

»Oh ja. Hat mir sozusagen den Weg freigemacht.« Felix deutete auf die breite Tür, und bei seiner Bewegung ratterte das rußverschmierte Ding nach oben und öffnete sich. »Ich denke, du bist hier fertig. Bitte nimm die Straßenbahn und geh.«

»Ich nehme keine Befehle von dir entgegen.«

»Dann betrachte es als einen Vorschlag.« Felix zuckte mit den Schultern. »Geh und lebe, bleib und stirb. Mir ist es egal.«

24

GETEILTE ENTSCHEIDUNG

Die Kontrolle über ihr Fahrzeug zu verlieren, stand ganz oben auf der Liste der Dinge, die Eponi zur Weißglut brachten. Die ideale Pilotenfahrt, mit den Händen am Steuer, ließ Eponi das Gefühl haben, als wäre das Fahrzeug ein Teil von ihr, wie ein zusätzliches Gliedmaß oder besser gesagt, ein weiterer Teil ihres Verstandes. Ein Gedanke, und das Fahrzeug würde fast im selben Moment reagieren. Ihre kurze Rennkarriere hatte auf dieser Tatsache aufgebaut und davon profitiert, wie sie die verschlungenen Bergkämme eisiger und felsiger Welten gleichermaßen meistern konnte, wie sie unter den Trümmern ihrer Gegner hindurchfliegen oder sie umkreisen konnte, wenn diese daran scheiterten.

Und dann hatte sie diese dumme Sache getan.

Nein. Sie würde nicht wieder in dieses Loch der Erinnerungen fallen, obwohl die Parallelen unübersehbar waren, als Eponi versuchte, den Steuerknüppel des Skiffs herumzureißen, versuchte, ihn irgendwohin zu lenken, nur nicht dorthin, wo er jetzt hinzeigte: zu diesem dunklen Turm. Eponi wusste nicht genau, wie sie es nennen sollte, aber sie wusste, dass ein versklavter Schaltkreis sie an einen Ort mit noch mehr Wachen bringen würde. Noch mehr Leute, die daran interessiert wären, warum ein Skiff, das mit einer Besatzung losgeflogen war, mit zwei Feinden zurückkehrte.

»Irgendwelche Ideen?«, fragte Sai und starrte sie an. »Du hast immer noch keine Kontrolle?«

»Ich versuche, das hier zum Laufen zu bringen, weil es mich besser fühlen lässt«, antwortete Eponi. »Das Skiff wird mir die Kontrolle nie zurückgeben. Es sei denn, wir bohren uns bis zum Herzen dieses Dings durch und reißen den Schaltkreis selbst heraus.«

»Ist das möglich?«

»Klar, lass uns das Ding auseinandernehmen, in dem wir fliegen, *während wir fliegen*.«

»Stimmt«, sagte Sai. »Guter Punkt.«

Der Sprengstoffexperte beschloss, dass seine Meinungen wenig Wert für Eponis Gemütszustand hatten und ging hinaus aufs Deck. Vielleicht wollte er einen Angriffsplan vorbereiten. Mit seinem Schwert reingehen und jeden niedermetzeln. Das wäre ein lustiger Plan. DefenseCorp verbot Sever zwar nicht ausdrücklich, bei seinen Missionen Kollateralschäden zu verursachen, aber es führte bei jedem Debriefing eine ziemlich klare Gewinn- und Verlustrechnung, und wenn Sai einen Turm voller Unschuldiger niedermähte, würde das diese bestimmte Spalte wahrscheinlich ins Minus kippen.

Da zusätzliche Kosten von Severs Bezahlung abgezogen wurden, schien das eine schlechte Entscheidung zu sein, es sei denn, Sever könnte beweisen, dass der Turm, die Stadt und alle, die hier lebten, Teil einer finsteren Verschwörung waren, um sie zu töten. Wenn das wahr wäre, könnte Eponi genauso gut gleich aufgeben, denn Sever hatte nur fünf

Mitglieder und bei weitem nicht genug Artillerie, um es mit einem ganzen Planeten aufzunehmen.

Der Gedanke brachte sie auf eine Idee: Wenn ein offener Kampf oder überhaupt jeder Kampf eine schlechte Wahl für die beiden Severs auf dem Skiff wäre, dann bedeutete die Alternative Heimlichkeit. Angesichts der Annäherung des Turms und der sinkenden Höhe des Skiffs – es sah so aus, als würden sie, wie Eponi beim Blick aus dem Eingang des Pilotenhauses sah, auf eine Andockbucht in mittlerer Höhe zusteuern – könnte Sai wahrscheinlich mit seiner Rüstung hinausspringen. Während Sais herabstürzende Gestalt für jeden, der hinsah, sichtbar wäre, könnte es einige Augen von Eponi ablenken und ihr erlauben... ja, was genau zu tun? Zu behaupten, sie sei von dem Feind auf das Skiff gezwungen worden?

Selbst wenn dieser Plan Sai beim Aufprall nicht direkt in Hackfleisch verwandeln würde, wollte Eponi sich nicht auf ihre Täuschungsfähigkeiten verlassen, um in die geheimnisvolle Gruppe einzudringen, die diesen Ort kontrollierte. Sie wusste zu wenig, um bei einem oberflächlichen Verhör als irgendetwas durchzugehen. Der einzige Weg, sich hier herauszuschleichen, wäre mit einer ordentlichen Ablenkung, etwas, das sie aus dem Griff derjenigen befreien könnte, denen sie gerade entgegenschwebten, mit minimaler Gefangennahme und maximalem Chaos.

»Skiff, ich weiß, unsere Zeit war kurz, aber ich glaube, ich werde dich in die Luft jagen müssen«, sagte Eponi zu den toten Monitoren. Es gab keine Antwort. »Sai! Komm wieder her!«

Mit schweren Schritten, die kaum vom leiser werdenden Heulen der Skiff-Düsen überdeckt wurden, die nicht länger damit beschäftigt waren, das Fluggerät hoch am Himmel zu halten, kehrte Sai zurück und sah in seiner Rüstung so verwirrt aus wie immer.

»Hast du eine Idee?«

»Ja«, sagte Eponi und zeigte auf die Monitore. »Was für ein Arsenal hast du dabei?«

»Ich habe noch drei Minen. Ein paar größere Sprengsätze.« Sai blickte auf die Monitore. »Ich dachte, du wärst dagegen, das Schiff zu zerstören, in dem wir fliegen?«

»Hör mir zu«, sagte Eponi. »Platziere einen deiner großen Knaller ganz vorne. Ganz vorne. Wir zünden ihn, wenn das Skiff reinfliegt, und suchen im Pilotenhaus Deckung. Es fliegt in die Luft, alle flippen aus, und dann hauen wir ab.«

»Du hast keine Rüstung.«

Eponi sah an sich herunter, dann wieder zu Sai hoch. »Wann hast du mich das letzte Mal angesehen?«

»Jetzt?«

»Was siehst du?«

»Äh, eine Person?«

»Eine winzige Person. Du wickelst mich wie einen Ball ein, und wir haben's geschafft.« Eponi hatte sich schon in kleinere Cockpits gezwängt, das war sicher. »Das Skiff macht bumm, wir brechen aus.«

Sai legte seine gepanzerten Hände über seinen Kopf, wie eine mechanisierte Ballerina. Eine Bewegung, die Sai von Zeit zu Zeit machte, wenn der Mann ernsthaft über eine Idee nachdachte. Zumindest verdiente Eponis Vorschlag das.

»Du wirst sterben«, schloss Sai.

»Das liegt an dir. Aber uns läuft die Zeit davon, und wenn du diese Bombe nicht platzierst, werden wir beide ganz sicher sterben. Vielleicht nimmst du etwas weniger Sprengstoff?«

Sai drehte sich zurück zum Deck des Skiffs, schaute einen Moment lang aus dem Pilotenhaus und stampfte dann hinaus. »Es ist nicht meine Schuld, wenn das nicht nach deinem Plan läuft.«

»Wenn es das nicht tut«, rief Eponi ihm nach, »werde ich nicht mehr am Leben sein, um mich darum zu kümmern.«

Sie hasste es, beschossen zu werden. Hasste es, an vorderster Front zu sein. Doch hier, während sie sich darauf vorbereitete, ihr Skiff in die Luft zu jagen, als die grünen Willkommenslichter des Turms begannen, über sie hinwegzuspielen, fühlte Eponi sich aufgeregt. Als wäre sie wieder in einem ihrer Rennen, mit jeder Sekunde auf der Grenze zwischen Leben und sofortigem, explosivem Tod. Beschossen zu werden war erschreckend, aber bei einem gewagten Manöver wie diesem zu triumphieren? Nun, das war nicht anders, als Wezzak Cav auszutricksen, um den ersten Platz beim Erunian Classic zu erringen.

Um auszuweichen, musste Eponi allerdings sehen können, also verließ sie das Steuerhaus, als das Boot in die riesige Andockbucht einfuhr. Aus der Nähe betrachtet entpuppte sich der Turm weniger als Produkt finsterer mittelalterlicher Fantasien, sondern vielmehr als Technokonstrukt wie die meisten Gebäude, auf die er herabblickte; die dunkle Farbe stammte von Solarzellen, die Energie aus dem von oben herabprasselnden weißen Sternenlicht saugten. Nutzlos ohne die Nanoroboter, die den Nebel lichteten, aber mit ihnen, so fand Eponi, lief hier wohl alles ziemlich gut. Nicht, dass sie irgendetwas von Solarenergie verstanden hätte, aber angesichts der vielen Lichter, die aus kleinen Nischen hervorleuchteten und sich auf sie richteten, einschließlich mehr als ein paar Verfolgungsgeschütze, hatte der Turm offenbar Energie im Überfluss.

Gerade Glasfenster durchzogen den Turm, unterbrochen von Solarpanelen, und Eponi konnte Gestalten erkennen, die sich auf der anderen Seite bewegten. Nicht gut, dass sie und Sai, der sich am Bug des Bootes niedergekauert hatte, um die Bombe zu platzieren, kaum Deckung hatten. Sie schlich zurück, lehnte sich an die Innenwand des Steuerhauses und spähte hinaus. Ein geringer Schutz vor umherwandernden Augen, aber besser als nichts. Der Turm schien bevölkert zu sein, obwohl Eponi keine Ahnung hatte, wie spät es im Verhältnis zu Dynas' Tag-Nacht-Rhythmus war, wie die Arbeitszeiten auf dem Planeten aussahen oder ob die Leute, die sie sah, überhaupt Arbeiter waren oder etwas anderes. Oder weniger. Alles Dossier-Material, das DefenseCorp geliefert hätte, wenn, nun ja, sie von der Existenz dieses Ortes gewusst hätten.

»Bist du bald fertig?«, rief Eponi. »Denn uns läuft die Zeit davon!«

»Es wird gleich scharf sein«, rief Sai zurück. »Mach dich bereit!«

Die Andockbucht verschluckte sie wie ein neongrüner Mund, wobei die Lichter, die den Rand der Bucht säumten, als Leitlinien für Piloten dienten, die ihre Boote tatsächlich steuern konnten. Eponi beobachtete, wie sie über ihnen vorbeiglitten – ihr Boot bewegte sich nun im gemächlichen Schritttempo zur Landung – und sah die Decke der Bucht, überzogen mit Röhren, Roboterhaken und -rädern, Kränen und allerlei Wartungswerkzeugen, die Eponi in einer Bucht erwartet hätte, die sich ein kaputtes Boot aussuchen würde. Wenn überhaupt, könnte das zu ihren Gunsten ausfallen; vielleicht würde, wer auch immer diesen Ort leitete, nicht seine Verteidigung schicken, um ein havarierten Boot zu begrüßen.

Sai drängte sich an sie, stürmte mit seiner Masse zurück

und presste sie ins Steuerhaus. »Sie haben unten einen Trupp, mindestens«, sagte Sai. »Ziemlich sicher, dass sie mich auch gesehen haben.«

»Du bläst unsere Tarnung auf, bevor wir überhaupt anfangen?«

»Ich habe noch gar nichts aufgeblasen.« Sai setzte sich auf den Boden, seine Beine an den Knien angewinkelt, als würde er nur eine kurze Pause einlegen. In der Rüstung sah es lächerlich aus. »Quetsch dich hier rein, und ich werde tun, was ich kann. Wir haben nur ein paar Sekunden.«

Das Boot wurde noch langsamer, und Eponi spürte, wie die Landedüsen des Bootes übernahmen, als sie sich an Sais Brust schmiegte. Sie zog ihre Beine an, umklammerte ihre Pistole fest in den Armen und drückte ihr Kinn gegen ihre Brust. Sai schlang seine Arme um sie, zog seine Beine so gut es ging um ihre und legte seinen Kopf nach vorne auf ihren. Keine perfekte Deckung, aber annähernd. Das Beste, worauf sie hoffen konnten.

»Lass mich hier nicht sterben«, sagte Eponi leise.

»Hab ich nicht vor.«

»Das hat niemand je.«

Es gab kein Anzeichen. Keinen Moment der Vorbereitung. In einer Sekunde existierte das Boot noch, ganz und leicht beschädigt, und landete vor einem misstrauischen, aber nicht übermäßig aufgeregten Inspektionsteam. In der nächsten trennten Druckwellen das vordere Drittel des Bootes vom Rest, zersplitterten den Bug in tausend rasende Metallspeere, die quer durch die Bucht sprühten und Wände, Menschen und alles andere mit explosiver Tödlichkeit durchbohrten. Eponi konnte nichts davon sehen, sie konnte auch nichts davon hören, da die Explosion ihr Gehör in ein klingendes Echo verwandelte. Eponi spürte, wie sich das Heck des Bootes herumwirbelte, seine Düsen versuchten, den plötzlichen Masseverlust und den katastrophalen Schaden am Bootskörper zu kompensieren. Anstatt aus der Andockbucht zurückzuschießen – eine momentane Befürchtung – drehte sich das Boot, bevor es in einen rutschenden Crash gegen eine der langen Seitenwände der Bucht geriet und durch Ausrüstung und die Wand selbst krachte.

Irgendwann während dieses zermalmenden Aufpralls riss das gesamte Steuerhaus ab und flog in einem funkelnden Schauer davon, das Geräusch des reißenden Metalls durchdrang Eponis betäubtes Gehör. Sai blieb um sie geschlungen, hielt den herabregnenden Schrapnellhagel davon ab, sie zu zerschneiden, sie zu töten. Eponi vergab Sai in diesem Augenblick jeden Fehler, den er je gemacht hatte. Seine Besessenheit von diesem Schwert. Für alles und jedes.

Sie wollte einfach nur leben.

25

WORK-LIFE-BALANCE

Er kam aus einer Familie von Bürohengsten. Der Ausdruck hielt sich hartnäckig – Rovos Vater benutzte ihn häufig und mit Stolz –, obwohl echtes Papier in der modernen Welt kaum noch eine Rolle spielte. Das Familienmotto stand für verlässliche, stressfreie Arbeitszeiten. Ein vorhersehbares Einkommen und eine Work-Life-Balance, die so ausgewogen war, dass ein zufriedenes Dasein als selbstverständlich galt. Rovo, der dieser von seinen Vorfahren vorgegebenen Schablone folgte, würde selbst eine Familie gründen, Zeit für Hobbys haben und ein ruhiges, tugendhaftes Leben damit verbringen, Daten von einer Ecke der Galaxie in die andere zu schaufeln.

»Du denkst vielleicht, es sei langweilig«, hatte sein Vater zu ihm gesagt, nachdem er den siebzehnjährigen Rovo in einer weiteren Partie 4D-Schach geschlagen hatte. »Aber Beständigkeit hat schon was für sich. Ich bin hier, oder? Wie viele andere Familien können das von sich behaupten?«

Rovo konnte es nicht. Nicht mehr. Er hatte das Joch der

Vertrautheit für Aufregung abgeworfen. Seine Eltern hatten Einwände gehabt, aber DefenseCorp war das egal. Sie wollten Körper an der Front, die auf gefährlichen Planeten höhere Raten kassierten. Übersetzungen und andere Schreibtischarbeit konnten, wenn nicht von Maschinen, dann von anderen, frischeren Rekruten aus zahlreichen empfindungsfähigen Spezies erledigt werden, die keine Lust hatten, Gewehre zu schwingen. Rovo hatte den Sprung gewagt und seine Familie seitdem nicht mehr gesehen. Vielleicht würde er sie nie wieder sehen, wenn er nicht aus diesem Büro, von diesem Planeten wegkäme.

Die Monitore zeigten immer noch die Worte, nannten Rovo ›Nahrung‹, obwohl er nicht wusste, wofür. Vermutlich für die Farbe, die alle anderen in diesem seltsamen Spiel verschlungen hatte, aber es zeigten sich keine roten Kleckse. Stattdessen beobachtete Rovo die Tür und wog seine Möglichkeiten ab. Hinausstürmen und darauf hoffen, dass andere Sever-Mitglieder die Wachen abgelenkt hatten? Hier bleiben und sich verstecken, in der Hoffnung, dass sich die Krise irgendwie von selbst lösen würde? Es noch einmal mit den Computern versuchen – vielleicht kamen die Worte von einem Programm, und wenn Rovo die Regeln des Spiels kannte, könnte er diesmal gewinnen.

Nein. Er war Sever beigetreten, um Teil der Action zu sein, nicht um davor wegzulaufen.

Noch immer in seiner klobigen, von Lasern verbrannten Rüstung, erhob sich Rovo und ging zur Bürotür. Außerhalb der kleinen Fenster flackerten scharlachrote Lichter in den Gängen. Die Alarmsirenen heulten weiter und bestätigten entweder den anhaltenden Notfall oder die Möglichkeit, dass niemand mehr da war, um den schrecklichen Lärm abzustellen. Egal; als Unannehmlichkeit konnte Rovo mit ein bisschen Krach umgehen.

Er tippte mit dem Finger auf den Schalter, und die Tür gehorchte, glitt auf und gewährte Rovo Zugang nach draußen. Mit seinem Sturmgewehr in den Händen warf er einen Blick nach rechts, zurück zum Kraftwerk, und fand sich am gefährlichen Ende einer anderen Waffe wieder. Ein Wachmann stand dort und starrte ihn an.

»Die Zentrale hat uns gesagt, dass wir hier ein Problem haben«, sagte der Wachmann, seine Stimme jung, der schwarze Hautanzug frisch und sauber. »Scheint, als hätten sie recht gehabt.«

»Du wirst schön langsam wieder in das Büro zurückgehen«, sprach eine andere Stimme hinter Rovo. Diese gehörte einer Frau, älter. Chancengleichheit bei den Feinden. »Leg das Gewehr hier hin, oder wir brennen dich nieder. Aus dieser Entfernung dürfte deine Rüstung nicht besonders gut wirken.«

Rovo war sich da nicht so sicher. DefenseCorp tendierte dazu, seine Eliteeinheiten mit der bestmöglichen Ausrüstung auszustatten – gut ausgebildete Soldaten zu trainieren kostete mehr Geld als spezialisierte Ausrüstung zu kaufen – und ein Teil von ihm wollte die Befehle ignorieren, die Wachen niederbrennen und sein Glück versuchen. Aber dann, Vorsicht ist die Mutter der Porzellankiste und so weiter. Besser, beide Wachen in dieses kleine Büro zu locken, als eine bereit zu lassen, ihm in den Rücken zu schießen.

»Ich gehe wieder rein«, sagte Rovo, legte das Gewehr zu seinen metallummantelten Füßen und zog sich zurück ins Büro. »Wie habt ihr zwei euch an mich rangeschlichen? Ich hab euch nicht durch die Fenster gesehen.«

Die beiden Wachen, unerbittlich in ihren schwarzen Anzügen, sagten nichts, als sie Rovo ins Büro folgten und die Tür hinter sich schlossen. Keiner hob Rovos Gewehr auf; schade, da die Waffe an Rovos Anzugsignatur gekoppelt war. Jeder andere, der versuchte, sie zu benutzen, würde feststellen, dass das Ding nichts weiter als ein teurer Knüppel war. Stattdessen hielten sie ihre kleineren, einhändigen Pistolen direkt auf Rovos Gesicht gerichtet.

»Du warst mit der Nase in den Bildschirmen«, sagte der erste Wachmann. »Du hast Ausrüstung, die sagt, dass du von jemandem finanziert wirst. Von wem?«

»Nicht dein Problem.« Rovo kramte das Großmaul aus den Filmen hervor, die er gesehen hatte. Klammerte sich daran und wartete auf eine Gelegenheit. »Ich will wissen-«

»Du stellst hier keine Fragen.« Der gleiche Wachmann schob seinen Spucker näher an Rovos Gesicht, als ob die schwarze Mündung des Laufs Rovo zum Reden bringen würde. Was sie vielleicht auch tun würde. Laser waren beängstigende Dinge. »Wer hat dich geschickt, und wie viele von euch gibt es?«

»Nur einen von mir, Schätzchen«, erwiderte Rovo.

»Gleich keinen mehr«, sagte die zweite Wache.

Ein donnernder Knall unterstrich ihre Worte, die Basis bebte und brachte beide Wachen aus dem Gleichgewicht. Rovo, dessen schwerere Füße standhaft blieben, stürzte nach vorne und streckte seine Arme zu einem weiten Tacklingversuch aus. Er traf beide Wachen und riss sie zu Boden, als das Dröhnen nachließ und neue Geräusche sich zu den Alarmen gesellten. Als sie auf dem Boden aufschlugen, hatte Rovo keine Strategie. Keine Technik. Er schlug einfach mit seinen Ellbogen, Fäusten und Knien auf die sich wehrenden Wachen ein. Beide schienen nach dem anfänglichen Tackling nach Luft zu ringen, was ihre Fluchtversuche schwach und halbherzig machte. Rovo konnte nicht einschätzen, wie effektiv seine Schläge durch die Anzüge waren, aber schließlich hörten die Wachen auf, sich zu bewegen. Rovo versetzte ihnen noch ein paar Schläge, um sicherzugehen, dass sie außer Gefecht waren, dann nahm er ihre Pistolen an sich und zerbrach sie.

In Filmen hieß es immer, so ein Moment würde kommen, und jetzt war er da. Rovo lachte, dieses übermütige Lachen, das mit einem unerwarteten Sieg einhergeht. Seine ehemaligen Kollegen hatten Rovos Entscheidung, zur aktiven Abteilung von DefenseCorp zu wechseln, mit der Skepsis behandelt, die man für wahrhaft Verrückte reserviert. Seine Eltern waren genauso gewesen und sagten Rovo, er sei nicht für so etwas geschaffen, keiner von ihnen sei es. Aufregung sollte den zahlreichen virtuellen Welten vorbehalten bleiben, nicht im echten Leben erlebt werden. Jetzt stand er als Sieger da. Ein Sever.

»Stabilität kann mich mal«, murmelte Rovo.

Im Flur hob Rovo sein fallengelassenes Gewehr auf und betrachtete seine Optionen. Die Büromonitore hatten nach der Explosion ihre Anzeige gewechselt und zeigten nun eine Auflistung der verschiedenen Katastrophen in der Basis, angefangen beim Eindringen des Sever Squads bis zum jüngsten Ereignis, dem Bruch eines großen Wärmeabluftkanals. Der Computer verriet nicht, was den Schaden verursacht hatte, aber Rovo ging davon aus, dass es etwas war, das seine Teamkollegen angestellt hatten.

Wandelnde Katastrophen, allesamt. Die beste Sorte.

Zwei Möglichkeiten. Zurück zum Kraftwerk, wo Sai seine Barrikade gesprengt hatte, oder tiefer in die Basis hinein. Mehr Bürotüren begrüßten diese Option, mit einer scharfen Biegung im Flur, die weitere Vermutungen abschnitt. Auch keine Beschilderung. Trotzdem waren die Wachen wahrscheinlich mit dem Squad gekommen, das durch die aufgebrochene Vordertür eingedrungen war, was zum Kraftwerk führte. Das bedeutete, Rovo sollte in die andere Richtung gehen.

Wie Aurora es in ihren Besprechungen oft genug sagte: Suche das Ziel, nicht den Kampf.

Um die Biegung des Flurs herum verzweigte sich der Weg in weitere rechtwinklige Abzweigungen. Warnschilder tauchten auf. Fensterlose Türen mit Ausweisscannern. Grellweiße Sprühfarbe kennzeichnete die Räume mit sinnlosen Buchstaben- und Zahlenkombinationen. Ein Code, wie die Übertragungen, die Rovo zu knacken versucht hatte. Jetzt hatte er die Wahl zwischen drei Fluren, jeder in grelles Rot getaucht und irgendwohin führend.

Doch etwas bewegte sich im mittleren Gang. Dort unten, am äußersten Rand des Lichts. Grob menschenförmig, aber der Umriss passte nicht zu der Rüstung, die die anderen Wachen trugen. Auch kürzer und bulliger. Die Gestalt schien ihn anzustarren, und Rovo hob sein Gewehr.

»Bleib stehen!«, rief Rovo über die Alarmsirenen hinweg. »Oder ich schieße!«

Die Gestalt antwortete nicht. Rovo schaltete sein Visier auf Infrarot und sah Grün, Orange. Das Ding lebte also. Kein Roboter.

Kühles Blauschwarz sammelte sich um den Fleck; auch keine anderen Lebewesen, die sich um die Ecke versteckten. Das Ding war allein. Rovo konnte es ignorieren, einen der anderen Gänge einschlagen und sehen, was er fand, aber er hatte keine Lust, diesem Ding den Rücken zuzukehren. Und er mochte es, Informationen zu bekommen. Dieses Ding könnte wissen, wohin der Rest von Sever gegangen war, oder zumindest, welchen Zweck dieser Ort hatte.

Rovo ging langsam. Er lief mit schussbereitem Sturmgewehr, die Sicht wieder normal, sodass er den Körper des Dings direkt vor sich sehen konnte. Konnte sehen, wie das, was Rovo für Kleidung gehalten hatte, sich als seltsame Auswüchse entpuppte, konnte ein Paar leuchtend blaue Augen sehen, die nicht von Haaren, sondern von etwas ganz und gar Festerem beschattet wurden. Dick. Was war dieses Ding? Rovo ließ den Anzug die Luft analysieren und die Ergebnisse auf dem Visier anzeigen. Keine Auffälligkeiten - die Basis recycelte ihre Luft, und abgesehen von den üblichen Partikeln lebender Menschen schien nichts ungewöhnlich. Rovo versuchte, an andere mögliche Fallen zu denken, aber er konnte nirgendwo eine Waffe erkennen. Was wollte dieses Ding also, das sich weigerte, ein Wort zu sagen, tatsächlich?

Auf halbem Weg den mittleren Gang hinunter, eingerahmt von einem Paar Stahltüren, die von etwas bedeckt waren, das wie grünlich-schwarzer Schimmel aussah, der sich um die Ränder ausbreitete, blieb Rovo stehen, als die Alarme verstummten. Nachdem er mit ihrem ständigen Heulen gelebt hatte, was Minuten waren, sich aber wie Jahre anfühlten, hallte die plötzliche Stille nach. Das Wesen schien sich nicht darum zu kümmern, außer dass es den Kopf zur Seite neigte, als ob es Rovo fragen wollte, was er von dieser Wendung der Ereignisse hielt.

Die Lichter gingen aus.

Rovos Helm reagierte schneller als seine Reflexe und schaltete auf Nachtsicht um, die jedes mögliche Photon einfing, um ein verschwommenes grünes Bild zu erzeugen, gerade rechtzeitig, um zu sehen, wie das Wesen um eine weitere Biegung watschelte.

»Halt!«, rief Rovo, aber er erhielt keine Antwort.

Wer hatte die Alarme, die Lichter ausgeschaltet? Rovo schaltete sich in seinen Sender ein und lauschte dem verschlüsselten Geplapper der Wachen. Aufgeregt, definitiv, aber unmöglich zu sagen, ob dies ihr Zug war oder der von jemand anderem. Aurora oder Gregor vielleicht? Sai und Eponi kannten sich mit Technik aus. Könnte sein, dass sie alles lahmgelegt hatten, um sich irgendwo zu verstecken.

»Hört mich jemand?«, versuchte Rovo eine weitere Nachricht auf der Frequenz des Squads und hörte nichts als Antwort. Auch kein anderes Geplapper. »Wohl nicht.«

Was das Verfolgen des Wesens als einzige lohnende Option übrig ließ. Rovo eilte ihm nach, hielt sich aber an die Regeln und spähte um die Ecke, das Gewehr bereit, bevor er aus der Deckung trat. Die Ecke führte für ein kurzes Stück weiter, bevor sie in einer weiteren Tür endete, die neben einem Vierfach-Null-Label eine breite Palette von Gefahrenzeichen trug. Ein kleines Loch rechts neben der Tür offenbarte einen funkenden Draht, der für Rovo hell aufleuchtete, und Teile dessen, was der zerbrochene Scanner gewesen sein musste, lagen auf dem Boden verstreut.

Aber kein Wesen.

Rovo schlich zur Tür und bemerkte auch hier die schimmelnden Ränder. Die Basis brauchte dringend eine gründliche Reinigung, schien es. Besser, an dieser Idee festzuhalten, als die weniger angenehmen Möglichkeiten in Betracht zu ziehen, warum hochgradiges Metall wie dieses korrodierte. Besser, konzentriert zu bleiben und nicht auf gefährlichere Pfade abzuschweifen.

»Sesam, öffne dich«, sagte Rovo, als er vor der Tür stand.

Sie rührte sich nicht.

Als er aber seine Hand dagegen legte und nach dem leicht eingedrückten, dunkleren Bereich griff, der den Türschalter markierte, glitt die Barriere zur Seite. Selbst mit dem Helm auf und dem laufenden Luftfilter spürte Rovo den Schwall, als die eingeschlossene Atmosphäre um ihn herum frei wurde. Rovo erstarrte für einen Moment in Panik, bevor er sich zusammenriss. Diese Art von Druckschleuse bedeutete meist eine Luftschleuse, was für den Großteil von Rovos Leben bedeutet hätte, dass er ins Weltall treten würde, wenn er weiterginge. Aber er war nicht im Weltraum, egal wie pechschwarz der weite Raum vor ihm war. Er war auf Dynas gelandet. Kein Vakuum hier.

Er konnte eine Leiter sehen. Vor ihm, an einer schmalen, mit einem Geländer versehenen Plattform hängend, beleuchtet von einem Paar in den Boden eingelassener Notfalllichter, die ihr rotes Licht durch das dünne, fleischige Gewebe strahlten, das sie bedeckte. Die grünschwarzen Ranken überzogen die Leiter und wuchsen auch um das Geländer herum. Sie breiteten sich in Flecken über den gefliesten Stahlboden aus. Rovo trat über die Schwelle in den Raum, ging nach vorn und spähte über das Geländer. Zu wenig Licht dort unten, um etwas zu sehen.

Rovo konnte das ändern.

Er tippte auf die Oberseite seines Helms, ließ sein Licht aufflackern und schaute. Eis packte ihn bei dem, was Rovo sah, und er wollte, wirklich wollte den Abzug seines Gewehrs durchziehen und jeden Zentimeter des Raumes zu Asche verbrennen. Aber er hätte nicht die Energie dafür. Ein Dutzend Sturmgewehre hätten nicht die Kraft, all diese pulsierende, wachsende Grässlichkeit zu verbrennen. Schwarz und grün, blau und lila, der riesige Raum – Rovo schätzte, er war größer als das Kraftwerk – trug alle Anzeichen fehlgeschlagener Experimente. Zerbrochene Glasröhren hingen von der Decke, ihre unteren Hälften verborgen unter dem sich bewegenden Becken.

Und was für ein Becken. Wie eine faulende Suppe, die noch kochte, blubberte und sprudelte die wellende Dunkelheit, wogte und wand sich. Ob die Bewegung von dem Zeug selbst kam oder von etwas darunter, wusste Rovo nicht. Wollte er auch nicht wissen.

Sever war hierher gekommen, um jemanden zu retten, der Hilfe brauchte, nicht um sich mit solchen Schrecken auseinanderzusetzen. Zeit zurückzugehen. Aurora zu finden und so schnell wie möglich von hier zu verschwinden.

Rovo drehte sich zurück zur Tür. Vor ihm stand die Kreatur in all ihrer ekelhaften Pracht, zwischen ihm und dem Ausgang aus dieser Albtraumkammer.

»Ich bin so froh, dass du gekommen bist«, sagte sie und stieß zu.

Rovos Rüstung kompensierte den Stoß, versuchte, seine Füße zu fixieren, aber Rovo stand auf dem Schimmel, und der Schimmel drückte zurück. Rovo rutschte aus, versuchte das Geländer zu greifen, als die Kreatur ihn erneut stieß.

Er fiel.

26

MONSTERJAGD

Auf einem Raumschiff aufzuwachsen bedeutete für Aurora, dass sie viel Zeit damit verbrachte, sich mit verschlossenen Türen auseinanderzusetzen. Kindern freien Lauf in einer Struktur zu lassen, die mit Knöpfen übersät war, die je nach Umständen Sauerstoff ablassen, Rettungskapseln ins All schießen oder die Gewächshaustemperaturen regulieren konnten, wurde allgemein als eine furchtbare Idee angesehen.

Doch da immer größere Schiffe zunehmend als endlose Heimstätten für Menschen dienten, die auf ihnen durch die Galaxie von einem System zum anderen reisten, mussten Kinderbetreuungsmethoden entwickelt werden. Für Aurora und das Dutzend anderer Kinder auf der *Skysurf* bedeutete das, die meisten Tage in einem kuppelförmigen Raum eingeschlossen zu verbringen, über sich Nebel zu beobachten und unter sich zu versuchen, einen Weg in die Freiheit zu knacken.

Damals war es ihnen nie gelungen; Spielzeug erwies sich als ungeeignetes Werkzeug, um moderne Schlösser zu knacken.

Jetzt jedoch hatte Aurora ein Paar kleiner Sprengminen, winzige Sprengsätze, die sich an einen Punkt heften und ihn aufsprengen konnten. Diese Tür war etwas größer, als die Minen eigentlich ausgelegt waren, und es gab keinen offensichtlichen Schwachpunkt, den man anvisieren konnte, aber nach einem Blick auf den qualmenden Ruine des Monitors sah Aurora keinen anderen Ausweg. Sie hatte vor zwei Minuten eine Explosion gespürt, aber da die Basis nicht über ihr zusammengebrochen war, ging Aurora davon aus, dass sie sich immer noch ihren eigenen Ausgang sprengen musste.

Sie versuchte auch weiterhin, Severs Squadkanal zu erreichen, aber stieß nur auf Rauschen. Wenn sie zu DefenseCorp zurückkehrten, würde Aurora ihre geizigen Käufer zwingen, ihnen Kommunikatoren zu besorgen, die in der Lage waren, durch eine Etage voller Metall zu dringen. Oder es zumindest versuchen, denn dieses Durcheinander war zum Verrücktwerden. Wie sollte Aurora ihre Truppe befehligen, wenn sie nicht mit ihnen sprechen konnte?

Nun, den Knall dieser Minen würden sie jedenfalls hören.

Aurora nahm die erste ab. Eine kleine Scheibe mit vier Diamantbohrern auf der Rückseite, konnte die Sprengmine mit ihrer winzigen Batterie ein Loch bohren, wo sie auf Auroras Signal warten würde, um ihre Ladung zu zünden. Sie inspizierte die breite Metalltür und entschied, dass die dickeren Wände schwieriger zu durchbrechen wären. Die Mitte würde den schwächsten Punkt darstellen. Aurora zielte mit der Sprengmine, drückte sie gegen die Tür und legte ihren Daumen auf den Oberflächenschalter, der die Batterie aktivieren würde.

Die Tür öffnete sich schnell und quietschte, als sie gegen die Diamantzähne rieb, bis Aurora die Mine ruckartig wegzog, mit der linken Hand ihre Pistole zog und direkt auf Gregors Gesicht richtete.

»Hey«, sagte Gregor, den Hammer an seiner Seite umklammert und, abgesehen von dem verkohlten schwarzen Schleim, der seine Rüstung bedeckte, sah er ganz in Ordnung aus. Hinter ihm war der Gang immer noch in scharlachrotes Licht getaucht, obwohl die Alarme verstummt zu sein schienen. »Alles klar, Kommandantin?«

»Es ist 'ne Weile her.«

Aurora bewegte sich über die Tür hinaus, falls diese auf die grandiose Idee kommen sollte, sich wieder zu schließen, und im Flur berichteten sie und Gregor einander von ihren Felix-Begegnungen. Es klang, als hätte Gregor das Schlimmste abbekommen – Aurora hatte es nicht mit Decken-Kreaturen zu tun gehabt – und der Hammermann war sich nicht sicher, wie viel Schaden er der Basis zugefügt hatte, ob sie mit dem zerstörten Wärmeabzug fertig werden konnte. Aurora würde wetten, dass eine so technische Einrichtung wie diese genug Redundanz hatte, um nicht so leicht zu explodieren, aber ein schneller Abgang wäre keine schlechte Idee.

Aber sie mussten die anderen drei finden, bevor sie gingen. Und Felix zerstören. In beliebiger Reihenfolge.

»Die Tram funktioniert jetzt«, beendete Felix' Stimme ihre Besprechung. Da es im Flur keine Projektoren gab, konnte die Kreatur ihnen kein Bild schicken, aber durch die verstreuten Gegensprechanlagen sprechen. »Ich habe die Verriegelungen gelöst. Ihr könnt gehen.«

Aurora versuchte herauszufinden, wohin sie blicken sollte, und entschied sich für die Tram: »Wir gehen nicht, bis wir den Rest unseres Teams haben. Hilf uns dabei, und wir lassen dich vielleicht am Leben.«

Das würde sie nicht, aber es schadete Verhandlungen

im Allgemeinen, wenn man den bevorstehenden, sicheren Tod einer Seite ankündigte.

»Eure Freunde sind bereits weg«, sagte Felix. »Ihr fallt zurück.«

»Das würden sie nie tun«, erwiderte Gregor. »Wir sind ein Team.«

»Dann ist euer Team zerbrochen«, sagte Felix. »Sie sind vor nicht allzu langer Zeit mit einem Gleiter in Richtung Stadt geflogen.«

Ein weiterer Punkt, dem man nachgehen musste, aber Aurora wollte nicht in diesem verdammten Flur Detektiv spielen. Stattdessen zeigte sie mit ihrer Pistole auf den Aufzug: »Wartet jemand auf der anderen Seite dieser Türen?«

»Im Moment nicht. In einem anderen, wer weiß?«

Aurora ging zurück, zeichnete Severs Ankunft in der Basis nach. Eponi war allein losgegangen, um sie reinzubringen, hatte ihre Rüstung verloren. Aurora und Gregor hatten sich von Rovo und Sai getrennt, wobei die letzteren beiden Eponi gefolgt waren. Wenn die drei mit dem Gleiter entkommen waren – bei ihrer Unfähigkeit zu kommunizieren war es nicht unmöglich –, dann könnten Aurora und Gregor genauso gut die Tram nehmen und diesem Schlamassel Lebewohl sagen.

»Wie viele sind mit dem Gleiter geflogen?«, fragte Aurora.

»Drei«, antwortete Felix, langsam und gleichmäßig. Wie der Schleim, der überall auf seinem Körper wuchs.

Das bedeutete, sie hatten einander gefunden. Der Rest von Sever war weg, und Aurora und Gregor sollten folgen. Außer, wenn sie falsch geraten hatte, wenn Felix log …

»Zeig es uns«, sagte Aurora, und Gregor warf ihr einen verwirrten Blick zu, seine Augen durch das Helmvisier sichtbar. »Wenn ich dir vertrauen soll, brauche ich Beweise. Es gibt überall in dieser Basis Kameras.«

Felix antwortete nicht sofort. Eine Pause, die lang genug war, dass Aurora sich bereits zum Aufzug gedreht hatte, bevor die schleimige Stimme wieder anfing.

»Das werde ich, aber ihr müsst zuerst zu mir kommen.«

»Das ist kein Problem.« Aurora nickte Gregor zu, der auf das Ruftableau des Aufzugs schlug. »Wir werden bald oben sein.«

Felix antwortete nicht. Aurora wusste nicht, wo sich das Monster innerhalb der Basis befand, aber Felix' unheimliche Haltung und die Versuche, sie und ihr Team zu manipulieren und, oh, zu töten, bedeuteten, dass sie jeden Teil der Struktur in Stücke reißen würde, bis sie dieses leicht lächelnde Gesicht fand und den Pilz davon abriss.

Man bedrohte Sever nicht und überlebte.

»Er hat versucht, mich zu töten«, sagte Gregor, als sie beide den Aufzug betraten. »Er ist gescheitert.«

»Wir werden es nicht.«

Severs Spiel zu spielen bedeutete, jede Aktion mit grimmiger Intensität auszuführen. Gregor und Aurora teilten sich die Seiten des Aufzugs auf, jeder nahm eine Wand ein und richtete die Gewehre – Gregor hatte seinen Hammer in den Rückenhalter geschoben – auf die Türen.

Als die Metalltüren sich öffneten, sich mit rasanter Eleganz in der Mitte teilten und ein halbes Dutzend Wachen offenbarten, die gerade eine Strategie planten, feuerten die beiden Severs so viele Lasersalven ab, dass die dem Aufzug gegenüberliegende Wand vor Hitze zu schmelzen begann. Die Wachen kamen nicht dazu, sich zu bewegen, auszuweichen oder zu ziehen oder zu entscheiden, welche dieser Optionen die bessere wäre. Die Aufzugtüren öffneten sich, und Asche folgte.

»Niemand wartet hinter dem Aufzug?«, sagte Aurora, als sie und Gregor über ihre Opfer hinwegstiegen. »Eine weitere Lüge, für die es zu büßen gilt.«

Felix würde nicht in Richtung des Stützpunkteingangs sein, was bedeutete, dass sie den anderen Gang nehmen mussten. Auch hier oben flackerten noch rote Lichter und tauchten die rauchenden Körper in blutroten Schatten. Gregor führte, tauschte nun seine Gewehre gegen den Hammer, während Aurora Unterstützung gab. Sie hielt den Sender weit offen, hörte aber nur Rauschen.

Das Kraftwerk kam etwas überraschend, bestätigte aber die Funktion des Stützpunkts als etwas weit mehr als ein einfacher Außenposten. Man betrieb keine Reihe von Mikroreaktoren, nur um nachts das Essen aufzuwärmen. Ein Wachpaar lief von rechts in den Gang zu Gregor und Aurora hinein, offenbar trotz der Warnlichter keine Gesellschaft erwartend. Aurora feuerte ein paar Schüsse ab, aber diese Wachen erwiesen sich als schneller als die andere Gruppe. Sie tauchten hinter dem ersten Reaktor ab, während Auroras Feuer schwarze Löcher in die Wand hinter ihnen brannte.

Gregor ging mit erhobenem Hammer durch die Mitte des Kraftwerks, während Aurora vorwärts in Richtung des Ganges ging, den die Wachen verlassen hatten. Sie in die Falle locken, sie vernichten. Eine einfache Operation in zwei Schritten. Als Aurora um den Reaktorturm bog, waren die Wachen nicht zu sehen. Ein Knall hallte durch den Raum, und da waren sie, rennend und mit ihren Pistolen hinter sich feuernd, in die Richtung, wo Aurora Gregor vermutete.

»Hallo«, sagte Aurora, als die Wachen sich erinnerten, dass sie zwei Gegnern gegenüberstanden, nicht einem. Sie drückte den Abzug auf ihre Gesichter, ihre Hände flogen in einem nutzlosen Versuch hoch, sich zu schützen. »Tschüss.«

Gregor kam heran, den Hammer schwingend, als wäre es ein Spielzeug und keine Abrissmaschine. Aurora deutete auf die gefallenen Wachen.

»Lässt du mich deine Reste aufräumen?«, fragte Aurora.

»Sie waren Feiglinge.«

Der Gang, den die Wachen verlassen hatten, erwies sich als Trümmerhaufen. Jemand hatte eine Wand gesprengt und eine Decke zum Einsturz gebracht, die nun als blockierender Schutthaufen den Weg versperrte. Funken sprühten aus einem durchtrennten Kabel, und Wasser sickerte in einer sich ausbreitenden Pfütze, die Aurora für potenziell tödlich hielt, sollte jemand dumm genug sein, sie zu berühren. Sie betrachteten die Blockade einen Moment, bevor beide Blicke auf Gregors Hammer warfen.

»Möglich«, sagte Gregor.

»Nein«, erwiderte Aurora. »Nicht, bis wir den anderen Weg ausgeschlossen haben.«

Wenn der Rest von Sever tatsächlich gegangen war, dann wäre jede Minute, die sie damit verbrachten, sich durch die Trümmer zu schlagen, eine gefährliche. Gregor und Aurora hatten diese Wachen mit der starken Unterstützung des Überraschungseffekts bewältigt. Neue Verstärkungen würden nicht so leicht fallen. Am besten zu vermeiden.

Den anderen Weg entlang fanden sie bewusstlose Soldaten in einem Büro. Keine Laserverbrennungen. Sever bekam keine Bonuspunkte für Morde, also ließ Aurora sie dort, nachdem sie sichergestellt hatte, dass sie keine funktionierenden Waffen hatten. Sie drehte sich um, ging zurück in den Flur und hielt inne.

Gregor stand da, den Hammer bereit, und starrte weiter den Gang hinunter. Felix. Schwer genau zu erkennen im roten Licht, aber Aurora wusste es, wie sie eine Bedrohung wusste. Spürte es. Ein Kribbeln im Nacken, ihr Atem wurde enger. Sie hob ihr Gewehr und feuerte, aber Felix bewegte sich zu schnell. Verschwand um die Ecke.

»Langsam«, sagte Aurora. »Er will, dass wir ihm folgen, sonst wäre er schon verschwunden.«

»Ein gefährliches Spiel.«

»Eines, das er verlieren wird.«

Um die Ecke änderten sich die Türen. Was Büros gewesen waren, trug nun breitere Beschriftungen, und die glänzenden Wände verdunkelten sich mit laufenden, schimmeligen schwarzen Linien. Als wäre der Stützpunkt selbst erkrankt. Aurora machte eine schnelle Berechnung: Türen, die aussahen, als würden sie eine Seuche beherbergen, wollte sie nicht geöffnet sehen. Der Anblick kitzelte jedoch den Teil von Aurora, der immer auf der Suche nach Geldverdienst-Möglichkeiten war. Die Dinge, die sie hier bereits gesehen hatte, brachen alle möglichen galaktischen Normen, aber ein Dutzend oder so üble Experimente würden niemanden zu sehr aufregen. Ein Stützpunkt voller solcher Dinge, und einer wie Felix bedeutete wahrscheinlich mehr, könnte eine ganz andere Reaktion auslösen.

DefenseCorp zahlte große Prämien für große Aufträge, und die Säuberung einer Welt wie Dynas, übersät mit biotechnisch veränderten Monstern, wäre ein großer Auftrag. Aurora könnte sich vielleicht allein von der Findersgebühr zur Ruhe setzen.

»Abzweigungen«, sagte Gregor, als sich der Gang in drei teilte. »Felix ist in der Mitte.«

So war es. Er stand dort im Roten. Hässlich wie immer.

»Soll ich schießen?«, fragte Gregor. »Oder soll ich angreifen?«

»Lass uns langsam vorgehen«, antwortete Aurora. »Ich werde neugierig zu sehen, wie weit das geht. Wir können ihn am Ende erledigen.«

Felix hatte nichts gegen das Tempo einzuwenden. Als die beiden Severs jedoch die Hälfte der Strecke zu ihm zurückgelegt hatten, huschte die Kreatur wieder davon. Diesmal erloschen auch die Lichter und tauchten alles in Dunkelheit.

»Lichter an«, sagte Aurora, und sofort erhellten ihre beiden Helme den Gang mit hellem Gelb-Weiß. »Wenn Felix es dunkel haben will, werden wir es ihm nicht geben.«

Gregor übernahm wieder die Führung, den Hammer bereit, und Aurora ging ein paar Meter zurück und gab ihm genügend Schwungraum. Sie überprüfte ständig ihren Rücken, aber nichts versuchte, einen Hinterhalt zu legen. Sie erreichten eine geschlossene Tür mit vielen Beschriftungen. Kein Ausweisscanner.

»Bereit?«, fragte Gregor.

»Bereit.«

Er berührte die Tür, und sie glitt ohne Widerstand auf. Sie offenbarte eine kleine Plattform und eine Leiter. Gregor machte einen langen Schritt hinaus und spähte über den Rand. Auroras Licht erfasste den Schatten, und sie stürmte vorwärts – so gut es in der klobigen Rüstung ging – und schlug Felix' Arm nach unten. Sie folgte dem Schlag auf die Plattform, als Felix nach rechts zurückwich, wo er sich offenbar unter einer ausgehöhlten Konsole versteckt hatte. Eine Falle also. Aurora richtete ihr Gewehr, als Gregor zu einem linkshändigen Schwung wechselte. Sie konnte rösten, er konnte zerquetschen.

»Wie willst du sterben?«, fragte Aurora.

»Ich will nicht sterben«, antwortete Felix.

»Keine Wahl«, erwiderte Gregor.

»Ein Handel!«, sagte Felix. »Information für mein Leben. Für das Leben eures Freundes.«

»Du hast gesagt, unsere Freunde wären weg«, sagte Aurora, nicht im Geringsten überrascht.

»Sie haben mich nicht gezüchtet, um ehrlich zu sein.«

»Wie wär's mit Angst?«

»Das kenne ich durchaus«, sagte Felix, während er sich, schwammig, aus seiner Höhle herauskletterte. »Euer Freund. Er ist da unten.«

Mit einem kränklichen, pilzartigen Arm zeigte Felix nach unten jenseits der Leiter, auf die gurgelnde, schwarzgrüne Schimmelmasse. Aurora konnte Rovos Bein sehen, das wie eine gepflanzte Flagge herausragte, seine blaue Rüstung glänzte in ihrem Helmlicht.

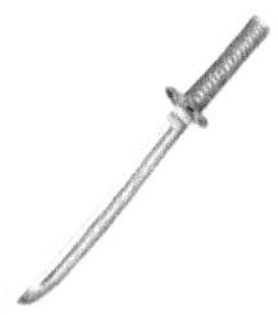

27

HARTE LANDUNG

DefenseCorp unterhielt nach Sais Meinung das beste Simulationssystem der Galaxis. Jedes Szenario, das er durchspielen wollte, konnte Sai entweder selbst erstellen oder von Designern anfertigen lassen, die wussten, wie man virtuelle Realität in den perfekten Spielplatz verwandelt. Sever Squad nutzte die Simulatoren hauptsächlich, um Manöver und koordinierte Angriffe zu üben und all das. Sai hingegen bevorzugte Sprengstofftests. Er spielte durch, wie verschiedene chemische und elektrische Aufbauten explodieren würden und ob die von DefenseCorp bereitgestellte Rüstung der resultierenden Explosion standhalten könnte.

Zu wissen, dass er eine Bombe zünden und überleben konnte, gab Sai eine verdammt gute Überraschung, die er aus dem Ärmel schütteln konnte.

Als das Skiff also krachend in den Turm einschlug, als Sai spürte, wie sich Metallstangen, bröckelnder Putz und Trümmer, die jeder Beschreibung trotzten, an ihn pressten, wusste er, dass seine Rüstung das aushalten konnte. Alles außer anhaltendem Laserfeuer oder Waffen mit Diamantklingen würde es schwer haben, zu ihm durchzudringen.

Die Rüstung tat jedoch nichts, um den Schwung zu stoppen.

Das Skiff traf schließlich auf etwas Stärkeres als seine stotternde Masse, als es durch die Bucht in einen breiten Korridor und gegen die dahinterliegende Wand brach. Während die äußere Schale der Wand zusammenbrach, blieb das zerstörte Vorderteil des Skiffs stecken und schleuderte Sai und Eponi durch den Raum, der zuvor vom Dach des Steuerhauses eingenommen wurde. Sai hatte nicht die nötigen Reflexe, um Eponi in der Luft zu fangen und dabei irgendeine Form von Haltung zu bewahren, also flog er wild um sich schlagend hinaus, bevor er durch eine zerstörte Kombination aus Skiffdeck und Andockbucht-Wand krachte.

Schwer genug, um weiterzurollen, purzelte Sai von diesem Durcheinander herunter und rutschte zusammen mit dem Schutt auf dem Rücken in Richtung des Lochs, das der absinkende Bug des Skiffs geschaffen hatte, als es seinen apokalyptischen Crash vollendete.

Um und über ihm baumelten zerbrochene Trägerbalken, flackernde Kabel und Rohre, die wer weiß was ableiteten. Weiße und graue Metalle, Staub und Fliesen hingen in der Luft oder fielen mit Sai. Der Aufprall erschütterte seine Sinne, aber Sai wusste, dass er, wenn er in dieses Loch fiele, in welchen Raum auch immer dahinter lag, Schwierigkeiten hätte, zu Eponi zurückzukommen. Also streckte er die Hand aus, griff nach allem, was er konnte, und ließ die Stollen in seinen Stiefeln herausschnellen, auf der Suche nach Halt.

Sais Stiefel fanden zuerst Halt, und Sai erkannte seinen Fehler, als seine plötzlich festsitzenden Füße ihn vom Deck des Skiffs hochwarfen und nach vorne schleuderten, wobei Sai mit der Brust voran auf genau die Schräge krachte, auf der er gerade noch gerutscht war, und dabei Splitter und Trümmer überall verstreute. Er fügte den ringsum ertönenden Alarmen seine eigenen Flüche hinzu. Konnte sich keinen besseren Zeitpunkt vorstellen, um gegen welchen göttlichen Übeltäter auch immer zu wettern, der Sai auf diese Mission geschickt hatte. Wenigstens sahen die anderen Severs das nicht.

Seine Knöchel hingegen *spürten* das definitiv, und mit festsitzenden Stiefeln protestierten Sais Knöchel dagegen, das gesamte Gewicht des Mannes zu tragen. Sie knackten, sie spannten sich, und Sai konnte auf der mit Trümmern bedeckten improvisierten Rampe keinen Halt finden, um sich hochzustemmen. Zwei Möglichkeiten: entweder vorwärts stürzen oder bleiben und sich die Knöchel brechen.

Sai stürzte sich hinein. Er zog die Stollen in seinen Stiefeln ein, die zur großen Erleichterung seiner Knöchel freikamen, und Sai rutschte wie der tollpatschigste Taucher der Galaxis in das zackige Loch. Der Fall dauerte zwei Herzschläge, vielleicht drei, bevor Sai auf einem Boden aufschlug, der aus viel stärkerem Material bestand als der, durch den er gerade gefallen war. Auch weicheres Material, das den Aufprall genug abfederte, sodass Sai nur ein paar gebrochene Rippen, ein seltsames Zwicken in der Hüfte und einen knochenschütternden Schlag auf den Schädel spürte. Dieser letzte Schlag hielt Sai am Boden und vernebelte seinen Verstand mit dunklen Wolken.

Sein Helm schrie ihn an, blinkende Alarme heulten auf seinem Visier, aber Sai schloss die Augen. Versuchte, sie für einen langen Moment zu ignorieren und breitete sich auf dem Boden aus. Wenn derjenige, dem dieser Ort gehörte, ihn gefangen nehmen wollte, würde Sai mitgehen. Nur um den Wahnsinn zu beenden. Er war auf vielen Missionen mit Sever Squad gewesen, und die meisten liefen irgendwann aus dem Ruder, aber ein Skiff in ein riesiges Gebäude auf einer unbekannten, von gelbem Gas bedeckten Sumpfwelt zu crashen? Irgendetwas an diesem Zusammentreffen brach Sais Fassung. Er brauchte eine Minute, um sie wiederzuerlangen.

Sais Helm gab ihm diese Minute nicht.

Die Warnungen steigerten sich in Ton und Häufigkeit und dröhnten in Sais erschütterte Trommelfelle, bis er es schaffte, den Befehl zu murmeln, sie abzuschalten. Diese Äußerung und die schmale Verbindung zur Realität, die sie bot, erwiesen sich als ausreichend für Sai, um seine Augen wieder zu öffnen. Er starrte seitwärts durch das Visier und seine Warnungen. In fettem Rot entlang der rechten Seite seines Sichtfelds zeigte das harte Glas einen tiefblauen Kreis mit einem grünen Punkt in der Mitte – Sai – und einem Trio roter Punkte, die sich stetig näherten. Ob sie Sai tatsächlich Schaden zufügen wollten oder nicht, konnte die Rüstung nicht wissen, aber an diesem Ort konnte Sai davon ausgehen, dass sie keine Freunde waren.

Keine Ruhe für Severs.

Sai drückte sich hoch, stand mit einer schwankenden Schwäche, die ihn unsicher von einem Fuß auf den anderen taumeln ließ. Der geräumige Raum, in weichen violetten Tönen beleuchtet wie ein schlechter Nachtclub, breitete sich um ihn herum aus. Seltsame Formen standen ebenfalls herum. Große Felsen und was wie künstliche Bäume aussah, hoch und schattig, direkt in den Boden eingebaut. Als hätte jemand einen Hindernisparcours oder ein Schlachtfeld erschaffen. Und diese roten Punkte?

Keine Felsen. Keine Bäume.

Sai schüttelte den Kopf, versuchte herauszufinden, was er da sah. Sein Visier zeigte an, dass einer dieser roten Punkte direkt vor ihm stand, aber für Sai sah das, was auf ihn zukam, eher aus wie der zitternde Koloss eines gefrorenen Riesen. Humanoid, sicher, aber mindestens drei Meter groß, mit einem gestreckten Gesicht und bläulich getönten Gliedmaßen mit völlig falschen Proportionen. Graues Haar klumpte an verschiedenen Stellen um die Kreatur herum, als hätte sie einen katastrophalen Versuch unternommen, sich selbst zu rasieren. Keine Kleidung, keine Waffen, aber es bewegte sich mit einem stetigen Schlurfen auf Sai zu.

»Was bist du?«, sagte Sai, und er versuchte zurückzuweichen, um etwas Abstand zu gewinnen, aber sein vernebeltes Gehirn ließ ihn stattdessen stolpern.

Etwas packte ihn und hielt ihn fest, bis Sai seine Füße zu einem Schub antrieb, der ihn ein paar Meter weit wegschleuderte und erneut hart und schmerzhaft auf dem Boden aufprallen ließ. Als Sai zurückblickte, fiel es ihm schwer, sich zu fokussieren, aber das Ding, das ihn gepackt hatte, sah pechschwarz und robust aus. Ebenfalls humanoid, aber kompakt. Im violetten Licht glänzend.

Sai schaute zum letzten roten Punkt und war nicht überrascht, dass auch dieser wie eine Person aussah, nur bedeckt mit moosig schwarzgrünen Auswüchsen. Arme und Beine waren von zitternden biologischen Wucherungen überwuchert, die jeden Schritt auf Sai zu quietschend machten. Die dritte Kreatur vervollständigte auch Sais einendes Thema für das Trio:

Sie waren alle verdammt hässlich.

Dieses Mal, als Sai aufstand, war das Zittern nicht mehr so schlimm. Seine Nase schien immer noch etwas Seltsames zu riechen, und Sais Brust stach mit der Art von Schmerz, die dringende Aufmerksamkeit verlangte, aber für den Moment konnte sein Körper der Situation gerecht werden. Seine Hände auch - sie zogen Sais Schwert von seinem Rücken, wo es den Aufprall und das anschließende Rutschen ohne Probleme überstanden hatte.

Als die drei Dinger auf Sai zukamen, hielt er die Klinge vor sich, ihre Schneide fing das Licht ein. Wirklich schön. Wenn Sai in diesem Turm sterben sollte, und er hatte keinen Zweifel daran, dass die Leute ihn töten würden, wenn das hier vorbei war, dann hoffte er, dass ein Video davon es nach draußen schaffen würde. Über die galaktischen Ätherwellen zu seiner Familie, damit sein Sohn und seine Tochter ein gutes heroisches Bild von ihrem Vater bekämen.

Dann hob Sai die Klinge zu seiner rechten Schulter, nickte den drei heranschleichenden Monstern zu und machte sich an die Arbeit.

28

SCHMUTZIGE ARBEIT

Die Asteroidenbergarbeiter hatten zwei Einstellungen. Man rettete den Typen in Not nicht, weil seine eigenen Fehler ihn wahrscheinlich in diese Lage gebracht hatten. Warum sich selbst in Gefahr bringen, um jemanden vor seinem eigenen Versagen zu retten? Die andere Perspektive war, alles zu tun, um den Bergarbeiter zu retten, weil man morgen selbst derjenige sein könnte, der Hilfe brauchte, und Hilfsbereitschaft sich auszahlte. Gregor zog es vor, einen Mittelweg zu gehen und die wertlosen Nieten auszusieben, bevor sie in die Lage kommen konnten, sich selbst oder andere zu verletzen.

Als er zu DefenseCorp kam, machte ihn diese Einstellung bei ungefähr niemandem beliebt. Wer wollte schon einen Kameraden, der deine Eignung für die Position beurteilte und, basierend auf seiner eigenen Meinung, entschied, ob er dir helfen würde oder nicht? Gregors Tests, seine Leistungen im Feld, mit wem er in der Kantine saß, all das kreiste um seine brutale Effektivität und Null-Toleranz für mittelmäßige Begleiter. Er würde gerne große Risiken eingehen, solange der Kämpfer an seiner Seite so gut oder fast so gut wie Gregor war.

Bis Medux Prime.

Nachdem er sich auf Roast mit seinen Kameraden überworfen hatte, wurde Gregor zum Patrouillendienst degradiert und in eine D-Klasse-Einheit versetzt. Deren Aufgabe war es, einen Haufen hilfloser Zivilisten davon abzuhalten, sich gegenseitig umzubringen, während die riesigen Wellen von Medux Prime seine viel kleineren Inseln über die Oberfläche und gegeneinander schleuderten. Jeder vernünftige Mensch hätte den Planeten für unbewohnbar erklärt, aber die Spezies, die dort aufgewachsen war, gedieh im Konflikt und förderte eine Menge erstaunlicher Edelsteine, die durch das ständige Aufeinanderprallen großer alter Felsen entstanden waren.

Gregor hatte zwei Jahre lang diese Inseln bereist, und in dieser Zeit hatte er mit dem Abschaum des Abschaums gearbeitet. Leute, die DefenseCorp nicht wegen Gregors Persönlichkeitsproblemen auf Medux Prime abgestellt hatte, sondern weil sie kaum wussten, welches Ende eines Gewehrs man auf den Feind richten sollte.

Umgeben von Idioten und als solcher betrachtet von einem Kommandanten, dessen einziges Ziel es zu sein schien, genug Edelsteine für sich abzuzweigen, um in den Ruhestand zu gehen, lernte Gregor zu ... lehren. Er lernte es zu akzeptieren, wenn ein Neuling einen Aufstand auslöste, indem er versehentlich die Anführer einer frisch zertrümmerten Insel bedrohte. Er lernte einzugreifen und zu helfen, wenn ein Neuankömmling seine Rüstung falsch herum anzog, seine Booster auslöste und sich selbst ins Meer katapultierte.

Schließlich konfrontierte Gregor mit seinen zusammengewürfelten DefenseCorp-Versagern den Kommandanten von Medux Prime. Er marschierte in dessen Büro, den Hammer in den Händen, und verlangte, dass der Kommandant aufhören sollte, die Aliens zu bestehlen, die DefenseCorp dafür bezahlten, sie und ihre Edelsteine zu schützen. Als der Kommandant ihm ins Gesicht lachte, deutete Gregor auf den Trupp von zwar nicht abgehärteten, aber auch nicht völlig unfähigen Soldaten hinter ihm. Der Kommandant wurde blass, erklärte, er würde aufhören, und versetzte sie dann prompt alle, wobei er Gregor bei Sever absetzte, wo der Mann mit dem Hammer nie wieder in die Nähe von Medux Prime kommen würde.

Trotzdem betrachtete Gregor es als moralischen Sieg.

Als er also Rovo, den Neuling, vielleicht tot, aber vielleicht auch lebendig in diesem grauenhaften Schlamm sah, war Gregor schon halb über die Kante geklettert, bevor Aurora ihm das Okay zum Eintauchen gab. Gregor steckte seinen Hammer weg, als er von der Plattform sprang – der fallende Schlag war einer seiner Lieblingsmoves, aber einen bereits eingehüllten Rovo zu zerquetschen, schien keine gute Wahl zu sein – und stürzte in den Dreck. Anders als bei den Kreaturen, die er im Raum darunter zermalmt und dann verbrannt hatte, deren Haut mit diesem Zeug überwuchert gewesen war, fühlte sich der reine Schmutz leichter an. Als würde man sich durch dicke Spinnweben bewegen, wenn auch solche, die gerne eine flüssige Spur hinterließen. Gregors Gewicht allein ließ ihn bis zur Taille einsinken, aber ein kurzes Feuern seiner Stiefelbooster brachte Gregor mit einer fantastischen Schmutzkaskade wieder an die Oberfläche, wo er knien und mit leichten Abdrücken auf der Oberfläche bleiben konnte.

»Alles klar?«, sagte Aurora, ihre Nahfeld-Übertragung brachte ihre Stimme an Gregors Ohr, als stünden sie nebeneinander.

»Am Leben, aber es greift nach mir«, sagte Gregor, während er sich von den klammernden Strängen befreite und sich zu Rovo vorarbeitete. »Könnte Hilfe brauchen, um den Rookie rauszuholen.«

»Lass uns sehen, ob unser Freund irgendwelche Ideen hat.«

Gregor wartete nicht auf Felix. Sobald er Rovos einzige herausragende Gliedmaße erreicht hatte, gab Gregor dem blauen Stiefel einen Ruck, was nichts brachte. Er konnte nicht viel Hebelkraft aufbringen mit dem schwappenden Dreck, und Gregor spürte auch einen Gegenzug – irgendetwas wollte Rovo da unten behalten.

Der Schlamm beschloss, dass er auch Gregor wollte.

Schwarze und grüne Ranken erhoben sich aus dem Glibber, streckten sich wie Schlangen aus einem Sumpf nach Gregor aus. Er schlug mit einer Hand nach ihnen, während er mit der anderen weiter an Rovo zog, aber die Schläge hielten die greifenden Dinger nicht auf. Sie versuchten nicht einmal auszuweichen, sondern nahmen Gregors Schläge einfach hin, zerplatzten und formten sich wieder neu für mehr. Ein paar schlüpften auf der linken Seite vorbei, wo Gregor zog, und ein plötzlicher gelber Feuerausbruch versengte sie.

»Ich decke dich«, sagte Aurora. »Konzentriere dich darauf, Rovo rauszuholen. Felix sagt, er kann es nicht kontrollieren.«

»Wirf ihn rein, mal sehen, ob ihm das irgendwelche Ideen gibt.«

Gregor brauchte einen Strategiewechsel. Er blickte hinter sich, zu der Leiter, die aus dem Schlamm nach oben führte. Sie sah stabil aus, vielleicht stark genug, um sein Gewicht zu halten. Gregor ließ Rovo los, griff an seine Hüfte und schnappte sich das Paar Verbindungsleinen, wie die, die Sai benutzt hatte, um unter die Mine draußen zu gelangen, und befestigte sie an Rovos Stiefel. Entworfen, um Leute im Vakuum zusammenzuhalten, nahm Gregor an, dass die Kabel der Belastung standhalten würden.

Ob Rovos Knochen ohne zu brechen überleben würden, nun ja, besser als tot zu sein.

Während Aurora goldenes Feuer um ihn herum stickte und die Ranken zu brennender Asche verwandelte, kämpfte sich Gregor zur Leiter zurück, packte sie mit beiden Händen und kletterte. Sobald er ein paar Sprossen hochgekommen war, spürte Gregor harte Rucke an den Leinen, als Laserfeuer dicht vorbeibrannte. Aurora musste jetzt auch die Leinen schützen, da die Ranken ihre schleimigen Tentakel an die Verbindungen legten.

Aurora musste zu viel Gewehrenergie dafür aufwenden, aber Sever-Missionen liefen nie glatt, sie schlingerten immer seitwärts. Maximales Risiko, maximale Aufregung.

»Halt durch, Neuling«, sagte Gregor und übertrug die Worte auf dem Kanal des Trupps. Rovo konnte es vielleicht hören, konnte sich vielleicht bereit machen. »Und wenn du mich hören kannst, dann drück.«

Gregor versuchte einen Schritt, stemmte sich gegen die Seile. Er drückte mit den Füßen, zog mit den Händen und kämpfte gegen den Griff des Schlamms an. Mit einem saugenden, gerinnenden Geräusch teilte sich die dunkle Oberfläche und Rovos Bein quetschte sich heraus, wobei sich Risse im Schlamm ausbreiteten und wieder schlossen. Jetzt, da er Schwung hatte, machte Gregor weiter. Einen Schritt nach dem anderen, Schweiß bildete sich und floss trotz des Versuchs der Rüstung, Gregor bei optimaler Temperatur zu halten. Ranken sprangen auf Rovos Körper zu und Aurora schoss sie zurück, ein so konstanter Beschuss, dass ein wachsendes Feuer entstand und die reichlich vorhandene lebende Materie verbrannte.

Heldentaten verdienten heroische Kulissen.

Mit Rovos schlaffem, schlammbedecktem Körper, der nun auf der feurigen Oberfläche ruhte, blickte Gregor zurück zur Plattform und machte eine grobe Berechnung. Gregor beugte seine Knie auf der Leiter, ließ mit den Händen los und sprang, stieß sich gerade von der nächsten Sprosse ab. Er aktivierte seine Booster, entleerte ihre Batterien bis auf Null, was Gregor die letzten Meter nach oben katapultierte, bis Rovos Gewicht den Aufstieg stoppte. Gregor schnappte sich die vorletzte Sprosse der Leiter, schlug mit den Knien gegen die Wand und blickte nach unten, um zu sehen, wie Rovo mit dem Helm nach unten hing. Aber der Neuling war von der Oberfläche weg, frei von den Ranken.

Ein weiterer Satz brachte Gregor über die Kante, und Aurora kam herüber, um zu helfen, zog an den Verbindungen. Felix, wie Gregor bemerkte, war wieder in seiner Höhle verstaut, die blauen Augen der Kreatur starrten sie an.

»Hat er aufgegeben?«, fragte Gregor, während sie Rovo hereinzogen.

»Wollte nicht erschossen werden«, antwortete Aurora und warf dann einen Blick über den Rand. »Sieht aus, als hätte ich ein Feuer entfacht.«

»Lass es brennen.«

Aurora antwortete darauf nicht, keuchte nur weiter und zog. Gregor sah keinen Grund, den Schlamm zu retten, lebendig oder nicht. Felix hatte Rovo fast getötet, hatte versucht, sie beide zu töten, und dieser wachsende Dreck schien auf seiner Seite zu sein. Er sollte zerstört werden.

Rovo kam über den Rand der Plattform, seine Rüstung

war von Grübchen übersät, als hätte sich der Schleim durchgefressen. Das Visier des Neulings zeigte Risse und getrübte Stellen, wo es sein Bestes gegeben hatte, der Säure zu widerstehen. Eine rote Linie rann auch von Rovos Stirn herab. Wahrscheinlich ein Schnitt von einem Sturz. Dennoch meldete die Rüstung, dass Rovos Vitalwerte insgesamt gut waren. Der Neuling lebte, auch wenn er nicht bei Bewusstsein war.

»Zeit für den Hässlichen zu gehen«, sagte Gregor, löste sich von Rovo und zeigte auf Felix. »Noch letzte Worte, Monster?«

»Ich habe viele«, sagte Felix und drängte sich weiter in sein Loch zurück. »Vieles, das ich euch auch über diesen Ort erzählen könnte.«

»Kein Interesse«, erwiderte Gregor, aber als er auf Felix zuging, packte Aurora seinen Arm.

»Ich will es wissen«, sagte Aurora. »Nimm auf, was er sagt. Es könnte wertvoll für uns sein.«

Zwei Möglichkeiten, dieses Wort zu verstehen, wertvoll. Informationen über den Feind hatten immer einen Wert, konnten Leben retten oder die Mission erleichtern. Oder Geld einbringen. Warum sich Aurora in diesem Stadium um Geld kümmern sollte, wo mehr als die Hälfte des Trupps verwundet oder vermisst war, ergab keinen Sinn. Aber dann wieder, Gregor war nicht der Kommandant. Musste DefenseCorp nicht über den Erfolg und Misserfolg der Mission Bericht erstatten. Er hätte Felix lieber gleich dort mit dem Hammer zerschmettert, aber wenn Aurora befahl, würde Gregor gehorchen.

»Sprich, Kreatur.« Gregor kauerte sich hin und starrte durch sein Visier Felix an.

Was Kulissen angeht, lieferte die brennende Bio-Materie genug dicken schwarzen Rauch, dass die Lüftungsanlagen des Raums surren und rattern mussten, um die Luft in Bewegung zu halten. Gregors Stimme drang über ihr unablässiges Drehen hinweg, unterbrochen von Knallgeräuschen, als größere Wucherungen unten brannten und platzten. Luftfilter hielten einen Teil des verkohlten Geruchs davon ab, in Gregors Rüstung einzudringen, aber nicht alles, und jemand, der weniger an den Geruch von beißendem Schlamm gewöhnt war, hätte vielleicht an dem, was durchsickerte, gewürgt. Dennoch zuckte Felix nicht zusammen und er hatte keinen Filter, kein Visier.

Gregor durfte keine Schwäche zeigen.

Also sprach Felix, und sie hörten zu, als die Kreatur von Dynas ihre Geheimnisse offenbarte.

29

VERZWEIFELTE ZEITEN

Sie war viermal abgestürzt. Die ersten drei waren kleinere Unfälle gewesen, wie sie jedem Rennfahrer passieren konnten. Karts, Skiffs, egal was – sie alle hatten tausend Teile, und wenn zu viele davon versagten, wenn Eponi das Gefährt durch eine enge Kurve in den riesigen, gewundenen Ranken auf Kantos riss oder unter einem Gesteinshagel der Steingeysire auf Ferra hindurchtauchte, krachte sie gegen eine Wand und war auf ihre Blase angewiesen, um zu überleben. Eine nahezu undurchdringliche Kugel um das Cockpit eines Karts und das Steuerhaus eines Renn-Skiffs – die Blasen waren hervorragend darin, Rennfahrer am Leben zu erhalten. Eponi hätte jetzt gerne eine gehabt, aber die Thissaliden, die das Geheimnis der Blasenherstellung hüteten, stellten sie nur Rennfahrern zur Verfügung, wegen der überragenden Besessenheit ihrer Spezies von diesem Sport.

Andererseits konnte Eponi die Thissaliden nicht hassen. Ohne sie würde es das Weltraumrennen nicht in dieser Form geben. Zu viele Todesfälle, zu wenige, die bereit waren, ihr langes Leben für zu wenig Geld aufs Spiel zu setzen. Mach den Rennfahrer jedoch fast unverwundbar, und plötzlich hattest du Adrenalinjunkies, die begierig darauf waren, durch die weite Galaxie zu rasen.

Eponi hatte keine Blase, als das Skiff auf Dynas abstürzte. Sie hatte Sai, und während seine Rüstung in den ersten Sekunden einen bewundernswerten Job machte, Eponi am Leben zu erhalten – als sie mit geschlossenen Augen und zwischen Sais Gliedmaßen vergrabenem Kopf die brüllende Hitze spürte, den Geruch brennender Kabel roch und hörte, was klang, als würden tausend Instrumente gleichzeitig zerbrechen –, hätte Eponi bei weitem das silberne Unverwundbarkeits-Netz vorgezogen.

Besonders als der zweite Aufprall, als das Skiff durch den Korridor brach, sie beide wegschleuderte, wobei Sais viel schwerere Masse sich von ihr entfernte. Eponi prallte von der brechenden Wand ab, knapp links von der Öffnung, die das Skiff geschlagen hatte und durch die es weiter glitt. Sie wurde auf den Boden geschleudert und rollte mit dem Schwung mit, wobei sie jeden Moment spürte, in dem sie, nun ja, irgendetwas berührte.

Menschliche Körper waren, wie sich herausstellte, nicht dafür gemacht, abzuprallen.

Klarheit kam in kurzen Momenten, als Eponi flach auf dem Boden lag. Funken regneten um sie herum und boten kleine brennende Ablenkungen von den ernsthafteren Schrammen und Schnitten. Ihr Kopf schmerzte, wo etwas – vielleicht zackiges Metall – ihr Haar erfasst und weggeschnitten hatte, sodass auf der rechten Seite ihres Kopfes eine kahle Stelle zurückblieb. Blut, das schwarz aussah, bevor Eponi erkannte, dass es auf seinem Weg über ihr Gesicht Asche und Schmutz aufsammelte, sickerte auf den Boden um sie herum.

Eponi hatte gedacht, der Absturz des Skiffs wäre ihre einzige Überlebenschance, aber vielleicht hatte sie sie beide trotzdem umgebracht. Zumindest Sai könnte in seiner Rüstung überleben. Eponi? Eponi war Schrott.

Bis die Sprinkleranlage aktiviert wurde, gekoppelt mit einem dicken Pulver, das für die Bekämpfung von elektrischen Bränden gedacht war. Das schaumige Zeug regnete von oben herab, spritzte über sie und das Wrack hinter ihr. Es wusch ihr Blut weg, reinigte die Fetzen in ihrem Hautanzug und hielt Eponi durch die harte Kälte des Wassers davon ab, zusammenzubrechen. Sie stand an einer Kante, und auf der einen Seite lagen all die Probleme, die schrecklichen Entscheidungen und unglücklichen Momente, die sie an diesen Punkt gebracht hatten, und auf der anderen ... auf der anderen war Bewegung. Sie konnte vorwärts gehen und hoffen, dass die Dinge besser würden. Ihren Fähigkeiten vertrauen, darauf, dass ihr Körper nicht völlig versagen würde.

Aurora würde sie jetzt anschreien, aufzustehen. Ihr sagen, dass Eponi ihren Moment verpasste, wenn sie hier in der wachsenden Pfütze liegen bliebe. Sagen, dass Eponi dem Squad schadete, indem sie still blieb.

Sie fuhr für sich selbst, aber mehr und mehr, als Eponi sich verbesserte, für ihr Team. Die Sponsoren und die Crew, die vor jedem Rennen ihre Karts zusammenbauten, die sie pünktlich und nach Zeitplan durch die Galaxie hüpfen ließen. Sie hatte sich nach den Abstürzen, den Niederlagen aufgerappelt und weitergemacht.

Sever brauchte sie. Und was war dieser Absturz schon wirklich? Ein Schnitt oder zwei? Haare, die nachwachsen würden? Sie hatte Schlimmeres erlebt. Sie würde wahrscheinlich auf Dynas noch Schlimmeres erleben, angesichts dessen, wie schrecklich dieser Ort zu sein schien.

»Ich sterbe hier nicht«, sagte Eponi die Worte, ohne es wirklich zu beabsichtigen, aber sie wirkten.

Im strömenden Sprinklerregen erhob sie sich. Schaute zurück zum Skiff, als es durch sein Loch in den anderen Raum glitt und verschwand. Sie hätte nach Sai gerufen, aber die Einheimischen des Turms hatten begonnen zu reagieren. Rufe nach Hilfe, nach Feuerwehrtruppen, ertönten über die Lautsprecher des Turms, oder zumindest dieser Etage. Hilfe würde kommen, und Eponi wollte nicht hier sein, wenn sie einträfe.

Sie ging, humpelnd, da ihr linkes Bein sich noch nicht ganz fit fühlte, weg vom Wrack. Der Korridor, abgesehen von den Sprinklern und dem Schaum, huldigte dem bewährten Designkonzept steriler interplanetarer Unternehmen: Weiche Wände, die metallisch aussehen sollten, mit wenigen Bildern, aber reichlich Beschilderung und Monitoren, die diesen und jenen Statusbericht zeigten. Obwohl wir in einem Zeitalter leben, in dem Informationen für jeden in Reichweite sind, schien der allgemeine Trend dahin zu gehen, Daten auch überall sonst zu platzieren. Warum nicht etwas Nützliches haben, wie einen Veranstaltungskalender oder das neueste Update zur Urlaubsregelung, anstelle von Kunst?

Eponi fand jedoch inmitten des Chaos ein hilfreiches Schild: Toilette.

Während ihrer Rennkarriere hatte Eponi eine universelle Konstante festgestellt, als sie zwischen den Welten wechselte: die Toiletten änderten sich immer. Manchmal existierten, je nach kontrollierender Spezies, gar keine Toiletten und Menschen mussten aufblasbare Varianten benutzen, die Bequemlichkeit auf Kosten des Komforts boten. Hier auf Dynas hatte Eponi gemischte Erwartungen.

Einerseits lag Dynas so weit außerhalb des bevölkerungsreichen Gürtels, mit so wenig Schiffsverkehr, dass es naiv schien, auf ein luxuriöses WC zu hoffen. Andererseits war in den Turm, in dem sie gelandet waren, offensichtlich viel Geld geflossen. Technische Features wie ein vollständiger Landeplatz und Mehrfach-Feuerlöschsysteme zeugten von einer sorgfältigen Planung. Angesichts ihres aktuellen Zustands wollte, forderte und träumte Eponi von etwas Besserem als einem Loch im Boden.

Was sie vorfand, als sie durch die menschengroße Tür trat – ein Hinweis darauf, dass wie bei den Wachen derjenige, der diesen Ort finanzierte, nichts für Aliens übrig hatte –, war etwas ganz anderes.

Die Merkmale einer galaktischen Standardtoilette waren vorhanden: Kabinen, antibakterielle Stationen und augenaktivierte Reinigungswaschbecken. Dazu gesellten sich jedoch schwärzlich-grüne Schimmelklumpen an den Wänden, während Bodenabschnitte aussahen, als wären aschebeschichtete Füße darüber gelaufen. Die linke Seite der Theke, gedacht für kosmetische Anpassungen, war abgebrochen, eisweiße Fransen säumten die zertrümmerte Kante. Gelbliches Licht strömte von deckenlangen Dioden oben herab, und jemand hatte in den Ecken duftspendende Knoten platziert, die einen starken Lavendelgeruch verströmten.

»Was zum Teufel?«, murmelte Eponi, als sie eintrat und sich hinunterbeugte, um zu bestätigen, dass niemand in den beiden Kabinen saß.

Dynas, Mann. Was für eine Welt.

Eponi ging zuerst zu den Reinigungsmitteln und begann, ihre Schnitte, den Schmutz und Dreck abzuwischen und abzuwaschen. Das Wasser kam zumindest klar und kühl durch. Es fühlte sich angenehm zwischen den Stichen an, als sie das antibakterielle Gel auftrug. Als sie fertig war, sah Eponi immer noch mitgenommen aus – ihre zerrissene Uniform und die roten Linien, die sich über ihre Haut zogen, taten ihr keinen Gefallen –, aber jetzt wurde der Schmerz nicht mehr durch die verwirrenden, schmutzigen Nachwirkungen des Absturzes verstärkt.

Was sollte sie nun mit dem Rest des Ortes machen? Was wuchs hier? Was hatte die Theke zerbrochen und die Bodenfliesen geschwärzt?

Entweder hatte derjenige, der diesen Ort gebaut hatte, einen seltsamen Designgeschmack, oder auf Dynas stimmte etwas nicht.

Ein größeres Problem als dieses Rätsel lag jedoch darin, was Eponi selbst tun würde. Mit einer zerfetzten Uniform, die nicht von Dynas stammte, würde Eponi nicht weit kommen, ohne bemerkt, verhaftet und wahrscheinlich, angesichts des lieblichen Empfangs, den Sever seit dem Eintritt in Dynas' Luftraum erhalten hatte, erschossen zu werden. Heimlichkeit wäre die richtige Vorgehensweise. Sich Deckung verschaffen, sehen, was mit Sai passiert war, und versuchen herauszufinden, wie sie wieder von der Welt wegkommen konnte.

Wenn Aurora und die anderen den VIP fänden, könnte Eponi sie vielleicht auf dem Weg nach draußen aufsammeln. Wenn nicht, nun, Eponi würde trotzdem entkommen. Es lebend schaffen. Die Mission war offensichtlich schiefgegangen, und nichts in DefenseCorp's Richtlinien verlangte selbstmörderische Hingabe an die Sache. Vielleicht würde DefenseCorp Eponi sogar dafür belohnen, dass sie mit Informationen zurückkam, und beim nächsten Mal eine Armee schicken, um den Job zu erledigen.

Eponi ging in eine der Kabinen, schloss die Tür locker

und stellte sich dann auf die Toilette. Behindertengriffe gaben Eponi etwas zum Festhalten, um ihre Position anzupassen und ihre Beine zu entlasten, während sie wartete. Als Falle war dies nicht die originellste, aber Sever-Mitglieder mussten schnell lernen, mit dem zu arbeiten, was sie hatten.

»Ich weiß, dass es unter Kontrolle ist«, sprach die Frau, die kühl klang, als sie einige Minuten später durch die Tür des Waschraums kam – Eponi hatte sich nicht damit aufgehalten, die Zeit zu verfolgen, das stetige Wachsen ihrer Erschöpfung diente gut genug. »Haltet diese ganze Etage geschlossen, bis wir sie geräumt haben. Ich bin in einer Minute draußen.«

Obwohl Eponi sie nicht sehen konnte, tat die Frau genau das, was Eponi getan hatte – ging zu den Reinigungsmitteln. Ließ das Wasser laufen. Eponi hielt immer noch den Atem an, verlagerte ihre Füße. Sie würde herausspringen, den Kopf der Frau gegen die Theke schlagen und dann hoffentlich die Uniform nehmen. Sie hoffte, die Frau hätte ihre Größe oder etwas Ähnliches, sonst wäre es immer noch unangenehm.

Dann begann die Frau zu weinen. Die leisen Tränen, die Eponi selbst von jenen Momenten kannte, in denen die Dinge einfach so absurd falsch erschienen, dass sie sich fragte, wie sie je dorthin gekommen war, wenn das Leben einen Reset brauchte.

Ein privates Weinen konnte das bewirken. Ein Aufschwung für den Moment.

Und eine gute Tarnung für einen schnellen Schritt aus dem Waschraum.

Eponi schaffte es durch die Tür, ihre Hand streckte sich nach der Kehle der Frau aus, bevor sie innehielt.

Konnte nicht anders. Konnte ihre Augen nicht abwenden.

Die Frau, die nicht viel älter aussah als Eponi selbst und besorgniserregend mager war, klammerte sich mit beiden Händen an die Theke. Eine violette Uniform hing lose an ihrem Körper und versank in schwarzen Stiefeln, die für schwieriges Gelände konzipiert waren – seltsam in einem Techno-Turm wie diesem –, aber nichts davon fesselte Eponis Aufmerksamkeit so sehr wie die rechte Hälfte des Haars der Frau. Blau-weiß, wie der gefrostete Rand einer Blume, kräuselte sich das Haar, fixiert, während die linke Hälfte braun und glatt war. Die Haut der Frau unterstrich, was ein einzigartiger Modetrend hätte sein können, mit demselben Blau-Weiß, das Flecken herausschnitt.

Eine Krankheit vielleicht? Wie auch immer, Eponi erstarrte bei diesem seltsamen Anblick, und die Frau bemerkte sie im Spiegel.

»Du bist nicht berührt«, sagte die Frau, ohne sich von der Theke abzuwenden, ihre Augen verfolgten Eponis im Spiegel und weiteten sich, als sie Eponis offensichtliche Verletzungen wahrnahmen. »Warte.«

»Ich werde dich töten, wenn du schreist«, sagte Eponi schnell und fand in den Moment zurück. Krank oder nicht, Eponi konnte die Frau nicht um Hilfe rufen lassen. »Ich brauche deine Uniform. Mit oder ohne dir dabei wehzutun.«

Die Frau nahm einen tiefen Atemzug, während das Reinigungswasser weiter über ihre Hände floss. »Natürlich wäre die Person, die unten kämpft, nicht die einzige auf dem Skiff. Woher bist du gekommen?«

Sie schien viel zu ruhig. Respektierte Eponis Drohung nicht. Zeit, das zu ändern.

»Letzte Chance«, sagte Eponi und legte so viel Bedrohung in ihre Stimme, wie sie konnte. »Uniform, jetzt.«

Diesmal drehte sich die Frau um. Begann, die Reihe von Knöpfen zu öffnen, die die Uniform zusammenhielten, »Bist du irgendwo von Dynas? Haben sie einige von euch versteckt gehalten?«

»Versteckt?« Eponi konnte nicht widerstehen, und die Frau schien ohnehin ihren Anweisungen zu folgen.

Die Frau kniff die Augen zusammen, als sie das Oberteil der Uniform abhob. Der Hautanzug darunter warf bei Eponi weitere Fragen auf. Hochwertiges Mesh, mit eingewebten Thermoregulatoren und Vitalfunktionsmonitoren, solche Anzüge waren für Siedler gedacht, die auf neue Welten vordrangen oder in rauen Umgebungen leben wollten. Dynas, mit seiner ausreichenden Sauerstoffversorgung und Schwerkraft im Normalbereich, hätte diese Art von Ausrüstung nicht gerechtfertigt.

»Du bist nicht von einer anderen Welt, oder?« fragte die Frau. »Das könntest du nicht sein.«

Eponi ignorierte das und konzentrierte sich stattdessen auf ein früheres Wort, »Du hast vorhin 'berührt' gesagt. Was meintest du damit? Ist das das, was mit deinem ... Körper los ist?«

»So unschuldig«, sagte die Frau und stieg aus der Uniformhose, die die vielen Taschen hatte, die jemand in der Wartung brauchen könnte. Eponi bemerkte, dass die Frau keine der an dem Stoff klebenden ID-Marken entfernte. »Es wird dich bald finden, da bin ich mir sicher. Es überträgt sich jetzt auf jeden. Die einzige Frage ist, welche du sein wirst.«

Die Frau verschränkte die Arme und wartete darauf, dass Eponi die Uniform anzog.

»Ich verstehe nicht?«, sagte Eponi. »Wovon redest du?«

»Sei vorsichtig«, erwiderte die Frau mit einem kurzen Lachen. »Sobald Anaskya dich findet, wirst du aussehen wie ich.«

»Anaskya?«

»Das ist es, was Verzweiflung bewirkt«, sagte die Frau und griff nach ihren Haaren. »Sie infiziert jetzt, wen auch immer sie will. Ich weiß nicht, warum ich dir das erzähle, außer, ich nehme an, es spielt keine Rolle. Du wirst sterben, genau wie wir alle.«

»Verstanden.« Eponi schlug blitzschnell mit ihrer rechten Hand zu, ein Schlag gegen die Schläfe der Frau, der sie zu Boden fallen ließ.

Eponi fing die Frau im letzten Moment mit ihrer linken Hand auf und ließ den bewusstlosen Körper sanft auf die Fliesen sinken, wobei sie eine Menge blauweiße Schmiere an ihre linke Hand bekam. Eponi fluchte, wusch ihre Hände unter dem reinigenden Wasser und schlüpfte dann in die Uniform. Sie war etwas zu groß für sie, würde aber eine oberflächliche Inspektion bestehen. Auch genügend Werkzeuge darin, falls Eponi das Bedürfnis verspürte, mechanisch zu werden. Da sie ihre Waffen beim Absturz verloren hatte, hatte sie jetzt wenigstens einen Mikrolaser. Könnte jemandem eine nette kleine Verbrennung verpassen, wenn er sie angriffe.

Außerhalb der Toilette drängte sich Eponi zurück durch die Menge von Menschen, Soldaten, Ingenieuren, wer auch immer sich zum Absturz drängte. Nach der Begegnung mit der Frau begann Eponi, hier und da Flecken und Verfärbungen zu bemerken. In verschiedenen Graden schienen viele infiziert zu sein. Großartig. Also war sie nicht nur allein, abgeschnitten ohne jeglichen Funkkontakt zu ihrem Trupp, Eponi befand sich auch noch mitten in einer von Krankheiten befallenen Enklave. Sie steckte ihre

Hände in die Taschen und versuchte, niemanden zu berühren, ein Unterfangen, das ihr ständig misslang, als sie sich durch die Gänge drängte, bis sie zur zentralen Lobby des Stockwerks gelangte. Ziel Nummer eins war es, irgendeine Art von Atemmaske zu finden, Ziel Nummer zwei war es, aus diesem Turm herauszukommen, und Ziel Nummer drei? Mit allen Mitteln von diesem Planeten zu fliehen.

Ein geräumiger, kreisförmiger Raum mit mehreren verschiedenen Aufzügen und einem gigantischen Deckenkunstwerk, das wie eine Aquarellversion einer Bakterienzelle aussah. Der Raum verteilte die anderen Kunstwerke – alles Zellendarstellungen – an seinen Wänden mit Monitoren, die Warnungen, Befehle und in einem Fall eine Live-Videoübertragung zeigten, auf der jemand zu sehen war, den Eponi kannte. Sai. Immer noch in seiner Rüstung schwang der Sprengstoffexperte seine Klinge in schnellen Hieben und schnitt durch Dinge, die wie Menschen aussahen, aber gleichzeitig definitiv keine waren. Als sie von hinter einer Menschenmenge auf den Bildschirm blickte, konnte Eponi nicht genau erkennen, was diese Dinge waren, aber es schien, als würde jetzt eine ganze Menge von ihnen auf Sai zutorkeln.

»Was geht hier vor?«, wagte Eponi den Mann vor ihr zu fragen, einen kleineren Mann, dessen Nacken ganz schwarz und grün war und am Ansatz ein wenig blubberte.

»Dieser Typ ist mit dem Skiff abgestürzt, fiel direkt in den Testblock«, antwortete der Mann, ohne sich umzudrehen. »Sieht so aus, als würden wir ihn all die Versager verschwenden lassen, bevor wir den Raum säubern. Löst das Problem für diejenigen, die den Knopf nicht selbst drücken wollten, schätze ich.«

Eponi wollte gerade fragen, was es bedeutete, den Raum zu säubern, hielt dann aber inne. Zu viele Leute hier, und einer von ihnen könnte sich fragen, warum Eponi etwas nicht wusste, das sie wissen sollte. Also trat sie stattdessen von der Menge zurück und schaute zu den Aufzügen hinüber. Wenn Sai ein Stockwerk hinuntergefallen war, konnte Eponi vielleicht zu ihm gelangen und ihn herausholen. Natürlich würde das bedeuten, sich selbst zu gefährden und Ziel Nummer eins zu riskieren.

Sever Squad, immer machten sie ihr das Leben schwer.

30

FAMILIENESSEN-TRÄUME

Rovo wartete, bis seine ganze Familie am Tisch saß, einem alten Eichentisch, auf dem seine Eltern trotz neuer Modelle bestanden, die mit viel weniger Pflege dasselbe Aussehen behalten konnten. Sein Vater stellte an jedem der fünf Plätze Teller mit dicken Nudelportionen ab, und seine Mutter öffnete den Sekt mit diesem befriedigenden Plopp, das aus dem winzigen, eingebetteten Lautsprecher im Verschluss der Flasche kam. Eine perfekte Kulisse: Die ganze Familie wieder beim Abendessen versammelt, Rovo bei seinem einzigen planetaren Besuch des Jahres. Sogar Taus launisches Wetter hatte sich entschieden mitzuspielen und einen silbernen Himmel hinterlassen, durch den die Ringe des Planeten einen verschwommenen weißen Strich zogen, der durch die gläserne Decke der Veranda zu sehen war. Sie alle trugen Sommerkleidung, genossen die trockene Luft und lächelten, während Rovo sich darauf vorbereitete, die Nachricht zu überbringen, dass er sie nie wiedersehen würde.

DefenseCorp hatte ein Skript dafür, eines, das über zu viele Jahrzehnte verfeinert worden war, in denen Kinder ihren Eltern, Ehefrauen ihren Ehemännern oder mehrzellige Organismen ihren Schwarmintelligenzen erklären mussten, warum sie bald weg sein würden. Warum sie quer durch die Galaxie an Orte geschickt würden, wo die Kommunikation Jahre statt Sekunden dauern würde. Warum Beziehungen auf unbestimmte Zeit, möglicherweise für immer, im Namen des Abenteuers, im Namen edler Bestrebungen, im Namen von Frieden und Wohlstand auf Eis gelegt werden würden.

Rovo las es Wort für Wort vor – DefenseCorps Vertrag verlangte dies, und Rovo musste das Ganze aufnehmen, damit das Skript und die Reaktion darauf studiert und noch weiter verfeinert werden konnten – und am Ende, als er mit der Zeile schloss, die an ein höheres Ideal appellierte, schüttelte sein Vater den Kopf und seine Mutter begann auf diese herzlose Art zu lachen, die sie immer hatte, wenn eines ihrer Kinder ihrer Meinung nach einen schrecklichen Fehler beging. Seine Schwestern, von denen eine während der ganzen Rede weiter aß, reagierten gleichgültig. Rovo konnte darüber nicht allzu schockiert sein. Als Ältester war er schon vor Jahren zu seinem DefenseCorp-Raumstationseinsatz über Tau verschwunden und hatte viel von ihrem Leben verpasst.

Für sie war Rovo wahrscheinlich schon eine Geisterfigur. Einer, der einmal im Jahr auftauchte, der nichts über seinen Job sagte – fast alle Kommunikation, mit der Rovo zu tun hatte, trug Sicherheitssiegel – und keine Verbindung mehr zu ihrer Stadt, ihrem Planeten hatte.

»Also wirst du irgendwo weit weg sterben, uns nie wiedersehen, und wofür?«, sagte sein Vater schließlich.

»Weil ich das nicht mehr machen kann«, sagte Rovo und schaltete den DefenseCorp-Rekorder aus, den er vor der Rede auf den Tisch gelegt hatte. »Ich kann nicht den ganzen Tag, jeden Tag, auf dieser Station sitzen und Nachrichten lesen, bis ich in ein paar Jahrhunderten sterbe.«

»Oh ja, du Armer«, sagte seine Mutter. Rovo bewunderte, wie mühelos seine Eltern bei ihrer Ermahnung Teamarbeit leisteten, jeder trieb seine eigenen Nägel ein. »Was für einen schrecklichen Job du doch hast, mit Sicherheit, kostenloser Miete da oben. Die meisten von uns auf Tau müssen darum kämpfen, dass die Roboter unsere Plätze nicht einnehmen, aber du bist zu gut dafür.«

»Ja, Mutter, ich bin zu gut dafür.« Rovo hatte sich bereits für diese Taktik entschieden. Für sein Leben, seine Wünsche einstehen. »DefenseCorp hat mich dafür freigegeben, und ich werde ihr Angebot annehmen.«

»Du tauschst also deine Familie gegen Geld ein«, sagte sein Vater.

»Ich lebe mein Leben.«

Außer seinen Schwestern hatte noch niemand das makellose Essen angerührt. Sie alle starrten es stumm an.

Dann plumpste ein dunkelgrüner, schwarzer Klumpen genau in die Mitte von Rovos Teller. Sauce spritzte. Rovo blinzelte. Woher kam das? Er schaute auf, aber seine Eltern hatten es nicht bemerkt. Seine Schwestern aßen weiter, schaufelten gabelweise die Spaghetti in ihre Münder, als wären sie ausgehungert. Seine Eltern starrten mit leeren Augen auf ihre eigenen Teller.

»Mama?«, fragte Rovo, als ein weiterer schimmeliger Klumpen von oben fiel und mitten auf den Tisch platschte.

Sie reagierte nicht, und Rovo schaute nach oben, zur Glasdecke und diesem wunderschönen Himmel. Blubbernd bedeckte Schimmel das Glas. Ranken wuchsen zu ihm herab, griffen nach ihm und sahen aus wie lebende Tornados, als sie sich spiralförmig drehten. Rovo versuchte aufzustehen, vom Tisch wegzukommen, aber er konnte nicht. Er spürte kalten Schlamm an seinen Füßen, seinen Armen, der ihn auf den Stuhl fesselte. Rovo sah zurück zu seinen Eltern, versuchte den Mund zu öffnen, um um Hilfe zu rufen, aber der Schimmel hatte auch dorthin seinen Weg gefunden, kroch über sein Gesicht, in seinen Mund. Das Schwarze fiel auf seine Eltern, bedeckte sie.

Seine Schwestern aßen weiter, selbst als der Schimmel ihre Körper überwucherte, als er Rovos Augen bedeckte und ihn in die Dunkelheit verbannte.

Rovos Augen schossen auf und er sah Blut, schmeckte es. Über ihm, durch sein blutbeschmiertes Visier, waren industrielle Lampen, kein schimmelbedeckter Himmel. Obwohl diese Lichter wirklich trüb erschienen. Rauch. Dichter Rauch. Aber als Rovo atmete, inhalierte er nichts davon. Sein Herz schlug, und während er das blutige Rinnsal schmeckte, das in seinen Mund kam, konnte Rovo ihn öffnen. Konnte seine Arme und Beine bewegen.

»Wieder bei uns?«, fragte Aurora, ihr Gesicht kam in Sicht. »Das erste Mal shock-gejockt?«

Rovo nickte mühsam, eine schwache Bewegung, aber alles, was er tun konnte.

»Gregor hat dich aus dieser Grube gezogen«, fuhr Aurora fort. »Sie steht jetzt in Flammen, und ich brauche dich in Bewegung, damit wir nicht verbrennen.«

»Okay, ich, äh, ich stehe auf«, sagte Rovo, aber Aurora hatte sich schon weggedreht.

Der Neuling richtete sich in eine sitzende Position auf und versuchte zu begreifen, was Aurora ihm gerade gesagt hatte, als er Auge in Auge mit der gebeugten, eisäugigen und schlammbedeckten Kreatur kam, die Rovo den ganzen Weg hierher geführt hatte. Shock-Jock-Technik war darauf ausgelegt, jemanden aus seinem eigenen Unterbewusstsein zu reißen, bevor er natürlich aufwachen würde. Hartes

Zeug und nicht gesund. Dass Rovo es überhaupt erleben musste, war diesem Typen hier zu verdanken. Rovo griff nach seiner Pistole, fand aber stattdessen nur ein leeres Holster.

Dann hoben starke Arme Rovo hoch, bis er stand und auf Felix herabblickte.

»Ich sagte, beweg dich«, sprach Aurora hinter Rovo. »Gregor ist schon unterwegs, um sicherzustellen, dass der Gang frei ist.«

»Aber dieses Ding, es hat mich hineingeführt – es hat mich hineingestoßen!«

»Rookie, wenn ich dir einen Befehl gebe, erwarte ich, dass du gehorchst.« Aurora wies Rovo zur Tür hinaus, weg vom Rauch. »Los.«

Rovo warf dem Pilzmann einen letzten wütenden Blick zu, ging dann aber. Aurora schien eine Anführerin zu sein, die eine Frage oder zwei tolerieren würde, aber wenn es Zeit zum Handeln war, gab es keine anderen Meinungen. Stattdessen folgte Rovo Gregor, unbewaffnet und mit bei jedem Schritt knarrender Rüstung. Er wischte die übrig gebliebenen Schimmelstücke ab und fragte sich, ob er die richtige Entscheidung getroffen hatte oder ob dies ihn umbringen würde, genau wie sein Vater es vorhergesagt hatte.

Dieser Traum. Er war der Realität so nah gewesen. So nah. Wenn er starb, würde er dorthin gehen?

Rovo sah Gregor nicht weit voraus, an der Kreuzung der drei Gänge. Er fragte sich, ob Gregor jemals darüber nachdachte, was passieren würde, wenn er starb. Vielleicht würde er in ein Fantasieland gehen, wo Gregor den ganzen Tag lang diesen Hammer schwingen könnte.

Während Rovo zusehen würde, wie Schimmel seine Familie immer und immer wieder verschlang.

31

DER MASTERPLAN

Aurora zog Felix mit sich, als sie den großen, brennenden Raum verließ. Sie schloss die Tür. Entweder würde die Basis einen Weg finden, das Feuer zu löschen, oder nicht. Nicht Auroras Problem, aber definitiv eines für Felix.

Der Pilzmann wehrte sich nicht, als Aurora ihn mitschleifte, ihre linke Hand zog seine matschige Masse über den Flur. Obwohl er zuvor ein Quasselkopf gewesen war, verstummte Felix jetzt, nachdem er seine Geheimnisse preisgegeben und sich ganz der Gnade von Sever ausgeliefert hatte. Eine Kapitulation, die Aurora mit mitleidloser Verachtung betrachtet hätte, wenn sie Felix nicht schon so viel Verachtung entgegengebracht hätte, dass noch mehr davon wie Verschwendung erschien.

Ausbeutung. Das Wort fasste sowohl Felix als auch Dynas ziemlich gut zusammen. Eine abgeschriebene Sumpfwelt, die durch ihr wässriges Leben leicht zu transformieren war, mit massiven Samenabwürfen und weit genug vom galaktischen Verkehr entfernt, um dies mit minimaler Störung zu tun.

Wer würde sich genug darum scheren, für eine neue Welt so weit weg zu bezahlen? Felix wusste es nicht, aber wer auch immer es war, hatte kein Interesse an Dynas selbst. Sie wollten all die anderen Welten, diejenigen, die zurückgelassen wurden, weil ihre Atmosphären nicht gut genug waren, ihre Biosphären zu feindlich oder aus irgendeinem anderen Grund, der die Gewinn-Verlust-Rechnung auf den Kopf stellte und sie der Unternehmenskolonisation beraubte.

Terraforming von Planeten kostete Geld, dauerte die meisten der wenigen Jahrhunderte eines Lebens. Einen Menschen zu verwandeln... Aurora musste davon ausgehen, dass das viel schneller gehen könnte. Man würde unterwegs viele Unfälle haben, aber wenn man Ressourcen innerhalb von Jahrzehnten statt Jahrhunderten ausbeuten wollte, passte man die Menschen an den Planeten an. Dynas wurde zum Inkubator. Felix und die meisten anderen hier zu Versuchsobjekten. Konzeptnachweise.

Eine Kernstadt auf Dynas für die ersten Tests aufbauen, dann die lebensfähigen Subjekte zu Kontrollspeichen schicken, wo sie überwacht werden konnten. Perfektioniert und kontrolliert. Dann, sobald man ein lebensfähiges Exemplar hatte, das seine gesamte menschliche Intelligenz beibehielt, aber mit den physischen Eigenschaften, um auf einem neuen Planeten zu überleben, stellte man mehr her. Produzierte sie regelrecht. Man handelte mit den Verzweifelten, lockte sie mit Lügen und Angeboten aus ihrer Heimat und überließ sie den Experimenten. Der potenzielle Profit aus einem einzigen Erfolg machte die ganze Investition leicht zu entschuldigen, schrecklich zuzugeben.

»Warum bist du anders als die anderen?«, sagte Aurora, während sie Felix mitschleifte. Das einzige Loch in Felix'

Geschichte kam von seiner eigenen Rolle darin, wie er es geschafft hatte, so viel Einfluss über die Basis zu bekommen, wenn er nach eigenem Eingeständnis eines dieser Experimente war. »Wenn man sie überhaupt so nennen kann.«

»Glück«, murmelte Felix, nass und schleimig. »Genetische Lotterie. Ich weiß es nicht. Für unsere Gruppe haben sie uns hierher gebracht, wenn wir länger als einen Monat nach der ersten Infektion überlebt haben. Damit wir nicht von etwas anderem kontaminiert werden würden.«

Weiter vorn, an der dreifachen Kreuzung mit den Gängen, hielten Gregor und Rovo Wache. Als Aurora sich näherte, winkte sie sie weiter. Kundschafter gegen jeden, der hier noch übrig sein könnte. Es war ruhig geworden, seit sie hochgekommen waren, um Felix zu holen, und Aurora fragte sich, ob Sai und Eponi die anderen Wachen getötet oder weggelockt hatten. Dass keines der Sever-Mitglieder bisher aufgetaucht war, beunruhigte sie, aber ohne Leichen würde sie davon ausgehen, dass sie am Leben waren.

»Sobald du hier warst, bliebst du in einem dieser Räume unten oder in einer kleineren Zelle, während sie dich im Auge behielten. Die ganze Zeit über stocherten, pieksten und maßen sie«, spuckte Felix aus. Er hatte begonnen, sich aus eigener Kraft zu bewegen, aber so langsam, dass Aurora ihn immer noch mitschleifte. »Wenn es dich erfasst, und es erfasst irgendwann fast jeden, weiß ich nicht, ob ich es beschreiben kann.«

»Sieht furchtbar aus.«

»Ja. Aber es fühlt sich anders an. Vielleicht wie erwachsen werden? Wo du neue Dinge fühlst, aber trotzdem noch du selbst bist?«

»Du überzeugst mich nicht davon, dass das, was du durchgemacht hast, Pubertät 2.0 ist.«

»Nein, aber wir sind nicht tot. Was du da drin

verbrannt hast, das waren meine Freunde. Menschen, mit denen ich hergekommen war, gelitten hatte, gehofft hatte.«

Aurora hielt an. Sie drückte Felix gegen die Flurwand, legte ihre rechte Hand an ihre Pistole, zog sie aber nicht. »Du hast Rovo in diesen Raum geschleppt. Du hast Gregor und mich in die Falle gelockt. All das ist deine Schuld. Also hör auf zu jammern und sprich weiter. Vielleicht findest du einen Grund, warum wir dich am Leben lassen sollten.«

Bargeld in rauen Mengen würde genügen, und wenn Felix Recht hatte mit einer so großen Operation, würde DefenseCorp Sever Unmengen an Geld für die Verträge zahlen, die DefenseCorp bekommen würde, um den Schlamassel aufzuräumen. Aber Felix musste das nicht wissen, und wenn er noch weitere Juwelen preiszugeben hatte, wollte Aurora sie hören.

»Das ist das Problem, das sie haben«, sagte Felix, während Aurora ihn immer noch an die Wand drückte, obwohl der Pilzmann keine Angst zu haben schien. »Sie verändern uns durch ein Virus, aber das Virus will sich ausbreiten. Es will weiterwachsen. Mein Körper hält es zufällig unter Kontrolle, die meisten schaffen das nicht. Wenn sie es nicht können, frisst das Virus sie auf, es sei denn, es kann neue Wirte finden, auf die es sich ausbreiten kann.«

»Es würde sie sowieso auffressen.« Aurora hatte genug biologische Waffen gesehen, um zu wissen, dass sie sich nicht an einfache Regeln hielten. »Wenn wir euch diese Dinge zum Fraß vorwerfen würden, würde das nichts aufhalten.«

»Was können wir tun, außer das Ende hinauszuzögern?«

Aurora verdrehte die Augen und ließ Felix auf den Boden fallen. »Rate mal, Felix? Dein Ende ist hier.«

Ein Virus, das Menschen dazu bringen sollte, widrige Bedingungen zu überleben, sie aber tatsächlich in sterbende Krankheitsbomben verwandelte. Aurora könnte das DefenseCorp andrehen, und sie hatte genug Bilder mit der eingebauten Kamera ihres Helms gemacht, um es zu beweisen. Es gab keinen Grund, Felix und seinen Bio-Schwarm überleben zu lassen, möglicherweise jemand anderen zu infizieren. Nicht das, wofür DefenseCorp sie bezahlte, aber die gelegentliche Wohltätigkeit gegenüber dem Universum half Aurora, nachts zu schlafen.

»Soll ich protestieren?«, sagte Felix und verharrte dort, wo Aurora ihn zurückgelassen hatte, schlaff und teilnahmslos. »Ich kann dich nicht besiegen. Ich hab's versucht und bin gescheitert. Also hast du jedes Recht, mich umzubringen.«

»Das stimmt.« Aurora schoss jedoch nicht. Sie hörte aufmerksam zu, wie Gregor und Rovo zum Aufzug gingen und ihn für sicher erklärten. Etwas an Felix' Stimme, seiner allgemeinen Haltung, verwirrte ihren Zorn. »Ich habe jeden Grund, jede moralische Verpflichtung, diesen Stützpunkt in Schutt und Asche zu legen.«

»Ein Stützpunkt unter vielen. Hast du die Zeit, wirst du lange genug leben, um unseren Schandfleck vollständig auszulöschen?«

»Irgendwo muss man ja anfangen.«

»Dann fang vielleicht nicht mit mir an. Nicht mit diesem Ort.« Felix breitete seine blobartigen Arme aus. »Ich hatte es fast geschafft. Drei Wachen waren schon gefallen, bevor du kamst. Gib mir das hier, mein kleines Heiligtum im Sumpf, und ich gebe dir die Codes für ihre Systeme. Du kannst gehen, deine Freunde finden und mich mit meinen zurücklassen.«

»Unsere Freunde? Du hast gelogen?«

»Nur ein bisschen. Die anderen zwei, mit denen du gekommen bist, sind vor einiger Zeit mit einem Skiff aufgebrochen. Ich weiß nicht, wohin sie gegangen sind, aber sie sind nicht hier.«

Aurora überlegte. Felix zu vertrauen schien eine schlechte Wahl, da er versucht hatte, sie alle zu töten. Aber seine Geschichte klang plausibel, und Felix musste wissen, dass er ein schnelles Ende finden würde, wenn er versuchte, sie erneut zu täuschen. Wenn sie Felix am Leben ließen, könnte Aurora später immer noch mit einem DefenseCorp-Kopfgeld zurückkommen, ihr früheres Versprechen an sich selbst erfüllen und Felix für einen ordentlichen Profit in Schlacke verwandeln.

Das Universum konnte warten.

»Wir kommen in Verzug«, sagte Aurora. »Sprich weiter, während wir gehen, Felix, und wenn deine Informationen gut sind, könntest du und deine Krankheit vielleicht doch noch am Leben bleiben.«

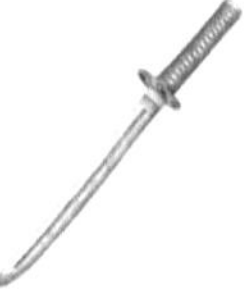

DER SCHWERTMEISTER

Die Lektionen begannen auf dem breiten Balkon, vor dem Fall. Ayami nahm Sai jeden Morgen mit nach draußen, als er jünger war, dann trieben ihn seine Teenagerjahre von seiner Mutter weg, bis zu jenem Morgen, als sich die Nachricht verbreitete, dass es Vitas, der Stadtplanet, den sie ihre Heimat nannten, nicht sehr gut ging. Unruhen und Gesetzlosigkeit nahmen zu, während diejenigen mit den Mitteln den Planeten verließen und die ohne Mittel ihn niederbrannten. Ayami und Sai, gefangen in der Mitte, mussten für sich selbst sorgen.

Ayami legte die in der Scheide steckende Klinge auf einen kleinen Glastisch. Die Waffe war lang genug, um über den Rand des Tisches zu hängen und einen Schatten auf den weißen Steinboden zu werfen. Die heutige Sonne - der Einfachheit halber, hatte Sai gelernt, bezeichneten die meisten Menschenwelten ihre lebensspendenden Sterne als »Sonnen«, unabhängig von ihrem technischen Namen - ging an dem auf, was ein wunderschöner Morgen in der weltumspannenden Stadt gewesen wäre, wäre da nicht der schwarze Rauch, der zwischen den Türmen von Vitas aufstieg.

»Ist das von der Mauer?«, fragte Sai.

Das Schwert hatte sein ganzes Leben lang dort gehangen, eine Krönung eines gestapelten Regals, das Familienerbstücke, nicht-digitale Bilder und andere Relikte enthielt, die einen gewissen Vorrang in ihrem kleinen Zuhause verdienten. Es jetzt zu sehen, weckte genug Neugier, um Sais allgemeines Misstrauen gegenüber allem zu töten, was seine Mutter ihn in letzter Zeit tun lassen wollte. Immer Hausarbeiten, immer Vorbereitungen für die Zukunft, als ob Vitas diese Krise überleben und weitermachen würde wie zuvor. Als ob Sai in ihre Fußstapfen treten und sich für immer jeden Tag an einen Computer setzen würde.

»Das ist es«, antwortete Ayami. »Obwohl es nicht immer dort bleibt. Nimm es auf.«

Seine Mutter beobachtend und sich fragend, wo der Haken war, hob Sai das Schwert mit beiden Händen vom Tisch. Leicht, aber mit genug Gewicht, um sich solide anzufühlen. Sai hielt die Scheide mit beiden Händen, sie wie ein Geschenk wiegend.

»Nimm die Scheide in deine linke Hand, greif hier.« Ayami zeigte pantomimisch wo, und Sai kopierte ihre Bewegung. »Jetzt zieh die Klinge. Langsam.«

Sai tat es, spürte, wie das Metall entlang einer passgenau gefertigten Scheide glitt. Beim ersten Versuch blieb er zweimal hängen - Katanas, stellte sich heraus, waren nicht biegsam -, aber es gelang ihm, die Scheide mit einem Schwung zu räumen. Die silberne Klinge fing das Sonnenlicht ein, und als Sai entlang ihrer scharfen Länge blickte, konnte er Namen lesen, eine Linie von der Spitze bis zum Griff, die mit dem seiner Mutter endete.

»Du wirst deinen eigenen hinzufügen, wenn du bereit bist«, sagte Ayami, ihren Sohn beobachtend.

»Wann wird das sein?«

»In langer Zeit«, antwortete Ayami. »Jetzt lass mich dir zeigen, wie du es hältst, damit du dich nicht verletzt. Du kannst in der Schule ein Narr sein und trotzdem gut durchkommen, aber hiermit kannst du kein Narr sein.«

Sai konnte die Namen entlang der Klinge in dem purpur-dunklen Raum nicht lesen, aber er kannte sie alle auswendig. Das Katana trug jetzt ohnehin mehrere Tötungen, deren Überreste es und Sai bedeckten. Was ein Trio gewesen war, war zu einem Dutzend geworden, und mehr sickerten weiterhin aus Aufzügen im Boden; Plattformen, die fielen und aufstiegen und mehr delirierende, greifende Feinde trugen.

Während der anfängliche Satz so verloren schien wie Zombies aus alten Filmen, waren die frischen Ankömmlinge kohärenter. Sie hielten sich von Sais Schnitten fern, wählten stattdessen, Äste von den Hindernissen abzubrechen und zu werfen oder andere Dinge als behelfsmäßige Keulen zu benutzen. Sie schrien ihn auch an, mit Fetzen, die fast Sinn ergaben, aber die meisten verschwanden in wässrigen Gurgeln oder heiseren Keuchen. Sie mochten einmal menschlich gewesen sein, aber waren zu gefallenen Dingen geworden.

Jeder Schnitt mit dem Katana zehrte ein wenig an Sais Kraft, und seine Arme brannten, als er einen aschschwarzen Kopf von einer weiteren Kreatur entfernte, die sich zu nahe herangewagt hatte. Sein Helm piepste eine Warnung von hinten, und Sai ging in die Hocke, drehte den Griff so, dass das Katana nach hinten zeigte, und stieß seine Hände zurück, die Klinge tief hineintreibend. Ein Ruck nach vorne zog sie heraus, wobei das Katana für einen Sekundenbruchteil an Knochen hängen blieb.

Vier weitere, zwei Blaue, zwei Grüne, wie Sai sie zu nennen begonnen hatte, näherten sich von vorne. Abgesehen von den Kreaturen waren das klaffende Loch im Dach des Raumes und seine unzähligen Hindernisse gleich geblieben. Keine Türen boten einen Ausweg, keine Aufforderungen zur Kapitulation waren von den Besitzern des Turms gekommen. Sai vermutete, dass jemand diese Horden auf ihn hetzen musste, aber wer? Und warum?

Und würde es weitergehen, bis Sai das Schwert nicht mehr heben konnte?

Er freute sich nicht über diesen Gedanken, also schwang Sai, als die nächsten vier sich ihm näherten, die Klinge über seine Schulter und ließ sie in dieselbe Scheide gleiten, die seine Mutter all die Jahre zuvor auf den Tisch gelegt hatte, jetzt an seiner Rüstung befestigt. Sai brach nach rechts aus, nutzte einen dünnen Baum, um sich etwas Abstand zu verschaffen, während er über die purpurschwarzen Fliesen stampfte. Seine Verfolger änderten die Richtung, um ihm zu folgen, drehten sich mit unsicheren Schritten um. Klicks und Klingeln ertönten, als mehr Aufzüge ankamen, die noch mehr Monster brachten. Sai hätte erwartet, dass der Turm einen endlosen Vorrat an Robotern hätte, aber Menschen?

Als Sai zur rechten Wand joggte, griff er an seine Brust und schnallte eine Mine ab, nur noch zwei übrig lassend. Er warf die Mine hinter sich, in Richtung der Kreaturen, und tauchte nach vorne, sich zu einer Kugel zusammenrollend. Generell liebte Sai Explosionen. Er genoss die Schockwelle, die von einem gut platzierten Sprengkörper ausging, und die klaffende Zerstörung, die folgte. Nichts von dieser

Freude kam davon, direkt neben der Bombe zu sein, als sie hochging.

Die Mine explodierte mit frenetischer Kraft, die Fliesen leiteten den wellenförmigen Stoß wie Stromleitungen weiter und rüttelten Sai gegen den Boden, selbst als die heißen Wellen über seine Rüstung kaskadierte. Sai blinzelte für eine Statusanzeige, und seine Rüstung meldete zurück, dass die Bedingungen funktionsfähig waren, obwohl seine Stiefelbooster Splitterschäden hatten. Kein großartiges Ergebnis, aber jetzt hatte Sai mit etwas Glück einen Ausweg.

Er richtete sich auf, stand und zählte weitere sieben Dinge, die von den entfernteren Ecken des Raumes auf ihn zukrochen. Sai sah auch, dass seine Mine, während sie einen breiten Streifen auf dem Boden verkohlt hatte, es nicht geschafft hatte, auch nur einen Löffel voll Fliesen für Sais Flucht auszuheben. Der Sprengstoffexperte würde sich nicht hier heraussprengen.

Sai holte tief Luft, ergab sich dem Unvermeidlichen und zog erneut sein Schwert. Das Katana seiner Familie, bis zum Ende bei ihm. Poetisch, dachte Sai. Er hoffte, dass jemand diesen letzten Kampf filmte und ihn über das galaktische Netzwerk verbreitete, damit seine Familie sehen konnte, was mit ihm geschehen war. Dass er kämpfend untergegangen war.

Licht flammte zu seiner Linken auf, entlang der nahen Wand. Hell, Sais Helm und seine eigenen Pupillen brauchten eine Sekunde, um sich an den Schein zu gewöhnen, um die Gestalt in der Türöffnung als Eponi zu erkennen. Immer noch ohne ihre Rüstung, wenn auch in anderer Kleidung, lebte sie. Sie winkte ihm zu. Sie rief ihm etwas zu.

»Was?«, rief Sai zurück und begann, sich in ihre Richtung zu bewegen.

»Komm schon!«, sagte Eponi. »Hör auf, so langsam zu sein!«

Typisch für sie, selbst jetzt noch mit den Beleidigungen fortzufahren. Sai verfiel in einen Lauf und überholte die Verfolger mit der Leichtigkeit eines Erwachsenen, der einem Kleinkinderschwarm entkommt. Die Dinger waren nur erschreckend, wenn man nicht entkommen konnte. Eponi trat beiseite, als Sai die Tür erreichte und in den nächsten Raum rannte. Als er unter dem Türrahmen hindurchlief, knallte die Tür hinter ihm zu und versiegelte den Weg vor den Feinden.

Und sperrte ihn mit noch viel mehr ein.

Im Raum warteten mindestens ein Dutzend Wachen mit erhobenen Gewehren. Sie hatten Sai umzingelt, und als er sich nach rechts zu Eponi drehte, um zu fragen, was los sei, ertönte ein Alarm in seinem Helm. Eine weitere Bedrohung, von links.

Sai sah nie, was ihn traf.

33

KOMETENSCHLÄGER

Aurora fragte Gregor nach dem Design, nachdem er es einen Monat lang täglich durchgespielt hatte. Gregor hatte kein kompliziertes Szenario entwickelt – ihm fehlten sowohl die Fähigkeit als auch die Motivation dafür. Stattdessen hatte er eine Reihe von gewundenen Korridoren mit hervorspringenden Gängen und Türen für seine Dämonen geschaffen, die auftauchten, während Gregor voranschritt und sich durchkämpfte. Das Programm hatte den Großteil davon erstellt und die Daten aus Bildern verwendet, die Gregor geliefert hatte – Standbilder und Videos aus seinem Zuhause. Die Simulatoren waren wirklich gut darin, die Details zu extrahieren und sie in einen virtuellen Raum zu modellieren. Gregor konnte den Sim-Anzug anziehen, Snowball betreten und es dann zerstören.

Es war das letztere Element, Gregors Zuhause stetig in Schutt und Asche zu legen, das markiert und Aurora gemeldet worden war. Sie setzte sich eines späten Abends mit ihm zusammen – auf der *Nautilus* existierte aus psychologischen Gründen ein programmierter Tag-Nacht-

Zyklus –, goss *Nautilus*-destillierten Whiskey in Tumbler und fragte Gregor, ob er den Verstand verloren hätte.

»Es war ein Juckreiz, den ich kratzen wollte«, sagte Gregor und kippte das Angebotene in einem Zug hinunter. Der Whiskey schmeckte wie altes Eisen. »Lass es mich machen.«

»DefenseCorp ist kein großer Fan von wilden, mörderischen Impulsen gegenüber dem eigenen Zuhause«, erwiderte Aurora. »Es sieht schlecht fürs Geschäft aus, wenn so etwas rauskommt. Kunden könnten denken, DefenseCorp sei voller Zünder wie du, die nur darauf warten zu explodieren.«

»Denkst du, ich bin ein Zünder?«

Drei Missionen zusammen, drei seit Gregor Sever Squad beigetreten war. Alle waren blutig gewesen, alle hatten zu gerechtfertigten und ungerechtfertigten Zerstörungen geführt. Alle drei galten als erfolgreich.

»Du hast den Hammer behalten«, Aurora nippte an ihrem eigenen Getränk und genoss es mit der Gelassenheit von jemandem, der alles genießen konnte, egal wie schrecklich. »Warum?«

»Er ist effektiv.«

»Nicht weil du damit deine Heimatstadt ermorden willst?«

»Ich kann nicht dorthin zurück«, sagte Gregor. Er hob das Glas und starrte auf dessen Leere, bis Aurora die Flasche aus ihrer Tasche zog und nachschenkte. »Defense-Corp wird mich nicht nehmen.«

»Also zerstörst du es stattdessen virtuell.«

»Therapie.«

Aurora nickte. »Dann tu mir einen Gefallen. Mach Pausen. Beschränke die Zerstörung von Snowball auf einmal pro Woche, und ich halte dir die Bürokratie vom Hals.«

Gregor ließ den Neuling wieder die Führung übernehmen, als sie zurück zu den Aufzügen fegten. Zu diesem Zeitpunkt hätte es heftigen Widerstand geben sollen, aber sie begegneten keinem. Sogar die Leichen von früheren Begegnungen, wie die Gruppe, die Aurora und Gregor bei ihrer ersten Rückkehr durch den Aufzug zerschmettert hatten, waren verschwunden. Flecken blieben zurück, aber keine anderen Beweise. Mitten in dem, was ein grausiger Anblick hätte sein sollen, stehend, sah Rovo zu Gregor hinüber und breitete die Hände aus.

»Ich weiß nicht«, antwortete Gregor auf die Geste. »Sie sollten hier sein.«

Aurora und Felix kamen hinter ihnen auf, sodass es nun drei gepanzerte Söldner und einen kranken Mutanten waren. Nicht gerade die Zusammensetzung, die Gregor wollte, aber es würde genügen.

»Ich hätte nicht gedacht, dass sie tatsächlich gehen würden«, sagte Felix, als er die Flecken sah.

»Was meinst du?«, fragte Gregor ihn.

»Ich habe einen Deal gemacht«, antwortete Felix. »Habe ihnen gesagt, wir würden euch alle verschlingen im Austausch für Frieden. Sie denken, wir werden sowieso hier draußen sterben, also sind sie gegangen.«

»Warum sollten sie dir vertrauen?«, sagte Aurora.

»Ich war mal einer von ihnen, erinnerst du dich?«, Felix ging zum Aufzug und drückte den Ruftaster. »Nur weil ich so aussehe, heißt das nicht, dass sich meine Denkweise geändert hat.«

Gregor beobachtete Aurora, wartete auf das Signal. Er könnte Felix jetzt zerquetschen, und es würde nicht mehr als eine Sekunde Anstrengung kosten. Seine Kommandantin gab nicht das Zeichen. Sie wartete, bis sich der Aufzug öffnete, und dann befahl Aurora den beiden hineinzugehen.

»Du lässt ihn am Leben?«, fragte Rovo, als Gregor den Aufzug betrat. »Wie das? Ist er nicht der Feind?«

»Befolge die Befehle«, sagte Gregor. Während er ihre Begründung hören wollte, verdienten würdige Kommandanten wie Aurora, dass ihre Befehle ohne zu zögern befolgt wurden. Fragen konnten später kommen, unter vier Augen. »Steig ein.«

»Nein«, erwiderte Rovo, als Felix sich zwischen ihn und Aurora drehte. »Nicht bevor ich verstehe, warum wir ihn nicht töten für das, was er mir angetan hat. Für das, was er dir antun wollte.«

»Weil er sowieso sterben wird«, sagte Aurora. »Felix hat sich etwas Zeit erkauft, indem er mir die Tram-Codes gegeben hat. Ohne sie wären wir hier festgesessen. DefenseCorp wird ihn sowieso nicht leben lassen, sobald wir ihnen erzählen, was hier passiert.«

Der Neuling starrte Felix an. »Schätze, das hast du verdient.«

»Neuling. Jetzt.« Gregor schlug zur Betonung den Hammer gegen seine Hände, und Rovo verstand den Wink und stieg in den Aufzug.

Aurora gesellte sich zu ihnen und, während Felix ein kaltes Lächeln zeigte, schlossen sich die Türen.

»Woher weißt du, dass er dich nicht anlügt?«, fragte Rovo, als der Aufzug mit dem Abstieg begann.

»Könnte sein«, antwortete Aurora. »Wenn die Codes nicht funktionieren, gehen wir zurück und zertreten ihn. Wenn sie funktionieren, dann zahlt Felix seinen Preis später.«

»Konzentrier dich, Neuling«, sagte Gregor. »Rache ist eine Ablenkung.«

Danach blieb Rovo still. Der Aufzug erreichte den Keller und gemeinsam gingen die drei zur Tram. Sie stiegen ein, und Aurora gab die Codes in die Konsole am vorderen Ende der Tram ein. Gregor nahm einen Sitz ein, von dem aus er den besten Blick hatte, während die Tram rückwärts auf der Schiene fuhr. Eine gute Chance, um Unheil zu erkennen, bevor es zuschlug.

Als der Magnetschwebet anfing zu summen, konnte Gregor die Vibration spüren. Der Zug stabilisierte sich bald genug, und als die Tram losfuhr, verschwand das Gefühl vollständig. Als ob sie schwebten, brachte die Tram sie durch einen langen Tunnel, der zu wer weiß wohin führte.

Die Simulatoren bildeten Gregors Schlafzimmer perfekt nach. Der beengte Raum diente zum Schlafen und wenig anderem, und er teilte ihn mit seinem Bruder, der in der entgegengesetzten Schicht arbeitete. Gregor stand auf, verließ den Raum und betrat eine Standard-Snowball-Wohnung. Ein Kreis, groß genug für einen zentralen Tisch, ein Sofa, das zum Wandbildschirm zeigte, und gegenüber dem Bildschirm die vom Unternehmen vorgeschriebenen Maschinen, bereit und willig, Löhne gegen firmenzugelassene Lebensmittel, Getränke und betäubende Drogen einzutauschen, die die Bewohner von Snowball davor bewahrten, den Verstand zu verlieren.

Gregor sah weder seine Mutter noch seinen Vater. Die Simulation konnte zwar Körper auf Grundlage von Profilen erstellen, aber Gregor weigerte sich, die Daten seiner Eltern in das Programm einzuspeisen. Dies war eine spezifische Therapie, keine liebevolle Erinnerung.

Er verließ sein Elternhaus durch die abgerundete Tür, die sich wie ein langsames, weißes Stahlrad in ihren rechten

Schlitz schob. Dahinter vermischte sich Snowballs Flick-werk aus Fels und Metall, das den natürlichen Kometen mit künstlichen Verstärkungen verband. Der Simulator fing nie ganz die schiere Kälte des Kometen ein, aber Gregor störte es nicht, dass er die dicke Kleidung nicht tragen musste, die jedes Mal erforderlich war, wenn man sich aus den beheizten Bereichen wagte. Die Simulation gab diese Klei-dung jedoch jedem, den Gregor sah, den Menschen, die jetzt herauskamen, um ihn zu begrüßen.

Gregor war kein Programmierer, und er nahm sich nicht die Zeit, eine komplexe Geschichte zu erzählen. Jede Person hier trug die gleiche Markenkleidung, das gleiche Firmenlogo auf der Brust. Während sich ihre Gesichter durch Millionen von Möglichkeiten unterschieden, trugen alle wütende Grimassen, zusammengekniffene Augen und geballte Fäuste. Snowballs virtuelle Bewohner wollten Gregor tot sehen, und sie griffen ihn mit wilder Entschlos-senheit an. Gregor erwiderte dies auf die gleiche Weise und bahnte sich seinen gewalttätigen Weg durch Snowballs Korridore mit seinen Fäusten, seinem Hammer und gele-gentlich seinem Kopf. Jeder Aufprall fühlte sich echt an, jeder zu Boden gestreckte Firmensoldat ließ sein Herz immer noch ein wenig flattern.

Der Simulator ließ Gregor eine Vergangenheit ausle-ben, die er sich gewünscht hätte, und Gregor schwelgte darin.

Ganz am Ende begann das Programm, noch weiter von der Realität abzuweichen. Gregor hatte keinen Zugang zu Snowballs Bauplänen, kannte nicht jeden Raum, sodass die Dinge variabler und seltsamer wurden, als er weiter und weiter in die Büros des Unternehmens vordrang. Räume, die zu groß waren, um in den Höhlen eines Kometen zu existieren, tauchten auf, ebenso wie Ausrüstung für Industrien, die Snowball nie unterstützen konnte, wie Viehzucht oder Raumschiffbau. Das Programm wählte sie zufällig aus, und anfangs hörte Gregor hier immer auf und kickte sich selbst raus. Er hatte sich inzwischen entschieden, die Seltsamkeiten als weiteren Beweis dafür zu betrachten, dass das Unternehmen keine Ahnung hatte, was es tat, dass es nicht nur schlecht, sondern auch schwachsinnig war.

Der letzte Raum, mit dem endlosen rosa-blau-violetten Nebel außerhalb des Fensters, enthielt eine Person. Ein Mann, der in der Hierarchie des Unternehmens bei weitem nicht so hoch stand, aber dennoch derjenige war, der Gregor von Snowball vertrieben hatte. Der Gregor wegen einer aus dem Ruder gelaufenen Kneipenschlägerei von seiner Familie getrennt hatte. Von allen Personen in der Simulation war Dawes der Einzige, den Gregor selbst erschaffen hatte. Eindrücke, die sich übereinander lagerten, um den schmierigen, schrecklichen Kerl zu erschaffen, an dem Gregor endlose Befriedigung finden konnte, ihn zu zerstören.

Sie standen sich in einem leeren Raum gegenüber, nur mit den Nebelfenstern. Unpraktisch für die Realität, perfekt für die Fantasie. Tausendmal hatte Gregor Dawes in diesem Raum vernichtet, und dieses Mal würde es nicht anders sein. Dawes hatte keine Waffe – der Simulator gab ihm manchmal eine –, also warf Gregor seinen Hammer beiseite, um die Sache fair zu halten.

Gregor ging zuerst los, stürmte auf das selbstgefällige Grinsen zu, bereit, Dawes mit seiner breiten Schulter flachzulegen. Dawes wich jedoch zur Seite aus. Er lief an Gregors Ansturm vorbei zurück zum Eingang des Raumes, wo Gregor den Hammer weggeworfen hatte. Dawes hob ihn auf, als Gregor sich umdrehte, und während Gregor versuchte herauszufinden, was los war – der Simulator spielte nie so clever –, rannte Dawes auf ihn zu, den Hammer hocherhoben. Gregor versuchte, in Dawes' Schwung hineinzutreten, unter ihn zu gelangen, aber der Mann schien zu wissen, was Gregor tun würde, und schwang den Hammer in einem Bogen von der Seite, traf Gregor in die Rippen und schickte ihn krachend zu Boden. Bevor Gregor reagieren konnte, stand Dawes über ihm, den Hammer bereit. Dieses Mal passte Dawes seinen Schwung nicht an.

»Rache ist eine Ablenkung«, sagte Aurora, als der Simulator Gregor rauswarf. Sie stand außerhalb der Maschine und sah gleichzeitig gelangweilt und zufrieden aus. »Wenn du deine kleine Show weiter laufen lassen willst, musst du herausfinden, wie du ihn schlagen kannst.«

Gregor tat es, und dann schlug Dawes beim nächsten Mal härter zu, bewegte sich schneller. Jedes Mal, wenn Gregor Dawes besiegte, wurde die nächste Version härter, und Gregor verbrachte mehr Zeit im Simulator, grübelte darüber nach, bis er es begriff. Dawes würde immer da sein, bereit und wartend, aber Gregor entschied sich dafür, ihm Leben einzuhauchen. Entschied sich dafür, besessen zu sein.

Stattdessen hatte er das Programm gelöscht. Kein Dawes mehr. Keine Ablenkungen mehr.

34

SCHLECHTE GESCHÄFTE

Rennfahrer flogen auf Verträgen. Deals, die aufgesetzt wurden, um ihnen eine gewisse Zahlungssicherheit und Unfallversicherung zu geben, bevor sie ihre Körper durch die Sterne jagten. Am Anfang, als Eponi sich noch durch den Abschaum am unteren Ende gekämpft hatte und Skiffs für Preisgelder gerammt hatte, die bei weitem nicht an ihr jetziges Defense-Corp-Geld heranreichten, waren die Verträge einfache einseitige Dokumente gewesen: ein paar Zeilen, die erklärten, dass der Sponsor nicht für Schäden an Eponis Person oder irgendetwas anderem verantwortlich war. Hier unterschreiben, Geld kassieren, weitermachen.

Als Eponi sich in größere und bessere Ligen hochgeflogen hatte, mit Veranstaltungen, die mehr als nur die Betrunkenen anzogen, die ohnehin schon an der Rennstreckenbar saßen, wurden die Verträge umfangreicher. Sie galten für ganze Saisons statt für einzelne Rennen und versprachen komplette Ausrüstungen, Teams und Transport im Austausch für Eponis Fähigkeiten und ihre Bereitschaft, so oft wie möglich vor die Kameras zu treten. Die

Marke aufbauen, sagten die Verträge, und du wirst belohnt werden. Nachdem sie das getan hatte, fand sich Eponi plötzlich zum Chef ihrer Firma beordert, die im Sol-System stationiert war. Die Erde war direkt dort, sichtbar am Himmel.

Nicht, dass Eponi jemals einen Fuß darauf gesetzt hätte. So berühmt war sie nie gewesen, so viel Kohle hatte sie nie gehabt.

Trotzdem hatte sie einem unendlich mächtigeren und, im galaktischen Maßstab, wichtigeren Menschen gegenübergesessen und um einen fairen Deal gekämpft. Sie konnte verhandeln. Nicht, dass der Vertrag sie am Ende gerettet hätte, aber für eine Weile war es genug gewesen.

Eponi hatte ihren Weg die Ebene hinunter gefunden, war in die Nähe des Raums gekommen, in dem Sai gerade dabei war, die Kreaturen zu hacken, und fand den einzigen Eingang von Wachen übersät. Sie alle trugen die von Kopf bis Fuß reichenden Anzüge, die Eponi bei allen Dynas-Wachen gesehen hatte, und nachdem sie die Krankheiten gesehen hatte, die sich bei denen ohne Anzüge ausbreiteten, vermutete Eponi, dass der ganze Stoff weniger mit feindlichen Angriffen zu tun hatte und mehr mit Attacken bakterieller Art. Warum einige der Wachen zurück an der Basis ohne die Anzüge gewesen waren, wie der, den sie durch das Fenster am Eingang getreten hatte, konnte Eponi nicht sagen. Vielleicht waren sie schon infiziert gewesen, vielleicht war es ihnen einfach egal. Vielleicht kam die Krankheit nicht so weit hinaus.

Wie auch immer, der einfache Weg, Sai zu retten, war blockiert. Eponi hatte sich bereits entschieden, ihren Freund zu retten, also war ein Rückzug jetzt keine Option – Rennfahrer mussten an einem einmal eingeschlagenen Weg festhalten, Zweifel führten zu Unfällen – aber sie konnte sich auch nicht einfach durch ein Dutzend Wachen kämpfen. Was eine Verhandlung bedeutete.

»Rettet ihn«, sagte Eponi laut und deutlich zu der bewaffneten Gruppe, die Sai auf Bildschirmen neben der Tür beobachtete. »Lasst ihn nicht sterben.«

Eine Wache, die ein blaues Dreieck-Quartett auf den Schultern trug, trat bei Eponis Worten vor die anderen, starrte auf sie herab, und alles, was Eponi tun konnte, war, ihre Bitte an diese schwarz verdeckten Augen und das verborgene Gesicht zu wiederholen.

»Was ist er für dich?«, erwiderte die Wache.

»Ein Freund.«

Die Worte veranlassten die anderen Wachen, ihre Gewehre zu ziehen und auf sie zu richten, aber der Anführer hob eine einzelne Hand. Eponi ließ ihre Augen umherschweifen, vergewisserte sich, dass keine der Wachen kurz davor war zu schießen, und fuhr dann fort.

»Wir wurden hierher geschickt, um jemanden zu finden. Unser Skiff ist versehentlich abgestürzt.«

Eponi würde die toten Wachen nicht erwähnen, die anderen zurück an der Basis. Das schien nicht klug.

»Das ist kein Grund, ihn zu retten«, erwiderte die Wache. »Das ist ein Grund, ihn zu töten.«

»Was, wenn wir euch helfen könnten?«, entgegnete Eponi. »Wir sind nicht die Einzigen, die hierherkommen.«

»Dann rede.«

»Nicht, bevor ihr ihn reinbringt.«

Die Wache stand still. Zweifellos lief in ihrem Kopf eine Berechnung ab. Eponi könnte die Wahrheit sagen, in diesem Fall wäre es eine schreckliche Entscheidung, eine gute Informationsquelle zu töten, oder sie könnte lügen, dann könnten sie sie einfach später töten.

»Ihr habt nichts zu verlieren.« Eponi stieß die Wache

ein wenig an. »Ich bin unbewaffnet. Er wird nicht gegen euch alle kämpfen.«

Eponi war sich bei dem letzten Punkt nicht sicher, aber sie musste es versuchen.

»Du willst, dass wir deinen Freund retten?«, sagte die Wache. »Gut. Dann bringst du ihn dazu, hier reinzukommen. Wir werden sicherstellen, dass er versorgt wird, dann wirst du alles sagen, was du weißt. Wenn es nicht sehr gut ist, werden wir dich gleich hier töten.«

»Abgemacht.«

Dann hatten sie Sai bewusstlos geschlagen. Eponi fluchte, bis eine der Wachen drohte, sie auch bewusstlos zu schlagen, dann hörte sie auf, folgte ihnen, als sie Sai aus der Vorkammer des Raumes brachten. Jedes Mal, wenn Eponi versuchte, eine Frage zu stellen, zu protestieren, sagte ihr eine der Wachen, sie solle die Klappe halten. Das hielt sie nicht wirklich davon ab, aber es brachte Eponi auch keine Antworten.

Als sie zu den zentralen Aufzügen kamen, riefen die Wachen zwei. Der erste öffnete sich und, nachdem sie alle darin Befindlichen hinausgescheucht hatten, schleppten die Wachen Sai hinein. Als Eponi sich ihm anschließen wollte, hielten zwei andere Wachen sie zurück. Ließen die Türen sich schließen, ließen Sai verschwinden.

»Du wirst deinen Teil der Abmachung einhalten«, sagte eine der Wachen. »Du gehst nach oben. Scheint, als wolle jemand hören, was du zu sagen hast.«

Dieser Jemand stellte sich, nachdem Wachen Eponi durch eine kurze Lobby geführt hatten, vorbei an einer Empfangsassistentin, die Eponi mit zooartiger Neugier beobachtete – ein außerweltliches Exemplar? –, als eine weitere Person in einem weißen Laborkittel heraus, allerdings einer mit goldenen statt blauen oder silbernen Dreiecken verziert. Die Gestalt stand auf, als Eponi den sechseckigen Raum betrat, jede Seite, außer der, die zurück zur Lobby führte, ein Fenster statt einer Wand. Dynas, das weiße Sternenlicht des Tages, das sich zur Nacht neigte, lag vor Eponi ausgebreitet, um es einige Kilometer weit zu sehen, bis die Aussicht auf dieses senfgelbe Gas traf. Nichts Klares darüber hinaus.

Die anderen Wachen bei ihr zogen sich zurück, schlüpften aus dem Raum und ließen Eponi – immer noch in ihrer gestohlenen Uniform, wenn auch ohne jegliche Gadgets – allein mit dem neuen Spieler.

»Kann nicht sagen, dass Sie von hier aus eine tolle Aussicht haben«, begann Eponi. Sie würde in einer Sekunde nach Sai fragen, aber sie wollte erst eine Vorstellung davon bekommen, wie diese Person funktionierte. Man musste das Handwerk lernen, bevor man es fliegen konnte. »Dynas ist kein hübscher Planet.«

Die Frau beobachtete sie. Ein zentraler Schreibtisch, übersät mit mehreren Monitoren, die sich in der Mitte teilten, um zwei schlichte Stahlstühle zu zeigen, bildete die einzige andere Ausstattung des Raumes. Sie setzte sich nicht an ihren Platz, sondern ging am anderen Ende des Raumes auf und ab, wobei sie Eponi immer im Auge behielt.

»Können Sie, äh, sprechen?«, fragte Eponi nach einigen stillen Sekunden. »Sprechen Sie die Allgemeinsprache?«

Eine absurde Frage, denn niemand konnte eine Stadt wie diese befehligen, ohne die Sprache aller zu sprechen, aber was sollte Eponi sonst tun? Einfach dastehen?

»Ich kann sprechen«, antwortete die Frau mit einer tiefen, melodischen Stimme. »Ich entschuldige mich auch bei Ihnen.«

»Entschuldigen?«

»Weil Sie und Ihre Freunde hierher geschickt wurden, um zu sterben.«

»Das ist eine ziemlich krasse Aussage.«

Die Frau starrte sie an, oder zumindest dachte Eponi das. Sie könnte auch über einen Sender mit anderen Leuten außerhalb des Raumes kommunizieren. Sie könnte sogar ein Köder sein – Sever hatte das schon einmal erlebt, Anführer, die irgendeinen Trottel auswählten, um die Schüsse einzustecken, während sie selbst hinter dem Vorhang sprachen.

Eponi beschloss, einen der Stühle zu nehmen, sie war lange genug gelaufen.

Anstatt sich hinzusetzen, schob Eponi den linken Stuhl so, dass er direkt zum rechten zeigte, und lümmelte sich dann darauf. Sie ließ ihre Beine auf dem gegenüberliegenden Stuhl ruhen, als fände diese Besprechung in einem Strandresort mit Margaritas statt und nicht auf der Spitze eines Unglücksturms in einer verdammten Welt.

»Was machen Sie da?«, sagte die Frau, als Eponi ihre Anordnung abgeschlossen hatte.

»Sie sagten, wir werden sterben«, erwiderte Eponi. »Da dachte ich, ich könnte den Moment genauso gut genießen.«

»Ich ... nicht sofort«, sagte die Frau. »Irgendwann. Was wir hier tun, wird-«

»Ich weiß. Krankheiten. Ihr stellt alle einen Haufen Keime für den Krieg oder so her. Ist mir egal. Was ich will, ist meinen Freund zurück und ein Schiff, um uns von hier wegzubringen.«

»Sie glauben, Sie können Forderungen stellen?«

Eponi lehnte den Kopf zurück und schaute um die Stuhlkante zur Frau. »Definitiv. Entweder Sie geben mir, wonach ich suche, oder wenn der Rest meiner Freunde ankommt, geht hier alles in die Luft. Ihr Turm? Weg. Stadt? Weg.«

Die Frau lachte, aber der Klang kam verwirrt, wie eine Vertuschung. »Sie würden eine Armee brauchen.«

»Schon mal von DefenseCorp gehört? Wenn Sie uns verletzen, kommen die angerannt. Ich glaube, der Ausdruck lautet 'vom Orbit aus nuklearen'. « Eponi streckte ihre Hand aus und inspizierte ihre Nägel. Nach dem Absturz des Skiffs völlig zerkratzt. »Entweder Sie geben mir, worum ich bitte, oder Sie sind erledigt. So einfach ist das.«

Eponi hatte Aurora schon früher die DefenseCorp-Bombe platzen lassen. Selbst wenn irgendein zufälliger Kriegsherr oder Rebellenführer dachte, er hätte einen Vorteil gegenüber Sever, die Bedrohung durch Defense-Corps unvermeidliche Rache – DefenseCorp vertrat seit langem die Ansicht, dass es schlecht fürs Geschäft wäre, wenn jemand einen Sieg über ihre Streitkräfte erringen würde, und vergalt jede Aggression mit extremer Härte – ließ die Wutmonster normalerweise aufhören, Schaum vor dem Mund zu haben, und wie ein Welpe winseln.

Diese Frau jedoch nahm den Hinweis nicht so auf, wie er gedacht war. Stattdessen ging sie zu Eponi hinüber und blickte auf sie herab, die Hände locker an den Seiten.

»Niemand wird kommen, um Sie hier zu retten, Verlorene«, sagte die Frau. »Sie sind jenseits des galaktischen Randes, und das Einzige, was noch bleibt, ist zu fallen.«

35

DAS WARUM

Die Bahn glitt ohne das geringste Ruckeln mit einem stetigen Summen dahin. Die engen Tunnelwände boten keinerlei Aussicht. Rovo beobachtete die Wände, beobachtete Gregor, der auf dieselben Wände starrte, und beobachtete Aurora, die sie beide beobachtete. Die Sitze der Bahn blieben an den Seiten, sodass die Mitte des Fahrzeugs frei blieb für, wie Rovo vermutete, schwerere Rüstungen, Fahrzeuge oder Ausrüstung, die mitfuhren.

»Hältst du dich wacker, Neuling?«, fragte Aurora.

Was für eine Frage. Er war in den letzten Stunden mehrmals dem Tod nur knapp entkommen, wurde von feindlichen Wachen durch eine Basis gejagt und wäre beinahe von einem hungrigen Bakterienmonster verschlungen worden. Aber Rovo war weder wahnsinnig vor Angst, noch schoss er wild mit seinem Gewehr um sich oder rollte sich weinend zusammen, also ...

»Ja?«, versuchte Rovo.

»Für eine Einbruchsmission ist diese hier nicht gerade die einfachste«, sagte Aurora. »Meine war ein simpler

Schiff-zu-Schiff-Angriff. Wir haben eine Schmugglerbande ausgeschaltet. Sie ließen mich die Überlebenden durch ihre eigene Luftschleuse ins All befördern.«

»Das ist ... brutal.«

Aurora beugte sich vor, eine Bewegung, die in der Rüstung so viele Teile verschob und zusammenklicken ließ, dass es klang, als hätte Aurora tausend gebrochene Knochen.

»DefenseCorp wirbt nicht mit diesem Element«, sagte Aurora. »Sie erzählen dir nicht, dass das Töten Teil deines täglichen Lebens wird, sobald du in einem Trupp wie Sever Squad bist. Aber sie testen dich, auch wenn du nicht daran denkst. Jeder, der hier reinkommt, ist laut ihnen ein Mörder.«

Rovo konnte sich nicht erinnern, wie viele Wachen er beim ersten Ansturm auf die Basis mit seinem Gewehr erschossen hatte, ob die beiden, die er im Büro bewusstlos geschlagen hatte, später gestorben waren. Vielleicht klebte bereits Blut an seinen Händen, aber wie Aurora sagte, musste man ein Killer sein, um in Sever Squad aufgenommen zu werden. Er würde nicht behaupten, dass er das Gefühl genoss, Leben ausgelöscht zu haben, aber zumindest im Moment belastete es ihn nicht.

»Denkst du, ich bin ein Killer?«, fragte Rovo Aurora.

»Ich denke, du bist dazu fähig, was du auch sein musst«, sagte Aurora. »Sobald du an den Punkt kommst, an dem du zum Spaß tötest, wird es gefährlich. Wenn du jemals die Mission oder den Trupp gefährdest, weil du zu blutrünstig wirst, dann bist du am Ende.«

»Ich werde auf diese Grenze achten.« Rovo betrachtete seine eigenen Hände, als könnten sie ihm sagen, wo diese Grenze lag, wie nah er daran war, den Schalter zum homizidalen Wahnsinnigen umzulegen. Er war schon einmal nah dran gewesen. »Ich verstehe immer noch nicht, warum wir Felix am Leben gelassen haben?«

»Weil die Mission Vorrang hat«, erwiderte Aurora. »Ich wollte ihn erledigen, nach dem, was er getan hat, aber ein Teil dieses Spiels ist es zu verstehen, warum man es spielt.«

»Warum man es spielt?«

»Ich weiß ja nicht, wie es bei dir ist, Rovo, aber ich jage keine Monster auf fernen Welten für irgendeine edle Sache. Ich will die Kohle, damit ich aussteigen, von all dem wegkommen und es nie wieder tun muss. Wir erledigen die Mission, wir werden bezahlt.« Aurora starrte nach vorn, und obwohl Rovo ihre Augen durch ihr Visier nicht wirklich erkennen konnte, glaubte er, dass sie in seine Richtung blickte. »Warum bist du hier, Neuling?«

Rovo hatte viele Gründe, aber sie liefen alle auf einen hinaus: Langeweile. Das klang zu erbärmlich, um es auszusprechen.

»Ich musste beweisen, dass ich mehr wert bin«, sagte Rovo. »Dass ich mehr kann, als nur Papierkram zu erledigen und Memos weiterzuleiten.«

»Und Leute auf Dynas abzuknallen ist der Beweis dafür?«

»Noch nicht.«

»Na, wenn du herausfindest, was es ist, dann kannst du entscheiden, ob es zu deinem Warum passt, Felix am Leben zu lassen«, sagte Aurora. »Wenn nicht, und wir mit der Mission gut dastehen, kannst du versuchen, hierher zurückzukommen und die Sache zu Ende zu bringen. Gregor würde vielleicht sogar mitkommen. Er hat eine Schwäche fürs Zerstören.«

»Glaubst du, wir werden noch gewinnen? Die Mission? Eponi und Sai sind weg, und wir wissen nicht einmal, wohin uns dieses Ding bringt.«

»Wir leben, Rovo. Wir haben unsere Rüstungen, die meisten unserer Waffen und einen Feind, der nicht weiß, dass wir kommen«, antwortete Aurora. »Schwer, sich einen besseren Start vorzustellen. Sai und Eponi sind entweder am Leben, und wir werden sie retten, wenn sie es sind, oder sie sind es nicht, und wir werden dafür sorgen, dass ihre Mörder den Preis dafür zahlen.«

»Es sei denn, ihre Mörder sind für dich lebend mehr wert.«

»Richtig.« Aurora klang nicht im Geringsten traurig, als sie diese Feststellung machte. »Das Warum, Rovo. Das ist das Wichtigste.«

Das Warum. Klar. Vielleicht würde Rovo bis zu seiner Abreise von Dynas ein tieferes finden.

Falls er Dynas verließ.

Das Warum wäre nicht von großer Bedeutung, wenn er es nicht täte.

Sever Squad sollte eine vermisste VIP retten. Jetzt sind sie getrennt, werden gejagt und sind auf einem Planeten gefangen, der voller Menschen und Schlimmerem ist, die sie tot sehen wollen.

Setze das Abenteuer von Sever Squad in *Helix Schlag* fort:

DANKSAGUNGEN UND ANMERKUNG DES AUTORS

Sever Squad und seine fröhliche Truppe glückssuchender Soldaten entstand als Gegenstück zu einigen meiner anderen Werke. Diese Geschichten sind direkter, mehr auf Action fokussiert, eine Art Dampf ablassen zwischen längeren, komplexeren Werken. Ich betrachte *Sever Squad* als die Sommerblockbuster im Vergleich zu den Oscar-Anwärtern im Herbst: großartige Unterhaltung und eine gute Abwechslung.

Es ist auch eine Gelegenheit, mein Schreiben ein bisschen auszuweiten, mich an einem etwas anderen Genre und Charakteren mit einem anderen Hintergrund zu versuchen, als ich es bisher getan habe. Es macht Spaß, die Flügel auszubreiten.

Während dieses erste Buch Aurora & Co. einführt, werdet ihr feststellen, dass die Fortsetzungen sie abrunden und ihre Welten auf eine Weise erweitern, die ich sicherlich nicht geplant hatte, als ich mit dieser Reihe begann. Ich bin gespannt, wo sie landen werden, und hoffe, dass ihr bei der Reise dabei bleibt.

Wie jede Geschichte entstand auch *Abwurfzone* dank

der Unterstützung meiner Familie und Freunde, ihrer unendlichen Bereitschaft, mich voranzutreiben. Einer dieser Freunde, Joel, dem dieses Buch gewidmet ist, ging mit mir im Kindergartenalter zur Schule. Unsere Tage, die wir mit Abenteuern durch Hinterhöfe und bewaldete Hügel im Norden von Wisconsin verbrachten, schwingen noch heute in den Absätzen mit, die ich schreibe.

Ich hoffe, ihr werdet den Rest von *Sever Squad* genießen, und wir sehen uns nach dem Umblättern.

A.R. Knight spinnt seine Geschichten in einem frostigen Haus in Madison, WI, das hauptsächlich von zwei Katzen bewohnt wird. Nachdem er während der Wirtschaftskrise 2008 in den Arbeitstrott geraten war, fand er sich in langweiligen Meetings wieder, in denen er gedanklich durch den Weltraum flog und große Abenteuer erlebte.

Schließlich entdeckte er nach Erfahrungen mit Podcasting, Drehbüchern, Kurzgeschichten und anderen Romanen eine Geschichte, in die er eintauchen konnte, und eine Besetzung von Charakteren, die sowohl unterhaltsam als auch herzerwärmend waren.

A.R. Knight plant, in andere Welten zu springen und neue Geschichten zu erzählen, die in den grenzenlosen Weiten unserer Vorstellungskraft entstehen.

Wie immer, danke fürs Lesen!

Für weitere Informationen:
www.adamrknight.com

Für Joel